공부
대화법

공부
대화법

부모의 말 덕분에 우등생,
부모의 말 때문에 열등생

이수경 지음

다반

아이의 성적,
부모의 말이 결정한다

세상을 슬기롭게 살아가기 위한 가장 강력한 무기는 무엇일까?

그 답은 바로 우리 입에서 나오는 '말'이다. 우리의 말은 눈에 보이지 않지만, 누군가의 인생을 변화시키는 힘을 지니고 있다. 특히 부모의 말은 자녀에게 어떤 세계를 보여 줄지 결정짓는 창문과 같다.

모든 부모는 아이가 공부 잘하고, 성공적인 인생을 살기를 바란다. 이는 부모로서의 본능이자, 아이에 대한 무한한 사랑과 기대에서 비롯된 것이다. 아이가 학교에서 좋은 성적을 받고, 훗날 사회에서 인정받는 사람이 되기를 바라는 부모의 마음은 한결같다. 그러나 부모의 이러한 바람이 언제나 아이에게 긍정적인 영향을 미치는 것은 아니다. 부모의 말 한마디, 행동 하나가 아이의 학습 태도와 자존감에 얼마나 큰 영향을 미치는지 우리는 종종 간과한다.

내가 이 책,『공부 대화법』을 집필하게 된 이유는 부모와 자녀 간의 대화가 아이의 학습과 성장에 얼마나 중요한지 강조하고 싶었기 때문이다. 아이들은 무한한 잠재력을 지니고 태어난다. 그러나 그 잠재력을 실제로 꽃피우기 위해서는 부모의 지지와 올바른 대화가 필요하다.

"부모의 말 덕분에 우등생이 되고, 부모의 말 때문에 열등생이 된다."

이 말에는 깊은 진실이 담겨 있다. 부모의 말 한마디가 아이의 인생을 바꿀 수 있는 힘을 가지고 있다는 것이다.

나는 두 아이의 엄마이자 교육 전문가로서, 그동안 다양한 현장에서 아이들의 교육과 성장에 대한 깊은 고민과 경험을 쌓아 왔다. 그러한 과정에서 깨달은 것은 부모와 자녀 간의 건강한 의사소통이 아이의 학업 성취와 자존감 형성에 결정적인 영향을 미친다는 것이다.

세상은 빠르게 변하고 있다. 교육환경도 그에 따라 급변하고 있다. 과거에는 단순히 많은 정보를 암기하고, 시험에서 높은 점수를 받는 것이 중요했다. 그러나 이제는 창의력, 문제 해결 능력, 비판적 사고 등이 더 중요시되는 시대가 되었다. 미래사회가 요구하는 인재는 단순히 지식만 많은 사람이 아니라, 그 지식을 활용할 줄 알고, 새로운 것을 창조해 낼 수 있는 사람이다. 이런 변화를 이해하고, 그에 맞춰 아이를 지도하는 것이 부모의 역할이다.

이 책은 아이의 잠재력을 최대한 발휘할 수 있도록 부모가 어떤 대화를 나눠야 하는지에 대해 다룬다. 아이의 자존감을 키워 주는 정서 대화법, 독서 습관을 기르는 독서 대화법, 올바른 공부 습관을 위한 학습 대화법 등을 소개하며, 구체적인 사례와 함께 실천 방법을 제시한다.

부모의 말은 단순한 언어 이상의 의미를 가진다. 그것은 아이의 마음을 열고, 생각을 넓히며, 꿈을 키우는 도구이다. 부모의 말 한마디가 아이의 자존감을 높이고, 학습 의욕을 불러일으킬 수 있다. 반대로, 부주의한 말 한마디가 아이의 마음을 닫고, 자신감을 잃게 만들 수 있다. 부모의 말이 아이의 인생에 얼마나 큰 영향을 미치는지를 깨닫고, 이를 통해 아이의 가능성을 열어 주기 위해 우리는 어떤 말을, 어떻게 해야 할지 깊이 고민해야 한다.

공부는 단순히 지식을 쌓는 행위가 아니라, 인생의 중요한 가치와 태도를 형성하는 과정이다. 이 과정에서 부모의 말은 자녀에게 든든한 지지와 응원의 힘이 될 수도 있고, 때로는 큰 부담과 스트레스로 작용할 수도 있다. 우리가 어떤 언어를 선택하느냐에 따라 자녀는 우등생으로 성장할 수도, 열등생으로 주저앉을 수도 있다.

세상 모든 아이들은 무한한 잠재력을 가지고 태어났다. 그 잠재력을 어떻게 키울 것인가는 부모의 몫이다. 이 책을 통해 부모들이 아이와의 대화에서 어떤 점을 주의해야 하고, 어떻게 대화해야 아이가 공부에 대한 흥미와 동기를 가질 수 있는지를 이해하게 되기를 바란다. 또한, 이 책이 부모와 아이 모두에게 긍정적인 변화를 가져다주기를 기대한다. 부모의 작은 관심과 따뜻한 말 한마디가 아이의 인생에 얼마나 큰 영향을 미치는지를 깨닫고, 그것을 실천에 옮길 수 있는 계기가 되기를 희망한다.

자녀에게 있어 부모는 첫 번째 스승이자, 인생의 방향을 제시하는 나침반이다. 그렇기에 부모의 말과 행동은 자녀의 꿈을 키우는 씨앗이 되고, 그 씨앗은 올바른 대화법으로 물을 줄 때 건강한 나무로 자라난다. 이 책은 그 씨앗이 잘 자라도록 돕는 방법을 담고 있다.

지금부터 시작되는 이 여정에서, 아이와 함께 성장하는 법을 배워보자. 부모의 말이 만드는 우등생과 열등생의 차이는 단순히 성적에서 끝나지 않는다. 그것은 아이의 인생 전체에 영향을 미치는 중요한 요소이다.『공부 대화법』은 부모와 자녀가 함께 성장하고, 함께 꿈을 키워 가는 여정의 시작이다. 부모의 말 한마디가 아이의 미래를 밝히는 등불이 될 수 있음을 믿어 의심치 않는다. 이 책이 그 등불이 되어, 많은 가정에 빛을 전해 주기를 바란다.

이수경 드림

II 공부 자존감을 키워 주는 정서 대화 SLSLEQ

III 공부의 뿌리가 되는 독서 대화 SQRIA

IV   공부 습관을 만드는 학습 대화 PQ2RWE

I

부모의 공부법을
버려라

1

공부에 대한
잘못된 생각

아이 혼자 스스로 공부하는 모습을 본 적이 있는가?

공부하라고 하면 교과서나 참고서 뒤적거리며 여기저기 산만하게 보다가 문제집 몇 문제 풀고는 공부를 했다 하고 책을 덮는다. 이 상황을 지켜보던 부모는 답답하고 걱정이 되어 아이 공부에 개입을 하게 된다.

계획을 세워 주고 아이가 공부하는 동안 옆에서 체크하며 지켜봐 주고 문제를 풀면 채점을 해주며 틀린 문제는 설명을 해준다. 이런 식으로 공부를 반복하게 되면 공부 계획을 세우고 공부 과정을 점검하는 것은 부모의 몫이 되고 아이는 자습서 읽고 문제집을 푸는 것만이 자기 과제라고 생각한다. 그러면서 부모는 생각한다.

'언제까지 이렇게 해줘야 하나… 이건 아니지….'

공부의 주인공은 아이다.

부모는 아이가 공부의 목표를 세우고 주어진 목표를 달성하기 위해 어떠한 전략이나 기술, 자료가 필요한지를 알고, 목표를 수행하기 위해 언제, 어떻게, 어떤 방법을 사용해야 하는지를 아이 스스로 할 수 있도록 지도해야 한다.

부모의 불안이 아이를 망친다

공부를 하지 않는 아이를 공부하게 만드는 것은 부모에게 가장 힘겨운 과제이다. 집에서 공부하는 모습을 찾아볼 수 없고, 학원에 보내지만 학원에서조차 제대로 공부를 하고 있는지 의문이 든다. 그렇다고 학원을 끊으면 그마저 공부와 담을 쌓을까 봐 울며 겨자 먹기로 학원을 계속 보낼 수밖에 없다. 우리 아이는 도대체 공부에는 전혀 관심이 없고, 스스로 공부할 생각조차 하지 않는다.

부모가 아이의 미래를 걱정하고, 그들의 성공을 바라는 마음은 자연스러운 일이다. 하지만 부모의 걱정과 불안이 지나칠 경우, 아이의 성장과 발달에 부정적인 영향을 미친다. 부모의 불안은 아이에게 전염되어, 그들의 자신감과 자아존중감을 무너뜨리는 요인이 되기도 한다.

먼저, 부모의 과도한 불안은 아이에게 심리적 압박을 가한다. 아이가 학교에서 시험을 잘 보지 못하거나 성적이 떨어질 때, 부모가 과도하게 걱정하고 실망을 표현하면, 아이는 자신이 부모의 기대에 미치지 못한다고 느끼게 된다. 이는 아이의 자존감에 큰 상처를 남기고, 학습에 대한 동기부여를 저하시킨다. 아이는 실패에 대한 두려움으로 인해 도전을 꺼리게 되고, 이는 장기적으로 학업 성취도를 떨어뜨리는 결과를 초래할 수 있다.

또한, 부모의 불안은 아이의 자율성을 저해한다. 부모가 아이의 모든 학습 과정을 통제하려 하거나, 아이 대신 문제를 해결해 주려는 태도는 아이가 스스로 문제를 해결하고 독립적인 사고를 발전시키는 것을 방해한다. 아이들은 스스로 생각하고, 실수하면서 배우는 과정에서 성장한다. 하지만 부모가 모든 것을 관리하고 결정해 주면, 아이는 스스로 생각하고 판단하는 능력을 잃게 된다.

부모의 불안은 아이의 사회적 관계에도 영향을 미친다. 불안한 부모는 아이가 친구들과 어울리거나 다양한 활동에 참여하는 것을 과도하게 걱정하여 제한할 수 있다. 이는 아이가 사회적 기술을 배우고, 다양한 경험을 통해 성장하는 기회를 박탈당하게 만든다. 아이는 결국 사회적 관계에서 어려움을 겪게 되고, 이는 정서적 안정에도 부정적인 영향을 준다.

우리는 평생 공부해야 하는 시대에 살고 있다. "공부도 때가 있다"는 말이 있지만, 어떤 나이에서도 공부 역전은 충분히 가능하다. 아무리 늦었다고 해도 "어차피 공부는 끝났어, 이제 안 돼"라는 생각부터 버려야 한다. 이길 거라고 다짐하고 확신한다고 해서 반드시 이기는 것은 아니지만, 질 거라고 생각하면 100% 지게 된다. 세상에 무조건 되는 일도 없지만, 무조건 안 되는 일도 없다.

특히 아이 공부를 시킬 때는 이 점을 반드시 기억해야 한다. 아이가 조금 늦는 듯 보이더라도 천천히 따라오는 모습을 보면서 절대 아이의 손을 놓지 않고 인내심을 가지고 꾸준히 지켜보며, 바른말과 긍정의 말로 이끄는 부모의 관심과 노력은 아이의 눈부신 성장으로 보답받을 것이다. 아이를 공부시키기에 늦은 나이는 결코 없다. 부모가 불안을 극복하고, 아이를 믿고 지지하는 것이야말로 아이의 성공적인 학습과 건강한 성장을 위한 첫걸음이다.

타고난 공부 머리가 있다?

아이에게 부모는 전 생애에 걸쳐 가장 강력한 영향을 주고받는 대상이다. 엄마, 아빠 사이에 고성이 오가고, 아이 앞에서 서로에게 핀잔을 주고 무시하는 상황이 발생하면 아이는 눈치를 보게 된다.

'이런 분위기에서 아이가 공부에 집중할 수 있을까?'
'공부 의욕을 가지고 공부를 하려고 할까?'

아니다.

아이는 공부에 대해 부정적인 감정을 갖게 되고, 점차 공부에 흥미를 느끼지 못하게 되는 악순환에 빠지게 된다.

온 가족이 서울대 출신인 교육에 관심이 많은 집안의 아이와, 가족 중 누구도 대학에 간 사람이 없는 교육에 무관심한 집안의 아이가 있다고 가정해 보자. 이 두 아이의 집안을 바꿔서 키운다면, 20년 후 두 아이의 미래는 어떻게 될까? 공부와 담을 쌓고 자란 아이가 공부 머리의 영향을 많이 받는다면 서울대에 준하는 명문대에 가야 할 것이다. 그러나 현실적으로 그렇게 될 리가 없다는 것은 실험을 거치지 않아도 충분히 직관할 수 있다.

많은 사람들이 공부를 잘하는 능력, 즉 '공부 머리'는 타고난 것이라고 생각한다. 이 생각은 종종 "타고난 머리가 좋아야 공부를 잘한다"이거나 "우리 아이는 공부 머리가 없어서 아무리 노력해도 소용없다"라는 식의 말로 표현된다. 하지만 이러한 '공부 머리론'은 아이들의 가능성을 제한하고, 학습에 대한 동기부여를 저해할 수 있다. 실제로, 학습 능력은 타고난 재능보다는 환경, 노력, 그리고 적절한 교육 방법에 더 큰 영향을 받는다.

먼저, 모든 아이들은 각기 다른 재능과 강점을 가지고 태어난다. 어떤 아이는 수학에 뛰어난 반면, 다른 아이는 언어 능력이 뛰어날 수 있다. 하지만 이는 특정 분야에 대한 자연스러운 흥미와 강점일 뿐, 학습 능력 자체를 타고난 것으로 단정 짓는 것은 잘못된 판단이다.

학습 능력은 환경의 영향을 크게 받는다. 학습에 적절한 환경과 지지를 받는 아이들은 더 나은 성과를 거둘 가능성이 높다. 부모가 학습을 지원하고, 긍정적인 피드백을 주며, 자녀가 스스로 학습하는 법을 배울 수 있도록 도와준다면, 그 아이는 학습에 대한 자신감을 얻게 된다. 이는 결국 학습 능력의 향상으로 이어질 수 있다. 반면에, 부모가 "너는 공부 머리가 없으니까, 안 돼"라고 말하며 부정적인 태도를 보인다면, 아이는 학습에 대한 의욕을 잃고 자신의 능력을 과소평가하게 된다.

더불어, 노력의 중요성도 간과할 수 없다. '1만 시간의 법칙'을 제시한 심리학자 앤더스 에릭슨의 연구에 따르면, 성공적인 학습과 숙달은 타고난 재능보다는 '의도적인 연습'에 의해 결정된다고 했다. 이는 단순히 많은 시간을 들여 연습하는 것이 아니라, 목표를 설정하고 지속적으로 개선하려는 의지를 가지고 학습하는 것을 의미한다. 바이올린 연주자가 실력을 키우기 위해 매일 꾸준히 연습하고, 자신이 부족한 부분을 보완하려고 노력하는 것과 같다. 이러한 '의도적인 연습'을 통해 아이들은 자신이 타고난 능력 이상으로 성장할 수 있게 된다.

'타고난 공부 머리'라는 개념은 아이들의 학습 가능성을 제한하는 잘못된 믿음이다. 모든 아이들은 다양한 재능과 잠재력을 가지고 있으며, 적절한 환경과 지지, 그리고 지속적인 노력을 통해 얼마든지 학습 능력을 향상시킬 수 있다. 부모는 아이가 자신의 가능성을 최대한 발휘할 수 있도록 돕고, 학습에 대한 긍정적인 태도를 심어 주는 것이 중요하다. 타고난 능력에 대한 집착을 버리고, 아이들의 무한한 잠재력을 믿으며 지원하는 것이야말로 진정한 학습의 시작이다.

가정은 아이의 첫 번째 학교

가정은 아이가 세상에 태어나 처음으로 경험하는 사회적 환경이자 교육의 장이다. 가정에서 아이는 사랑을 배우고, 대화를 통해 소통하는 법을 배우며, 부모의 말과 행동을 보고 배우면서 삶의 기본적인 가치와 태도, 그리고 사회적 규범을 배우게 된다.

가정은 아이가 세상에 태어나 처음으로 경험하는 사회적 환경이자 교육의 첫 번째 장소이다. 가정에서 아이들은 사랑을 배우고, 대화를 통해 소통하는 법을 익히며, 부모님의 말과 행동을 통해 삶의 기본 가치와 태도, 그리고 사회적 규범을 습득한다.

부모는 아이에게 첫 번째 선생님이자, 세상을 바라보는 창이다. 부모의 영향력은 자녀의 성장과 발달에 매우 중요하며, 그들의 가치관과 태도, 학습 습관 형성에 큰 역할을 한다.

부모는 자신이 경험한 공부 방식을 자녀에게 전달하려는 의도에서, 그 방법이 아이에게도 효과적일 것이라고 기대할 수 있다. 하지만 모든 아이들은 자신만의 독특한 학습 방식을 가지고 있으며, 학창 시절에 부모에게 효과적이라고 느꼈던 방법이 반드시 아이에게 적합하다는 보장은 없다. 그러므로 부모는 아이의 개성과 학습 스타일을 이해하고 존중하는 것이 중요하며, 이를 바탕으로 자녀가 자신의 잠재력을 발견하고 성장할 수 있는 환경을 마련해 주는 것이 중요하다. 이것이 바로 아이가 자신만의 길을 찾아 나아갈 수 있도록 돕는 부모의 역할이다.

아이의 학습 스타일을 이해하는 것은 부모의 지원에서 매우 중요한 첫걸음이다. 아이들은 각자 다른 방식으로 배운다. 시각적으로 배우는 것을 좋아하는 아이, 청각적으로 배우는 것을 선호하는 아이, 또는 손으로 직접 해보면서 배우는 것을 좋아하는 아이 등 다양한 학습 유형이 존재한다. 부모는 이러한 개별적인 학습 스타일을 파악하고, 아이가 가장 잘 이해하고 배울 수 있는 자료와 방법을 제공해야 한다.

자율성의 부여도 아이의 학습에 중요하다. 아이가 스스로 학습 계획을 세우고 목표를 설정하며, 그 목표를 달성하기 위해 노력하는 과정은 자기주도적 학습 능력을 발달시킬 수 있다. 부모는 아이가 스스로 문제를 해결하고 성취감을 느낄 수 있도록 지지하고 격려해야 하며, 필요할 때 적절한 도움을 제공함으로써 아이의 독립성과 자신감을 키워 주는 것이 중요하다.

가정환경은 아이의 학습에 큰 영향을 미친다. 아이가 편안하게 집중할 수 있는 학습 공간을 제공하는 것은 중요하지만, 무엇보다도 긍정적이고 지지적인 가정 분위기를 조성하는 것이 핵심이다. 부모가 학습에 대해 긍정적인 태도를 보이고, 아이의 노력을 인정하고 격려해 줄 때, 아이는 학습에 대한 동기와 자신감을 얻게 된다.

부모와 아이가 함께 배움의 즐거움을 나누는 것도 의미 있다. 공부는 시험을 위한 것이 아니라, 삶을 이해하고 세상을 탐색하는 과정이다. 부모와 아이와 함께 책을 읽고, 다양한 경험을 나누며 배움을 즐기도록 격려할 때, 아이는 공부를 긍정적으로 받아들이고 평생 학습의 길을 걷게 된다.

부모는 자신의 공부 방식을 아이에게 강요하기보다는, 아이의 독특한 학습 스타일을 이해하고 존중하며, 자율성을 장려하고 긍정적인 학습환경을 조성하는 것이 중요하다. 이러한 환경은 아이가 자신의 잠재력을 최대한 발휘하도록 돕는다.

부모의 사랑과 지지는 아이가 성공적인 학습자로 성장하는 데 필수적인 요소이며 부모의 관심과 지혜로 가득한 가정은 아이에게 최고의 배움터가 될 것이다.

아직까지도 많은 부모들이 공부에 대해 잘못된 생각을 가지고 있다. 이러한 잘못된 생각들은 학생들이 학습 동기를 잃고, 비효율적으로 공부하게 만들며, 장기적으로는 학습에 대한 부정적인 태도를 가지게 한다.

민수는 매번 시험이 다가올 때만 공부를 한다. 시험이 끝나면 교과서를 다시 펴보지 않고, 다음 시험이 가까워질 때까지 공부에 전혀 관심을 보이지 않는다. 민수는 공부를 단지 성적을 잘 받기 위한 수단으로만 생각하고 있다.

이런 생각은 공부를 일시적이고 강압적인 활동으로 만들어 버린다. 시험 점수를 위해 공부하는 것은 단기적인 목표에 불과하며, 장기적인 학습과 성장을 저해할 수 있다.

공부는 지식을 쌓고, 문제 해결 능력을 키우며, 자신의 잠재력을 발휘하는 과정임을 이해해야 한다. 민수가 시험 이후에도 지속적으로 학습하며, 새로운 주제에 대한 호기심을 가지고 공부하는 습관을 기를 수 있도록 부모가 도와줘야 한다.

지영이는 매일 밤늦게까지 공부를 한다. 지영이는 오랜 시간 공부하는 것이 좋은 성적을 받는 비결이라고 믿고 있다. 부모는 지영이가 열심히 공부하는 모습에 대견해하지만, 지영이는 점점 피곤해하고, 집중력이 떨어지고 있다.

오랜 시간 동안 공부하는 것은 집중력과 효율성을 떨어뜨리고, 건강에 해로울 수 있다. 또한, 수면 부족은 기억력과 인지 기능을 저하시켜 학습 효과를 감소시킨다.

지영이는 시간 관리를 통해 효율적인 학습 계획을 세우고, 충분한 휴식과 수면을 취해야 한다. 부모는 지영이가 집중력 높은 시간에 효과적으로 공부하고, 중간중간 휴식을 취하는 것이 더 좋은 결과를 가져올 수 있도록 지도해야 한다.

수진이는 수학을 매우 어려워한다. '나는 수학에 소질이 없어'라고 생각하며, 수학 공부에 대한 의욕을 잃었다. 이러한 생각은 자기 효능감을 떨어뜨리고, 도전에 대한 두려움을 키울 수 있다. 누구나 처음부터 잘하는 것은 아니며, 꾸준한 노력과 연습이 중요하다.

수진이는 수학을 잘하기 위해 타고난 재능이 필요한 것이 아니라, 꾸준한 연습과 올바른 학습 방법이 중요하다는 것을 깨달아야 한다. 부모는 작은 성취를 통해 수진이의 자신감을 키우고, 점진적으로 어려운 문제에 도전할 수 있도록 격려해야 한다.

준호는 항상 혼자 공부한다. 친구들과 함께 공부하는 것을 시간 낭비라고 생각하고, 자신의 공부 방식만 고집한다. 혼자 공부하는 것도 좋지만, 때로는 다른 사람들과의 상호작용이 학습에 큰 도움이 될 수 있다. 다양한 관점을 접하고, 서로의 이해도를 높일 수 있는 기회를 놓칠 수 있다. 준호는 그룹 스터디나 친구들과의 토론을 통해 자신의 지식을 확장하고, 서로의 강점을 활용하여 더 효과적으로 공부할 수 있다. 부모는 준호가 다른 사람들과의 학습을 통해 새로운 시각을 얻고, 자신의 이해도를 검증할 수 있도록 권장해야 한다.

공부에 대한 잘못된 생각들은 학습 효과를 저해하고, 아이들이 학습에 대한 부정적인 태도를 가지게 만든다. 올바른 학습 태도와 방법을 통해 아이들은 더욱 효과적으로 공부할 수 있으며, 장기적으로 긍정적인 학습 경험을 쌓을 수 있을 것이다. 부모는 아이의 학습 과정에서 이러한 잘못된 생각들을 바로잡아 주는 중요한 역할을 해야 한다.

하루가 다르게 교육환경은 과거에 비해 크게 달라지고 있다. 많은 부모들이 자신이 학교에서 배웠던 방식대로 자녀를 가르치려 하지만, 이러한 방법들은 더 이상 효과적이지 않다.

부모들은 아이가 지금의 교육환경에서 성공할 수 있도록 새로운 학습 방법과 도구들을 받아들이고 이해하는 것이 필요하다. 부모들이 전통적인 공부법을 버리고, 아이의 개별적인 필요와 현대적 학습 방법을 존중하는 자세를 가지는 것이 중요하다.

지금은 통하지 않는 부모의 공부법

부모 세대가 자랄 때와 지금의 교육환경은 크게 다르다. 그럼에도 불구하고 많은 부모들은 자신이 어릴 때 효과적이었다고 믿는 방법을 그대로 아이에게 적용하려 한다. 하지만 이러한 방법들은 현재의 교육환경에서 잘 통하지 않는다.

영희의 부모는 영희에게 하루에 단어 50개씩 외우게 한다. 부모는 자신이 어릴 때 이렇게 외운 단어들이 시험에 큰 도움이 되었다고 믿는다.

주입식 교육은 단기적인 기억에는 도움이 될 수 있지만, 장기적인 이해와 응용 능력을 키우는 데는 한계가 있다. 지금의 교육에서는 창의력과 문제 해결 능력을 중시하며, 단순 암기보다 개념의 이해와 응용을 강조한다. 단어를 외우게 하기보다는 이야기나 문장을 통해 단어를 자연스럽게 익히게 하는 방법을 사용할 수 있다. 또한, 영희가 단어의 뜻을 이해하고 실제로 사용하는 연습을 통해 장기적인 기억과 응용 능력을 키울 수 있도록 도와줘야 한다.

한솔이 부모는 한솔이에게 수학 문제를 반복해서 풀게 한다. 부모는 "반복이 실력을 만든다"며 같은 유형의 문제를 여러 번 풀게 하는데 반복 학습은 일정 부분 도움이 될 수 있지만, 지나치게 반복적인 학습은 흥미를 잃게 하고, 창의적인 문제 해결 능력을 저해한다. 또한, 반복 학습만으로는 다양한 유형의 문제를 해결하는 능력을 기르기 어렵다.

아이에게 다양한 유형의 문제를 풀어 보게 하여 문제 해결 능력을 키우는 것이 중요하다. 또한, 실생활에서 수학을 어떻게 적용할 수 있는지 보여 주며 수학에 대한 흥미를 높이는 방법도 고려해야 한다.

수현이 부모는 수현에게 매일 정해진 시간에 공부하도록 엄격하게 관리한다. 부모는 "규칙적인 학습이 중요하다"며 수현의 자유 시간을 최소화한다.

지나치게 엄격한 학습 시간 관리는 아이의 자율성과 창의성을 억제한다. 아이들은 놀이를 통해 창의성과 문제 해결 능력을 기르고, 스트레스를 해소할 필요가 있다. 자유 시간이 부족하면 오히려 학습 효율이 떨어질 수 있다. 학습 시간과 자유 시간을 균형 있게 배분하여 수현이 자율적으로 학습할 수 있게 한다. 정해진 학습 시간 외에도 자유롭게 생각하고 놀이를 통해 배울 수 있는 시간을 제공하는 것이 중요하다.

지훈이 부모는 지훈에게 어떤 과목을 어떻게 공부해야 하는지 일방적으로 지시한다. 부모는 지훈의 의견을 듣지 않고, 자신의 방식을 강요한다.

일방적인 지시와 통제는 아이의 자율성과 동기부여를 저해한다. 아이가 주체적으로 학습 계획을 세우고 실행하는 경험이 부족하면, 장기적으로 자기주도학습 능력이 떨어질 수 있다.

아이와 함께 학습 계획을 세우고, 그의 의견을 존중하며 지도하는 것이 중요하다. 지훈이 스스로 목표를 설정하고, 이를 달성하기 위해 노력할 수 있도록 지원하고 격려해야 한다.

부모의 공부법이 현재의 교육환경에서 잘 통하지 않는 이유는 교육 방식과 목표가 변화했기 때문이다. 주입식 교육, 무조건적인 반복 학습, 엄격한 학습 시간 관리, 일방적인 지시와 통제 등은 현대 교육에서 중시하는 창의성과 자율성, 문제 해결 능력을 기르는 데 한계가 있다. 부모는 자녀의 개별적인 학습 스타일과 현대 교육의 목표를 이해하고, 이를 반영한 학습 방법을 제공하여 보다 효과적으로 학습하고, 긍정적인 학습 태도를 가질 수 있도록 도와야 한다.

오늘날 교육환경은 과거와 비교할 수 없을 만큼 변화하고 있다. 정보의 폭발적인 증가와 기술의 발전으로 인해 아이들이 학습하는 방식도 달라졌다. 그러나 많은 부모들은 자신이 어릴 적에 배웠던 방식 그대로 아이를 가르치려 한다.

과거에는 정보에 접근하는 것이 매우 제한적이었다. 부모님들이 학교에서 배운 지식은 주로 교과서와 몇몇 참고서에 의존했다. 그러나 오늘날 아이들은 인터넷을 통해 거의 무한한 정보에 접근할 수 있다.

수현이는 과학 수업에서 궁금한 점이 생기면 인터넷을 통해 다양한 자료와 동영상을 찾아본다. 부모님이 강조하는 교과서만으로는 수현이의 호기심을 충족시키기 어렵다. 따라서 교과서에만 의존하는 부모님의 공부법은 더 이상 효과적이지 않다.

전통적인 교육 방식은 주로 교실에서 이루어지는 강의식 수업과 반복적인 문제 풀이에 중점을 두었다. 그러나 지금의 교육에서는 프로젝트 기반 학습, 협력 학습, 창의적 문제 해결 등 다양한 방법이 도입되고 있다.

민준이는 학교에서 친구들과 함께 프로젝트를 통해 환경 문제를 연구하고 해결책을 제안하는 활동을 한다. 부모님은 여전히 교과서 문제를 반복해서 푸는 것이 중요하다고 생각하지만, 민준이는 이러한 활동을 통해 더 깊이 있는 학습과 창의력을 키울 수 있다.

모든 아이들이 동일한 방식으로 학습하는 것은 비효율적이다. 아이들마다 각각의 고유한 학습 스타일과 속도를 가지고 있다.

은지는 수학을 어려워하고, 영어에 흥미를 느끼고 있다. 그녀의 부모님은 모든 과목을 균등하게 공부하도록 강요하지만, 이는 은지에게 큰 스트레스를 준다. 학교에서는 은지의 흥미와 능력에 맞춘 개별화된 학습을 지향하지만, 부모님의 전통적인 공부법은 이를 반영하지 못한다.

스마트폰, 태블릿, 컴퓨터 등 디지털 기기들은 학습환경에서 중요한 도구로 자리 잡았다.

태현이는 태블릿을 이용해 온라인 강의를 듣고, 교육 앱을 통해 수학 문제를 풀며 학습한다. 그러나 태현이 부모님은 여전히 종이 교과서와 노트를 고집한다. 디지털 학습 도구를 활용하는 태현이의 방법이 더 효율적임에도 불구하고, 부모님의 전통적인 공부법은 이러한 변화를 받아들이지 못한다.

과거에는 좋은 성적을 받아 명문 대학에 진학하는 것이 교육의 주된 목표였다. 그러나 지금은 다양한 능력과 창의력이 중요하게 여겨진다. 지훈이는 창의적 문제 해결 능력과 비판적 사고를 키우기 위해 다양한 활동에 참여한다. 부모님은 여전히 시험 성적이 가장 중요하다고 생각하지만, 지훈이는 다양한 능력을 키우는 것이 더 중요한 시대에 살고 있다.

지금 통하지 않는 부모의 공부법은 정보 접근성의 변화, 교육 방법의 다양화, 개별화된 학습의 필요성, 기술의 발전, 그리고 사회적 변화 등 여러 요인에 기인한다.

2 달라진 세상, 급변하는 교육환경

정답이 없는 불확실한 시대

지금의 사회는 빠르게 변화하고 있으며, 복잡하고 예측할 수 없는 문제들이 끊임없이 등장하고 있다. 이러한 시대에서는 기존의 정답이 더 이상 유효하지 않거나, 명확한 정답이 없는 경우가 많다. 따라서 우리는 정답이 없는 불확실한 시대를 살아가며 어떤 능력과 태도가 필요한지 고민해야 한다.

은지는 학교에서 친구들과 프로젝트를 수행하면서 예상치 못한 문제를 마주했다. 팀의 의견이 분분하여 갈등이 발생하였고, 은지는 이를 어떻게 해결해야 할지 몰라 당황했다.

과거에는 정해진 방법과 규칙에 따라 문제를 해결하는 것이 중요했으나 현재는 예측할 수 없는 문제들이 발생하기 때문에, 이러한 문제들을 해결하는 능력이 필요하다. 단순히 정답을 찾는 것보다 문제의 본질을 이해하고, 창의적으로 접근하는 것이 중요하다.

아이들은 다양한 문제 상황을 경험하고, 이를 해결하기 위한 다양한 방법을 시도해 보는 경험이 필요하다. 부모는 아이들이 비판적으로 사고하고, 다양한 관점을 고려하여 문제를 해결할 수 있도록 도와주어야 한다. 팀 프로젝트를 진행하면서 서로의 의견을 존중하고, 다양한 해결책을 탐색하는 훈련을 할 수 있다.

병준이는 미술 시간에 특정 주제에 맞춰 자유롭게 그림을 그리라는 과제를 받았다. 그는 항상 정해진 틀에 맞춰 그리던 습관 때문에 자유롭게 표현하는 데 어려움을 겪었다.

정해진 틀 안에서만 사고하는 습관은 창의력을 제한할 수 있다. 불확실한 시대에 문제에 대해 새로운 해결책을 찾고, 다양한 상황에 적응하기 위해서는 창의적인 아이디어와 융통성 있는 사고가 필요하다. 부모는 아이들에게 다양한 예술 활동과 창의적인 놀이를 제공하여 창의력을 키울 수 있도록 도와야 하며 실패를 두려워하지 않고 다양한 시도를 해보는 문화를 조성하는 것이 중요하다.

지영이는 그룹 활동에서 다른 친구들과 의견 충돌을 겪으며 협력하는 데 어려움을 겪었다. 자신의 의견을 강하게 주장하다 보니, 다른 친구들의 의견을 듣지 못하는 상황이 발생했다.

불확실한 시대에서는 혼자서 모든 문제를 해결할 수 없다. 다른 사람들과 협력하고, 효과적으로 소통하는 능력이 중요하다. 다양한 의견을 조율하고, 공동의 목표를 향해 함께 나아가는 과정이 중요한 역량 중 하나이다. 아이들은 다양한 협력 활동을 통해 소통 능력을 키워야 한다.

부모는 아이들이 그룹 활동을 통해 서로의 의견을 존중하고, 협력하는 방법을 배우게 하고 공동 프로젝트를 수행하면서 역할을 분담하고, 서로의 의견을 경청하는 연습을 하게 한다.

수인이는 항상 부모나 선생님의 지시에 따라 공부했다. 스스로 학습 계획을 세우고, 실행하는 경험이 부족하다 보니, 자율적으로 공부하는 데 어려움을 느꼈다. 평생학습 시대 스스로 학습 계획을 세우고, 자기주도적으로 학습하는 능력은 매우 중요하다. 정해진 정답이 없는 상황에서 스스로 목표를 설정하고, 이를 달성하기 위한 노력해야 한다.

자기주도학습 능력을 키우기 위해 스스로 학습 계획을 세우고, 실행하는 경험을 쌓아야 한다. 부모는 아이들이 자율적으로 학습할 수 있도록 지원하고, 격려해야 한다. 아이가 주간 학습 목표를 설정하고, 이를 달성하기 위한 계획을 세우는 연습을 할 수 있게 해야 한다.

정답이 없는 불확실한 시대를 살아가며, 우리는 단순히 지식을 전달하는 것 이상의 교육이 필요하다. 문제 해결 능력과 비판적 사고,

창의력과 융통성, 협력과 소통 능력, 자기주도학습 능력 등을 키우는 것이 중요하다. 부모는 아이들이 이러한 능력을 기를 수 있도록 다양한 경험과 기회를 제공해야 한다. 이로써 아이들은 불확실한 시대를 살아가면서 자신감을 가지고 문제를 해결하고, 새로운 기회를 창출할 수 있을 것이다.

미래사회의 변화 4가지

현대 사회는 기술의 발전과 함께 빠르게 변화하고 있다. 이러한 변화는 우리의 삶의 방식, 일하는 방식, 그리고 교육 방식에도 큰 영향을 미치고 있다.

4차 산업혁명은 기술의 혁신을 통해 우리 사회의 여러 영역에 큰 변화를 가져오고 있다. 미래 사회에서 예상되는 주요 변화를 정리하면 다음과 같다.

:: 첫째, 일자리, 산업, 경제의 변화

자동차 공장에서 일하는 김 씨는 공장의 자동화 시스템 도입으로 인해 일자리를 잃을 위기에 처했다. 공장은 인간 노동자를 대신하여 인공지능과 로봇을 사용해 더 효율적으로 자동차를 생산하고 있다. 4차 산업혁명은 기존의 많은 일자리를 자동화 기술로 대체하고 있다. 특히, 반복적이고 단순한 작업은 기계가 더 잘 처리할 수 있게 되면서, 이러한 직종은 점점 감소하고 있는 추세이다.

그러나 동시에 새로운 산업과 직종이 등장하고 있다. 인공지능 개발자, 데이터 분석가, 로봇공학자 등의 수요가 증가할 것이며 기계와 협업하는 능력이 중요한 역량으로 부각될 것이다. 우리는 변화하는 노동 시장에 대비하여 지속적인 학습과 기술 습득이 필요하다. 직업 교육과 재교육 프로그램을 통해 새로운 기술을 익히고, 변화하는 환경에 적응할 수 있도록 준비해야 한다.

:: **둘째, 인공지능과 빅데이터, ICT 기술의 발달로 인한 '초지능화'**

다온이는 인공지능 기반의 맞춤형 학습 프로그램을 통해 자신의 학습 속도와 수준에 맞춘 교육을 받고 있다. 이 프로그램은 다온이의 학습 데이터를 분석하여 가장 효과적인 학습 방법을 제시해 준다. 인공지능과 빅데이터, ICT 기술의 발전은 사회 전반에 걸쳐 초지능화를 가져올 것이다. 교육 분야에서는 맞춤형 학습이 가능해지고, 의료 분야에서는 개인 맞춤형 치료가 가능해진다. 또한, 기업들은 빅데이터를 활용하여 소비자 행동을 예측하고, 효율적인 경영 전략을 세울 수 있다. 우리는 인공지능과 빅데이터를 활용하는 능력을 키워야 한다. 데이터 분석과 AI 활용 능력은 미래의 중요한 역량이 될 것이다. 교육과정을 통해 이러한 기술을 배우고, 실제로 활용할 수 있는 경험을 쌓아야 한다.

:: **셋째, 모든 것이 서로 연결되는 초연결사회**

은영이네 가족은 스마트홈 시스템을 사용하여 집 안의 모든 기기를 서로 연결해 관리하고 있다. 아침에 알람이 울리면 커피 머신이 자동으로 작동하고, 외출 시에는 집 안의 보안 시스템이 자동으로 활성화된다. 초연결사회에서는 사람, 사물, 공간이 모두 인터넷을 통해 연결된다. 사물인터넷IoT은 우리의 일상을 더욱 편리하고 효율적으로 만들어 준다. 스마트시티는 교통, 에너지, 환경 관리를 최적화하여 도시 생활의 질을 높일 것이다.

우리는 이러한 초연결사회를 이해하고, 이를 효율적으로 활용할 수 있는 능력을 길러야 한다. 보안 문제와 프라이버시 보호에 대한 인식도 높여야 하며, 이를 관리할 수 있는 기술과 정책이 필요하다.

:: 넷째, 접속과 공유를 기반으로 하는 공유경제, 공유사회

대학생 수현이는 차량 공유 서비스를 통해 통학하고, 방학 동안은 집을 여행객에게 임대하여 추가 수입을 얻고 있다. 그녀는 이러한 공유경제 플랫폼을 통해 비용을 절감하고, 자원을 효율적으로 활용하고 있다. 공유경제는 소유보다 접속과 공유를 중시함으로써 자원의 효율적 사용과 환경 보호가 가능해진다. 차량 공유, 숙박 공유, 사무 공간 공유 등 다양한 분야에서 공유경제가 확산될 것이다. 우리는 공유경제의 원리를 이해하고, 이를 적극적으로 활용할 수 있어야 한다. 또한 이를 위해 법적, 제도적 장치의 마련이 필요하며, 공유경제 플랫폼의 투명성과 신뢰성을 확보하는 것도 중요하다.

4차 산업혁명은 일자리, 산업, 경제, 기술, 사회 구조 등 여러 측면에서 근본적인 변화를 가져오고 있다. 우리는 이러한 변화에 대비하여 지속적인 학습과 기술 습득, 유연한 사고와 적응력을 키워야 한다. 첨단과학 기술에는 명암이 있다. 아무리 훌륭한 기술이라도 절대 선일 수는 없으며 밝은 면과 어두운 면이 공존한다. 첨단과학 기술 사회에서는 무엇보다 과학기술에 대한 올바른 관점과 이해가 필요하다. 첨단 기술의 좋은 점만 강조되어서는 안 되며, 가치관의 혼란, 이해관계의 상충, 신기술의 위험과 부작용 등 예견되는 위험에 대해서도 충분히 이해하고 미리미리 준비해야만 한다.

급변하는 교육환경

과학기술의 발전과 사회적 변화는 우리 삶의 모든 측면에 큰 영향을 미치고 있으며, 교육환경도 예외는 아니다. 디지털 기술의 혁신, 정보의 폭발적인 증가, 글로벌화 등의 요인으로 인해 교육 방식과 관행은 급격히 변화하고 있다. 이러한 변화는 학생들의 학습 방식, 교사들의 교육 방법, 교육 기관의 운영 방식 등 다양한 측면에서 나타나고 있다.

코로나19 팬데믹 동안 학생들은 주로 온라인 수업을 통해 학습을 했다. 학교에서는 줌Zoom을 통해 실시간 수업을 진행하고, 구글 클래스룸Google Classroom과 같은 플랫폼을 사용해 과제를 제출하고 피드백을 받았다. 디지털 기술의 발전은 교육의 접근 방식을 근본적으로 바꾸어 놓았다. 온라인 학습은 시간과 장소에 구애받지 않고 교육을 받을 수 있게 해주며, 다양한 멀티미디어 자료를 활용한 학습이 가능해졌다. 또한, 인공지능 기반의 학습 관리 시스템은 학생 개개인의 학습 속도와 수준에 맞춘 맞춤형 교육을 제공한다.

우리는 디지털 리터러시를 강화하고, 온라인 학습 도구를 효과적으로 활용할 수 있는 능력을 키워야 한다. 또한, 온라인 학습의 단점을 보완하기 위한 사회적 상호작용의 기회를 제공하는 방법도 고민해야 한다.

대학 졸업 후 직장 생활을 하던 지영 씨는 최신 기술과 트렌드를 따라가기 위해 온라인 코스를 수강하고 있다. 그녀는 변화하는 직업 환경에 적응하기 위해 끊임없이 배우고 자기계발에 힘쓰고 있다. 급변하는 사회에서는 한 번의 교육으로 평생을 살아가는 것이 불가능하다. 평생학습과 자기주도학습은 현대 사회에서 필수적인 요소로 자리 잡고 있으며, 이는 개인의 직업적 역량을 강화할 뿐만 아니라, 개인의 삶의 질을 높이는 데도 중요한 역할을 한다.

우리는 자기주도학습 능력을 키우고, 평생학습의 중요성을 인식해야 한다. 교육기관은 다양한 학습 기회를 제공하고, 개인의 학습 동기를 자극하는 환경을 조성해야 한다.

경희는 다양한 국적의 친구들과 함께 공부하고 있다. 그녀의 학교는 다문화 교육을 중요하게 생각하며, 다양한 문화와 언어를 접할 수 있는 기회를 제공하고 있다.

글로벌화는 교육환경에도 큰 영향을 미치고 있다. 다양한 문화와 언어를 접하고 이해하는 것은 현대 사회에서 중요한 역량으로 여겨진다. 다문화 교육은 학생들이 글로벌 시민으로 성장하는 데 필수적이다. 다문화 교육을 강화하고, 학생들이 다양한 문화와 언어를 접할 수 있는 기회를 늘려야만 아이들이 글로벌한 시각을 기르고, 다양한 배경을 가진 사람들과 협력할 수 있는 능력을 배양할 수 있다.

과학기술의 발전과 사회적 변화는 교육환경을 급격히 변화시키고 있다. 디지털 기술의 도입, 하이브리드 교육 모델의 등장, 평생학습과 자기주도학습의 중요성, 글로벌화와 다문화 교육 등은 현대 교육의 중요한 특징이다. 이러한 변화에 적응하고, 이를 효과적으로 활용하기 위해서는 학생, 부모, 교사, 교육 기관 모두가 지속적으로 학습하고 혁신해야 한다. 급변하는 교육환경 속에서 우리는 새로운 기회를 창출하고, 보다 나은 미래를 만들어 나갈 수 있을 것이다.

3

미래사회가
원하는 인재

　급변하는 사회와 기술의 발전은 우리가 살아가는 방식뿐만 아니라, 일하는 방식에도 큰 변화를 가져오고 있다. 이러한 변화 속에서 미래사회는 어떤 인재를 필요로 할까?

　글로벌 IT 기업에서 일하는 민혁이는 매일 새로운 아이디어를 제시하고, 창의적인 해결책을 찾는 데 주력하고 있다. 그의 회사는 직원들이 자유롭게 아이디어를 공유하고, 혁신적인 프로젝트를 추진할 수 있는 환경을 제공한다.

　창의력과 혁신 능력은 문제를 새로운 시각에서 바라보고, 독창적인 해결책을 찾아내는 능력이다. 미래사회에서는 기술의 빠른 발전과 복잡한 문제들이 늘어나면서 이러한 능력이 더욱 중요해진다. 창의적인 사고를 키우기 위해 다양한 경험과 도전을 장려해야 한다.

교육과정에서는 문제 해결 능력과 비판적 사고를 강조하고, 아이들이 자유롭게 아이디어를 표현하고 실험할 수 있는 기회를 제공해야 한다.

소프트웨어 엔지니어인 은비는 새로운 프로그래밍 언어와 도구를 빠르게 습득하며, 끊임없이 변화하는 기술 트렌드에 적응하고 있다. 온라인 강의를 통해 최신 기술을 배우고, 이를 실제 프로젝트에 적용하고 있다. 디지털 리터러시와 기술 적응 능력은 정보기술을 이해하고 활용하는 능력이다. 인공지능, 빅데이터, 사물인터넷IoT 등 새로운 기술이 일상화된 미래사회에서는 이러한 능력이 필수적이다. 디지털 기술 교육을 강화하고, 최신 기술을 배우고 활용할 수 있는 환경을 조성해야 한다. 또한, 끊임없이 변화하는 기술 환경에 유연하게 적응할 수 있는 태도와 학습 능력을 길러야 한다.

글로벌 프로젝트 매니저인 근우는 다양한 국적의 팀원들과 원활하게 협력하며 프로젝트를 성공적으로 이끌고 있다. 문화적 차이를 이해하고, 팀원들의 의견을 존중하며, 효과적으로 소통한다. 협력과 소통 능력은 팀원들과 함께 목표를 달성하기 위해 필요한 역량이다. 다양한 배경을 가진 사람들과 협력하고, 상호작용하며, 효과적으로 의사소통하는 능력이 중요하다.

협력과 소통 능력을 키우기 위해 다양한 팀 프로젝트와 협력 학습을 장려해야 한다. 학생들이 다양한 문화와 배경을 이해하고, 타인의 의견을 존중하며, 효과적으로 의사소통하는 경험을 쌓을 수 있도록 지원해야 한다.

직장인 현서는 업무와 병행하여 온라인 대학 과정을 수강하며 지속적으로 자기계발에 힘쓰고 있다. 새로운 지식을 습득하고, 이를 업무에 적용함으로써 자신의 역량을 끊임없이 발전시키고 있다. 자기주도학습 능력과 평생학습은 스스로 학습 목표를 설정하고, 이를 달성하기 위해 노력하는 능력이다. 급변하는 사회에서 새로운 지식과 기술을 지속적으로 습득하는 것은 매우 중요하다. 자기주도학습 능력을 키우기 위해 학생들이 스스로 학습 계획을 세우고, 이를 실천할 수 있는 기회를 제공해야 한다.

미래사회 인재는 창의력과 혁신 능력, 디지털 리터러시와 기술 적응 능력, 협력과 소통 능력, 자기주도학습 능력과 평생학습을 갖춘 사람이다. 이러한 역량을 기르기 위해 교육과 훈련을 혁신하고, 아이들이 변화하는 환경에 유연하게 적응할 수 있도록 지원하여야 한다.

미래사회에 필요한 역량

미래사회는 기술의 발전과 사회적 변화로 인해 현재와는 전혀 다른 환경이 될 것이다. 이러한 변화에 적응하고 성공적으로 살아가기 위해서는 새로운 역량이 필요하다. 이 글에서는 미래사회에서 중요한 역할을 할 다섯 가지 핵심 역량에 대해 살펴보겠다.

창의적 문제 해결 능력은 새로운 상황과 복잡한 문제에 대해 독창적으로 접근하고, 효과적인 해결책을 찾아내는 능력이다. 미래사회에서는 기술 발전과 정보의 폭발로 인해 예측 불가능한 문제들이 많이 발생할 것이다. 따라서 창의적 사고와 혁신적인 해결책을 찾아내는 능력이 중요하다. 교육과정에서 프로젝트 기반 학습PBL과 같은 방법을 통해 학생들이 실제 문제를 해결하는 경험을 쌓을 수 있도록 해야 한다.

디지털 리터러시와 기술 적응 능력은 정보기술을 이해하고, 이를 효과적으로 활용하는 능력이다. 인공지능, 빅데이터, 사물인터넷IoT 등 새로운 기술이 사회 전반에 걸쳐 중요해짐에 따라, 이러한 기술을 활용할 수 있는 능력이 필수적이다. 디지털 교육을 강화하고, 최신 기술을 배우고 활용할 수 있는 기회를 제공해야 한다. 또한, 아이들이 변화하는 기술 환경에 유연하게 적응할 수 있도록 지속적인 학습과 자기계발을 장려해야 한다.

협력과 소통 능력은 다양한 배경을 가진 사람들과 협력하여 공동의 목표를 달성하는 데 필요한 역량이다. 협력과 소통의 중요성을 강조하고, 이를 경험할 수 있는 다양한 기회를 제공해야 한다. 그룹 프로젝트, 팀 활동, 다문화 교육 등을 통해 아이들이 협력과 소통의 기술을 배울 수 있게 해야 한다.

자기주도학습 능력은 스스로 학습 목표를 설정하고, 학습 계획을 세우며, 이를 실행하는 능력이다. 급변하는 사회에서 지속적으로 새로운 지식과 기술을 습득하기 위해 필수적인 역량이다. 스스로 학습 계획을 세우고, 실행할 수 있는 기회를 제공하며, 학습 과정에서 필요한 피드백과 지원을 아끼지 않아야 한다.

윤리적 판단력과 책임감은 기술과 정보의 사용에 있어 올바른 판단을 내리고, 사회적 책임을 다하는 능력이다. 미래사회에서는 기술의 발전으로 인해 윤리적 문제와 사회적 책임이 더욱 중요해질 것이다. 윤리 교육을 강화하고, 아이들이 윤리적 문제에 대해 깊이 고민할 수 있는 기회를 제공해야 한다. 또한, 사회적 책임을 다하는 태도를 기르기 위해 다양한 봉사 활동과 사회 참여 기회를 제공한다.

미래사회를 준비하는 아이들에게 공부란

미래사회는 급변하는 기술과 정보의 홍수 속에서 살아남기 위해 다양한 역량을 필요로 한다. 이러한 미래사회를 대비하는 과정에서 아이들에게 공부는 단순히 교과서를 읽고 문제를 푸는 것 이상의 의미를 가진다. 공부는 지식을 습득하는 것을 넘어서, 새로운 문제를 해결하고, 창의적으로 사고하며, 협력과 소통을 통해 더 나은 사회를 만들어 가는 중요한 과정이다.

공부는 아이들이 세상에 대한 기본적인 지식을 습득하는 도구이다. 이러한 지식은 아이들이 세상을 이해하고, 더 나은 결정을 내리며, 자신감을 가지고 도전할 수 있도록 도와준다. 또한, 지식 습득을 통해 아이들은 새로운 것에 대한 호기심과 탐구심을 기를 수 있다.

공부는 아이들이 문제를 해결하는 능력을 기르는 과정이다. 이는 단순히 교과서의 문제를 푸는 것을 넘어, 실생활에서 마주하는 다양한 문제를 해결하는 데 필요한 능력을 키우는 것이다. 아이들은 공부를 통해 논리적 사고, 비판적 사고, 창의적 사고를 배울 수 있다.

공부는 자기주도학습의 시작이다. 아이들이 스스로 학습 목표를 설정하고, 이를 달성하기 위해 노력하는 과정에서 자기주도성을 기를 수 있다. 이는 미래사회에서 중요한 평생학습의 기초가 된다. 자기주도학습 능력을 갖춘 아이들은 변화하는 환경에 유연하게 적응하고, 끊임없이 발전할 수 있다.

공부는 협력과 소통의 경험을 제공한다. 아이들이 친구들과 함께 공부하고, 프로젝트를 진행하는 과정에서 협력하는 법을 배우고, 다양한 의견을 존중하며 소통하는 능력을 기를 수 있다. 이는 미래사회에서 다양한 사람들과 협력하며 성공적으로 살아가는 데 중요한 역량이다.

공부는 도전과 성취의 과정이다. 아이들이 어려운 과제를 극복하고 목표를 달성하는 경험을 통해 성취감을 느끼고, 자신감을 키울 수 있다. 이러한 경험은 아이들이 미래의 도전에 긍정적으로 대응하고, 끈기 있게 노력하는 태도를 기르는 데 중요한 역할을 한다.

AI 시대 공부를 해야 하는 진짜 이유

AI(인공지능) 기술의 발전은 우리의 삶에 많은 변화를 가져오고 있다. 자동화, 빅데이터 분석, 자율 주행 등 다양한 분야에서 AI는 혁신을 일으키고 있다. 이러한 시대에 공부가 왜 여전히 중요한지에 대해 많은 사람들이 의문을 가질 수 있다. 그러나 AI 시대 공부는 그 어느 때보다 중요하다. 공부는 단순히 성적이나 직업을 위한 수단이 아니라, 개인의 성장과 삶의 질을 높이는 중요한 과정이다.

공부는 다양한 지식을 습득하고 이를 깊이 있게 이해하는 과정을 통해 이루어진다. 이러한 지식은 우리가 세상을 더 잘 이해하고, 합리적인 결정을 내리는 데 중요한 기반이 된다. 또한, 지식의 습득은 우리의 사고력과 문제 해결 능력을 향상시킨다.

AI는 방대한 데이터를 바탕으로 분석하고 예측할 수 있지만, 이러한 결과를 해석하고 결정하는 것은 여전히 인간의 몫이다. 의사가 AI

의 진단 결과를 참고하여 환자에게 최적의 치료 방법을 결정하는 과정에서 비판적 사고와 판단력이 필요하다.

AI가 아무리 발달하더라도, 비판적 사고와 판단력은 인간 고유의 영역이다. 공부를 통해 우리는 정보를 분석하고, 다양한 관점을 고려하며, 합리적인 결정을 내리는 능력을 기를 수 있다. 이는 AI의 결과를 올바르게 이해하고 적용하는 데 필수적이다.

AI는 기존 데이터를 바탕으로 패턴을 찾고 예측을 수행할 수 있지만, 전혀 새로운 아이디어를 창출하는 데는 한계가 있다. 예술가나 과학자는 창의력을 발휘하여 새로운 작품이나 혁신적인 해결책을 제시한다. 공부를 통해 우리는 다양한 학문적 지식과 경험을 쌓고, 이를 바탕으로 창의적인 사고를 키울 수 있다. 이는 새로운 아이디어를 창출하고, 혁신을 이끄는 원동력이 된다. AI는 감정 인식 기술을 통해 인간의 감정을 분석할 수 있지만, 진정한 공감과 이해는 인간 간의 소통을 통해 이루어진다. 상담사는 내담자의 감정을 깊이 이해하고, 적절한 조언을 제공함으로써 도움을 준다. 공부는 인간적 감성과 사회적 관계를 형성하는 데 중요한 역할을 한다. 우리는 문학, 역사, 철학 등을 공부하며 타인의 감정을 이해하고, 사회적 관계를 형성하는 능력을 기를 수 있다. 이는 AI가 대체할 수 없는 인간 고유의 역량이다.

AI 기술은 빠르게 발전하고 있으며, 이에 따라 직업 환경도 빠르게 변화하고 있다. 기존의 직업이 사라지고 새로운 직업이 등장하면서, 사람들은 지속적으로 새로운 기술과 지식을 습득해야 한다. AI 시대에는 평생학습과 적응력이 필수적이다. 공부를 통해 우리는 새로운 지식과 기술을 지속적으로 습득하고, 변화하는 환경에 유연하게 대응할 수 있다.

AI의 사용에는 윤리적 문제와 책임이 따른다. 자율 주행 자동차가 사고를 일으킬 경우, 책임 소재와 윤리적 판단이 필요하다. 이러한 문제를 해결하기 위해서는 깊이 있는 윤리적 사고와 책임감이 요구된다. 공부는 윤리적 판단과 책임감을 기르는 데 중요한 역할을 한다. 우리는 철학, 윤리학 등을 공부하며, 복잡한 윤리적 문제를 분석하고 합리적인 결정을 내리는 능력을 키울 수 있다.

공부를 해야 하는 진짜 이유는 단순히 성적이나 직업을 위한 수단이 아니다. 공부는 지식의 습득과 이해, 비판적 사고와 문제 해결 능력 향상, 자기계발과 평생학습의 기반, 창의력과 상상력의 배양, 사회적 관계와 협력 능력의 강화 등 다양한 측면에서 우리의 삶을 풍요롭게 만든다. 부를 통해 개인의 성장과 발전을 이루고, 변화하는 사회에서 성공적으로 살아갈 수 있는 역량을 키울 수 있다. 그러기에 공부는 우리 삶의 중요한 과정이자 필수적인 요소이다.

4

성적
그 이상의 가치

학교에서의 성적은 오랜 시간 동안 아이들의 학업 성취도를 평가하는 주요 지표로 여겨져 왔다. 그러나 현대 사회에서는 성적 외에도 다양한 능력과 자질이 중요하게 평가되고 있다. 성적이 높은 학생이 반드시 성공적인 인생을 사는 것은 아니며, 반대로 성적이 낮은 학생이 실패하는 것도 아니다. 성적 그 이상의 가치를 인정하고 키워 나가는 것이 중요하다.

성적이 성공을 보장하지 않는다

성적이 성공을 보장하지 않는다는 사실은 많은 사람들이 공감하는 주제이다. 물론, 학교에서 좋은 성적을 받는 것은 중요하다. 이는 학생이 학업에 성실히 임했음을 나타내며, 대학 진학이나 취업 과정에서 유리하게 작용할 수 있다. 그러나 성적이 곧 성공을 의미하는 것은 아니다. 성적 외에도 성공에 중요한 다양한 요소들이 존재하며, 이를 이해하고 개발하는 것이 진정한 성공으로 나아가는 길이다.

성적이 성공을 보장하지 않는 이유 중 하나는, 성적이 단지 지식의 일부만을 반영하기 때문이다. 시험 성적은 주어진 시간 내에 얼마나 많은 정보를 기억하고 재현할 수 있는지를 측정한다. 그러나 실생활에서는 단순한 암기력이 아닌, 문제 해결 능력, 창의력, 의사소통 능력 등이 더욱 중요하다.

일론 머스크는 대학을 중퇴했지만, 그의 창의적 사고와 문제 해결 능력 덕분에 스페이스X와 테슬라를 성공적으로 이끌 수 있었다.

또한, 성적은 개인의 인성이나 사회적 기술을 반영하지 않는다. 성공적인 인생을 위해서는 다른 사람들과의 원만한 관계를 유지하고, 협력하며, 의사소통하는 능력이 필요하다. 높은 성적을 받은 아이더라도 사회적 기술이 부족하면 직장이나 사회생활에서 어려움을 겪게 된다. 구글은 직원들의 협력 능력과 의사소통 능력을 매우 중요하게 여기며, 면접 과정에서 이러한 능력을 평가한다. 이는 단순한 학업 성적이 아닌, 사람 간의 소통과 협력의 중요성을 보여 준다.

성공은 또한 끈기와 열정에서 비롯된다. 학업 성적이 뛰어나지 않

더라도, 자신이 열정을 느끼는 분야에서 끈기 있게 노력하면 성공할
수 있다.

오프라 윈프리는 학업 성적이 뛰어나지 않았지만, 그녀의 열정과
끈기로 인해 세계적인 방송인이자 사업가로 성공할 수 있었다. 그녀
는 어려운 환경에서도 포기하지 않고 끊임없이 도전하며 자신의 꿈
을 이뤘다.

마지막으로, 성적이 인생의 모든 것을 결정짓지 않는다는 것을 이
해하는 것이 중요하다. 성적이 낮다고 해서 자신감을 잃거나 좌절할
필요는 없다. 중요한 것은 자신의 장점을 발견하고, 이를 발전시켜
나가는 것이다. 모든 사람은 저마다의 강점과 재능을 가지고 있으며,
이를 통해 자신만의 길을 개척할 수 있다.

빌 게이츠는 하버드 대학을 중퇴했지만, 컴퓨터 프로그래밍에 대
한 열정과 뛰어난 사업 수완으로 마이크로소프트를 설립해 세계적
인 기업으로 성장시켰다.

성적은 성공의 한 부분일 수 있지만, 그것이 전부는 아니다. 성적
외에도 다양한 요소들이 성공에 기여하며, 이를 개발하는 것이 중요
하다. 문제 해결 능력, 창의력, 의사소통 능력, 사회적 기술, 끈기와
열정 등이 성공적인 인생을 살아가는 데 필수적이다. 성적이 낮더라
도 좌절하지 말고, 자신의 강점을 찾아 그것을 발전시켜 나가는 것
이 진정한 성공으로 가는 길이다. 성공은 단순히 숫자로 측정되는

것이 아니라, 자신만의 길을 개척하고, 그 과정에서 성장해 나가는
것이다.

공부 그릇이 경쟁력

세상은 빠르게 변하고 있으며, 그 변화 속도는 더욱 가속화되고
있다. 이제는 단순히 많은 지식을 암기하고 좋은 성적을 받는 것이
성공의 지름길이 아니다. 현대 사회가 요구하는 것은 '공부 그릇'을
키우는 것이다.

공부 그릇이란 학습을 받아들이고 소화하는 능력, 즉 학습 역량을
의미한다. 이는 지식을 단순히 암기하는 것이 아니라, 그 지식을 바
탕으로 새로운 문제를 해결하고, 창의적인 아이디어를 창출하며, 비
판적인 사고를 통해 세상을 보는 눈을 넓히는 것을 포함한다. 공부
그릇이 큰 사람은 변화하는 세상에서 적응하고 성장할 수 있는 능력
을 갖추게 된다.

현대 사회에서는 지식의 유통기한이 짧아지고 있다. 과거에는 한
번 배운 지식이 오랜 기간 유효했지만, 이제는 그렇지 않다. 새로운
기술과 정보가 끊임없이 등장하면서, 지속적인 학습과 자기계발이
필수적이다. 공부 그릇이 큰 사람은 이러한 변화를 수용하고 새로운
지식을 빠르게 습득할 수 있다.

복잡한 현대 사회에서는 창의적 문제 해결 능력이 중요하다. 이는 단순히 주어진 문제를 푸는 것을 넘어서, 문제를 새롭게 정의하고, 독창적인 해결책을 제시할 수 있는 능력을 의미한다. 공부 그릇이 큰 사람은 다양한 지식과 경험을 바탕으로 창의적으로 사고할 수 있다.

비판적 사고는 정보를 단순히 수용하는 것이 아니라, 그 정보를 분석하고 평가하는 능력이다. 이는 잘못된 정보를 걸러 내고, 올바른 결론을 도출하는 데 필수적이다. 또한, 비판적 사고는 효과적인 의사소통 능력과도 연결된다. 공부 그릇이 큰 사람은 복잡한 정보를 이해하고, 그것을 다른 사람들에게 명확하게 전달할 수 있다.

공부 그릇을 키우기

먼저, 끊임없는 호기심을 유지하는 것이 중요하다. 다양한 분야에 관심을 가지며, 독서와 다큐멘터리 시청을 통해 새로운 지식을 접하는 것이 좋다. 소설, 역사, 과학, 철학 등 다양한 주제의 책을 읽으면 사고의 폭이 넓어진다. 또한, 질문하는 습관을 기르는 것도 중요하다. '왜?'라는 질문을 자주 던지며 문제를 다양한 각도에서 바라보는 능력을 기를 수 있다. 친구나 가족과 토론을 통해 다양한 주제에 대해 논의하는 것도 좋은 방법이다.

자기주도적 학습도 필수적이다. 학습 목표를 단기와 장기로 나누어 설정하고, 목표를 달성하기 위한 구체적인 계획을 세워야 한다. 일주일 내에 책 한 권을 읽거나 한 달 내에 특정 과목의 기본 개념을 익히는 등의 목표를 세울 수 있다. 주기적으로 자신의 학습 성과를 평가하고 잘된 점과 부족한 점을 분석하여 개선해 나가야 한다. 또한, 인터넷에서 다양한 무료 및 유료 강의를 활용하여 필요한 지식을 스스로 찾아 배우는 것도 좋다.

비판적 사고와 문제 해결 능력 훈련 역시 공부 그릇을 키우는 데 중요한 요소이다. 논리적 사고를 통해 주어진 정보의 타당성을 분석하는 훈련을 하고, 친구나 가족과의 토론을 통해 자신의 주장을 논리적으로 펼치는 연습을 해야 한다. 또한, 수학 문제나 논리 퍼즐 등을 통해 문제 해결 능력을 기르고, 일상생활에서 마주치는 문제들을 해결하는 과정에서 새로운 접근 방법을 시도해 보는 것이 좋다.

효과적인 의사소통과 협력 능력을 기르는 것도 중요하다. 글쓰기 연습을 통해 자신의 생각을 명확하게 표현하고, 프레젠테이션 연습을 통해 자신의 생각을 다른 사람들에게 효과적으로 전달하는 연습을 해야 한다. 팀 프로젝트에 적극적으로 참여하여 협력하는 과정에서 다양한 사람들과 소통하고 조율하는 능력을 기를 수 있으며, 다양한 사람들과 협력할 수 있는 동아리 활동에 참여하는 것도 좋은 방법이다.

공부 그릇을 키우기 위해서는 단순히 많은 지식을 습득하는 것에 그치지 않고, 호기심을 유지하고, 자기주도적 학습을 하며, 비판적 사고와 문제 해결 능력을 기르고, 효과적으로 의사소통하고 협력할 수 있는 능력을 길러야 한다. 이러한 능력들은 현대 사회에서 중요한 경쟁력이 되며, 이를 통해 변화하는 세상에서 성공적인 인생을 살아갈 수 있다. 공부 그릇을 키우기 위한 지속적인 노력과 실천이 결국 큰 성과로 이어질 것이다.

5

재능이
지능을 이긴다

아이들은 태어나는 순간부터 무한한 가능성을 지니고 있다. 그들의 미래는 단순히 타고난 지능에 의해 결정되는 것이 아니라, 재능과 열정, 그리고 지속적인 학습에 의해 좌우된다.

많은 사람들이 높은 지능이 성공의 주요 요인이라고 생각하지만, 실제로는 재능이 지능을 능가하는 경우가 많이 있다. 재능은 특정 분야에서 뛰어난 능력을 나타내고, 꾸준한 노력과 결합되었을 때, 지능만으로는 달성하기 어려운 놀라운 성과를 가져올 수 있다.

스티브 잡스는 애플을 창립하고, 혁신적인 제품들을 선보이며 세계적인 기업가로 성장했다. 그는 전통적인 의미의 높은 지능을 가지고 있지는 않았지만, 디자인과 기술에 대한 탁월한 재능과 열정을 가지고 있었다. 이러한 재능과 열정은 그를 성공으로 이끌었다.

재능은 특정 분야에서의 탁월한 능력과 함께 그 분야에 대한 열정을 동반한다. 이는 지속적인 노력과 헌신을 가능하게 하며, 이러한 요소들은 성과를 내는 데 있어 지능보다 더 중요한 역할을 한다. 재능과 열정이 결합되면, 개인은 어려움에 직면해도 포기하지 않고 지속적으로 도전하게 된다.

스포츠 분야에서 많은 선수들이 높은 IQ를 가지지 않았더라도 뛰어난 경기력을 발휘하는 경우가 많다. 축구 선수 리오넬 메시는 어린 시절부터 축구에 대한 재능을 보여 주었고, 이를 바탕으로 많은 실전 경험을 쌓으며 세계 최고의 선수로 성장했다.

재능은 실전 경험을 통해 더욱 빛을 발한다. 특정 분야에서의 재능은 반복적인 훈련과 경험을 통해 더욱 향상되며, 이는 실전에서 뛰어난 성과를 내는 데 결정적인 역할을 한다. 반면, 높은 지능은 이론적 이해에 강점을 가질 수 있지만, 실제 상황에서의 경험이 부족하면 성과를 내기 어렵다.

일론 머스크는 물리학과 경제학을 전공한 후, 재능을 바탕으로 다양한 혁신적인 기업을 설립했다. 그는 로켓 기술, 전기 자동차, 인공 지능 등 여러 분야에서 창의적이고 혁신적인 해결책을 제시하며 성공을 거두었다.

재능은 창의성과 문제 해결 능력과 밀접한 관련이 있다. 특정 분야에서 재능을 가진 사람은 독창적인 아이디어를 생각해 내고, 이를 실행에 옮길 수 있는 능력을 가지고 있다. 이러한 능력은 단순한 지능의 범위를 넘어서, 현실 세계에서 실제 문제를 해결하는 데 중요한 역할을 한다.

J.K. 롤링은 해리 포터 시리즈를 통해 세계적인 작가로 성공했다. 그녀는 출판사로부터 수많은 거절을 당했지만, 자신의 글쓰기에 대한 재능과 끈기를 바탕으로 결국 성공을 이루어 냈다.

재능을 가진 사람은 끈기와 도전정신을 가지고 지속적으로 노력한다. 높은 지능만으로는 쉽게 포기할 수 있는 상황에서도, 재능과 열정을 가진 사람은 계속해서 도전하며 성과를 이루어 낸다. 이러한 끈기와 도전정신은 성공의 중요한 요소다.

재능이 지능을 이긴다는 말은 단순히 특정 능력이 우월하다는 것을 의미하는 것이 아니다.

특정 분야에서의 탁월한 능력과 열정, 실전 경험, 창의성, 끈기와 도전정신이 결합될 때, 높은 지능보다 더 큰 성과를 낼 수 있다는 것을 의미한다. 각자의 재능을 발견하고, 이를 발전시키기 위해 지속적으로 노력해야 한다. 재능은 우리의 삶을 더욱 풍요롭고 의미 있게 만들며, 궁극적으로 성공을 이루는 데 중요한 역할을 한다.

지능이란 무엇인가: IQ의 의미

지능은 오랜 시간 동안 많은 학자와 연구자들에게 중요한 연구 주제이다. 우리는 일상생활에서 지능이라는 단어를 자주 사용하지만, 그 의미와 본질을 깊이 이해하는 경우는 드물다.

지능지수IQ는 지능을 측정하는 한 방법으로 널리 사용되고 있지만, 이 또한 완전한 이해가 필요하다. 지능이란 새로운 정보와 경험을 이해하고, 이를 바탕으로 문제를 해결하며, 적응하는 능력으로 기억력, 추론력, 문제 해결 능력, 창의력 등 다양한 인지적 기능을 포함한다.

지능지수Intelligence Quotient, IQ는 개인의 지능 수준을 수치화한 것이다. IQ 테스트는 주로 언어 능력, 수리 능력, 공간 지각 능력, 논리적 사고 능력 등을 평가하여 지능을 측정한다.

IQ의 개념은 20세기 초 프랑스의 심리학자 알프레드 비네와 테오도르 시몽에 의해 처음 제안되었다. 그들은 아동들의 학업 성취도를 예측하기 위해 지능 테스트를 개발했다. 이후 이 테스트는 여러 번 개정되었고, 오늘날에는 다양한 형태의 IQ 테스트가 사용되고 있다.

IQ 점수는 보통 100을 평균으로 하여 측정된다. 85~115 범위의 점수는 평균 지능으로 간주되며, 130 이상의 점수는 우수한 지능으로 평가된다. 그러나 이러한 점수는 단순히 숫자로만 이해해서는 안 되며, 개인의 다양한 능력을 평가하는 하나의 도구로 사용되어야 한다.

IQ 테스트는 주로 논리적 사고와 문제 해결 능력을 평가하지만, 창의력, 사회적 지능, 감정적 지능 등 다양한 측면의 지능을 충분히 반영하지 못한다. 음악적 재능이나 예술적 능력은 IQ 테스트로 평가하기 어렵다. IQ 테스트는 문화적 배경에 따라 다르게 작용할 수 있다. 특정 문화에서 익숙한 문제나 방식이 다른 문화에서는 낯설게 느껴질 수 있다. 이는 테스트 결과에 영향을 미칠 수 있으며, 따라서 문화적 배경을 고려한 평가가 필요하다.

지능은 고정된 것이 아니라, 학습과 경험을 통해 변화할 수 있다. 환경적 요인, 교육, 사회적 경험 등이 지능 발달에 중요한 역할을 한다. 따라서 IQ 점수는 일시적인 상태를 반영할 뿐, 개인의 잠재력을 완전히 나타내지는 않는다.

지능은 복잡하고 다차원적인 개념으로, 단순히 IQ 점수로만 평가할 수 없는 다양한 측면을 가지고 있다. IQ는 개인의 지능을 평가하는 한 가지 도구일 뿐, 이를 통해 모든 것을 설명할 수는 없다. 우리는 지능의 다양한 측면을 이해하고, 이를 발전시키기 위해 노력해야 한다. 지능은 고정된 것이 아니라, 지속적인 학습과 경험을 통해 향상될 수 있는 잠재력을 가지고 있다. 따라서 우리는 다양한 지능을 개발하고, 보다 풍요롭고 의미 있는 삶을 살아가야 한다.

재능이란 무엇인가

재능이란 단어는 일상생활에서 자주 사용되지만, 그 정확한 의미와 본질을 이해하는 것은 쉽지 않다. 재능은 특정 분야에서의 탁월한 능력이나 자질을 의미하며, 이는 천부적인 요소와 학습을 통해 개발된 요소를 모두 포함한다.

재능이란 특정 분야에서 타고난 능력이나 자질을 의미한다. 이는 자연스럽게 발휘되는 능력으로, 특별한 훈련이나 교육 없이도 뛰어난 성과를 나타내는 경우가 많다. 재능은 음악, 예술, 스포츠, 과학, 수학 등 다양한 분야에서 나타날 수 있다.

재능은 천부적인 요소를 포함하며, 이는 유전적 요소와 밀접한 관련이 있을 수 있다. 재능은 잠재력을 의미하며, 이를 발휘하기 위해서는 적절한 환경과 기회가 필요하다. 재능을 가진 사람은 해당 분야에 대한 강한 열정과 흥미를 느끼는 경우가 많다.

재능을 발견하는 것은 개인의 흥미와 열정을 탐색하는 과정이다. 다양한 활동과 경험을 통해 자신의 흥미와 강점을 찾고, 자신의 경험과 성취를 돌아보며, 무엇에 열정을 느끼고 뛰어난 성과를 냈는지 분석하여 찾을 수 있으며 주변 사람들의 피드백을 통해 자신의 강점과 재능을 확인할 수 있다.

재능은 특정 분야에서의 타고난 능력과 자질을 의미하며, 이는 다양한 형태로 나타날 수 있습니다. 재능을 발견하고 개발하기 위해서는 다양한 경험과 지속적인 노력이 필요하다. 재능과 노력의 결합은 개인의 잠재력을 최대한 발휘하게 하며, 더 큰 성취를 이룰 수 있다. 우리는 각자의 재능을 소중히 여기고, 이를 개발하기 위해 꾸준히 노력해야 한다.

자신만의 강점, 재능

인간은 누구라도 자신만의 강점, 재능이 있고 무언가에 빠져들 수 있는 힘이 있다.

그게 먹는 것일 수도 게임일 수도 있고 운동이나 춤, 노래일 수도 있다. 이처럼 아이들이 무엇인가에 빠져 몰입하는 행동을 '공부'로 끌어올 수 있다면 얼마나 좋을까?

게임을 예를 들어 이야기해 보자. 공부는 어렵고 게임은 쉽다고 생각하는 사람들이 많은데 그렇지 않다. 게임도 잘하려면 상당한 학습과 노력이 필요하다. 실제로 인기 있는 게임의 공략법을 찾아보면 논문 이상으로 어렵게만 느껴진다.

'이렇게 어려운 게임을 아이들이 그토록 즐겁게 할 수 있는 이유

는 무엇일까?'

게임 속으로 몰입하게 되는 가장 큰 요인은 자존심이다.

어떤 일(게임)과 자존심, 두 가지를 의식적으로 동일시하지 않으면 강력한 행동력은 절대 나올 수가 없다. 실제로 게임이 너무 좋아서 미친 듯이 빠져들었던 아이들도 막상 프로게이머를 하라고 하면 거부한다. 프로게이머 지망생들이 강력한 트레이닝에 들어가면 못 견디고 더 이상은 게임 안 하겠다 하며 뛰쳐나가는 경우가 부지기수라고 한다. 하루 18시간 이상의 하드트레이닝을 몇 년 이상 견디는 프로게이머들의 경우 이미 재미만 가지고 하는 단계는 넘어섰다고 봐야 한다. 자신의 자존심과 해당 일과의 일체감이 바로 버텨 내는 힘인 근성을 만들어 준다.

다중지능

다중지능은 하버드 대학의 심리학자 하워드 가드너Howard Gardner가 1983년에 제안한 이론으로, 인간 지능을 단일한 개념이 아닌 여러 가지 독립적인 지능의 집합체로 보는 관점이다. 이 이론은 전통적인 IQ 테스트가 인간의 지능을 충분히 설명하지 못한다고 주장하며, 다양한 형태의 지능이 존재한다고 설명한다.

다중지능 이론은 인간 지능을 8가지로 나누어 설명한다. 각 지능은 독립적으로 존재하며, 사람마다 각기 다른 형태의 지능을 조합하여 가지고 있다. 이는 모든 사람이 고유한 재능과 능력을 가지고 있음을 강조한다. 다중지능 이론은 전통적인 지능 개념이 주로 논리-수학적 지능과 언어적 지능에 치중되어 있음을 비판하며, 다양한 지능이 균형 있게 발달할 수 있는 교육환경의 중요성을 강조한다.

:: **1. 언어 지능** Linguistic Intelligence

언어를 효과적으로 사용하는 능력으로, 글쓰기, 말하기, 읽기 등과 관련이 깊다.

작가, 시인, 기자, 강사, 변호사 등

:: **2. 논리-수학 지능** Logical-Mathematical Intelligence

논리적 사고와 수리적 문제 해결 능력으로, 수학적 추론과 과학적 탐구 능력을 포함한다.

과학자, 수학자, 엔지니어, 프로그래머 등

:: **3. 음악 지능** Musical Intelligence

음악을 이해하고 창작하며, 연주하는 능력이다.

음악가, 작곡가, 지휘자, 가수 등

:: **4. 신체 운동 지능** Bodily-Kinesthetic Intelligence

신체를 자유롭게 조절하고, 물체를 다루는 능력이다.

운동선수, 무용가, 외과 의사, 공예가 등

:: **5. 공간 지능** Spatial Intelligence

공간을 인식하고, 시각적으로 표현하는 능력이다.

화가, 건축가, 디자이너, 예술가, 조종사 등

:: **6. 인간 친화 지능** Interpersonal Intelligence

다른 사람의 감정과 의도를 이해하고, 효과적으로 소통하는 능력
이다.

교사, 상담사, 판매원, 정치가 등

:: **7. 자기성찰 지능** Intrapersonal Intelligence

자기 자신의 감정, 욕구, 목표를 이해하고 통제하는 능력이다.

철학자, 심리학자, 작가, 종교 지도자 등

:: **8. 자연 지능** Naturalist Intelligence

자연환경을 이해하고, 식물과 동물, 자연 현상을 구분하고 인식하
는 능력

생물학자, 환경운동가, 요리사, 농부 등

다중지능은 아이마다 고유한 지능 프로파일을 가지고 있다는 점
을 인정함으로써, 맞춤형 교육의 중요성을 강조한다. 이는 아이들이

자신만의 강점을 발견하고, 이를 바탕으로 학습할 수 있는 환경을 조성하는 데 도움을 준다.

부모는 다양한 지능을 고려하여 교육 방법을 설계해야 한다. 논리-수학 지능이 뛰어난 아이에게는 문제 해결 중심의 활동을, 음악 지능이 뛰어난 아이에게는 음악을 통한 학습 방법을 제공할 수 있다. 아이들은 자신의 강점과 약점을 이해하고, 자신만의 고유한 학습 스타일을 존중하게 된다. 이는 자기 효능감을 높이고, 학습에 대한 동기부여를 증진시킨다.

다중지능은 인간 지능의 다양성과 복잡성을 이해하는 데 중요한 통찰을 제공한다. 이 이론은 교육환경에서 학생 개개인의 고유한 능력을 발견하고, 이를 개발하는 데 큰 도움을 줄 수 있다. 비록 과학적 검증과 한계가 존재하지만, 다중지능은 우리가 인간의 잠재력을 이해하고, 이를 최대한 발휘할 수 있도록 돕는 유용한 도구이다. 부모는 이 이론을 바탕으로 다양한 학습 기회를 제공하며, 아이들이 자신의 재능을 발견하고 발전시킬 수 있도록 지원해야 한다.

재능과 다중지능의 관계

재능과 다중지능은 상호 보완적인 개념이다. 특정 분야에서의 재능은 다중지능 이론의 특정 지능과 일치할 수 있다. 음악적 재능을 가진 사람은 음악 지능이 뛰어날 가능성이 크다.

다중지능 이론은 재능을 발견하고 개발하는 데 중요한 역할을 한다. 이는 인간 개개인의 고유한 능력을 이해하고, 이를 바탕으로 맞춤형 교육을 제공하는 데 유용하다. 논리-수학 지능이 뛰어난 아이에게는 문제 해결 중심의 학습을, 신체 운동 지능이 뛰어난 아이에게는 체험 학습을 제공할 수 있다. 다중지능 이론은 다양한 지능이 모두 중요하다는 점을 강조하며, 모든 형태의 재능을 개발할 수 있는 기회를 제공한다. 특정 분야에서만 재능을 인정하는 전통적인 관점을 넘어서, 다양한 분야에서의 재능을 발굴하고 육성하는 데 기여한다.

다중지능 이론은 또한 교육과 학습에 중요한 시사점을 제공한다. 전통적인 교육 시스템은 주로 언어 지능과 논리-수학 지능을 강조한다. 그러나 모든 아이들이 이 두 가지 지능에서 뛰어난 것은 아니다. 어떤 아이들은 예술, 체육, 대인관계 등 다른 지능에서 뛰어난 능력을 보일 수 있다. 따라서 교육은 아이들의 다양한 지능을 인식하고, 이를 개발할 수 있는 기회를 제공해야 한다.

어떤 아이가 공간 지능이 뛰어나 그림을 그리거나 조각을 하는 데 재능을 보일 수 있다. 이런 아이에게 단순히 수학 문제를 푸는 것만 강조한다면, 그의 재능을 발휘할 기회를 놓치게 된다. 대신, 예술 수업이나 창의적인 프로젝트를 통해 그 학생의 공간 지능을 발전시킬 수 있는 기회를 제공해야 한다.

인간 친화 지능이 높은 아이는 사람들과의 상호작용에서 두각을 나타낼 수 있다. 이런 아이들은 팀 프로젝트나 리더십 활동을 통해 자신의 재능을 발휘하고 발전시킬 수 있다. 자기성찰 지능이 높은 아이는 자신의 감정과 생각을 깊이 이해하고 성찰할 수 있는 능력을 가지고 있으며, 이러한 능력은 상담이나 철학과 같은 분야에서 빛을 발할 수 있다.

이렇든 다중지능 이론은 인간의 지능이 다양한 형태로 나타날 수 있음을 강조하며, 이는 곧 재능의 다양성과도 연결된다. 사람들은 각기 다른 지능을 가지고 있으며, 이를 통해 다양한 방식으로 재능을 발휘할 수 있다. 교육과 사회는 이러한 다양한 지능을 인식하고, 각 개인이 자신의 재능을 최대한 발휘할 수 있는 환경을 제공해야 한다. 이는 개인의 성취뿐만 아니라 사회 전체의 발전에도 긍정적인 영향을 미친다. 다중지능과 재능의 관계를 이해하는 것은, 우리 모두가 잠재력을 최대한 발휘할 수 있는 세상을 만드는 데 중요한 첫걸음이 될 것이다.

6

질문하는 아이가
세상을 바꾼다

세상을 바꾸는 힘은 무엇일까?

그 답은 간단하다.

바로 질문하는 능력이다.

인공지능AI 시대는 우리가 살아가는 방식, 일하는 방식, 그리고 배우는 방식을 근본적으로 변화시키고 있다. 기술의 발전은 많은 일상적인 작업을 자동화하고, 데이터 분석과 의사결정을 보다 효율적으로 만드는 반면, 창의적이고 비판적인 사고의 중요성은 더욱 커지고 있다. 이러한 시대에 성공하기 위해서는 단순히 지식을 암기하고 반복적인 작업을 수행하는 능력을 넘어, 새로운 질문을 던지고 문제를 해결하는 능력이 필요하다.

질문은 단순한 호기심을 넘어, 사고를 깊게 하고 창의력을 자극하며, 문제 해결 능력을 키워 주는 중요한 도구이다. 특히 인공지능 시대에 접어들면서, 질문하는 능력은 더욱 중요한 역할을 하게 되었다.

∷ 1. 생각하는 힘을 키우는 질문

질문은 표면적인 이해를 넘어 깊이 있는 사고를 유도한다. 단순히 정보를 받아들이는 것을 넘어서, "왜?", "어떻게?"라는 질문을 통해 아이들은 문제의 근본 원인을 탐구하고, 더 깊은 이해를 얻을 수 있다.

과학 수업에서 "왜 사과는 나무에서 떨어지는가?"라는 질문을 던지면, 아이는 중력의 원리를 이해하고, 나아가 뉴턴의 법칙에 대해 배우게 됩니다. 이러한 과정은 아이의 사고력을 기르고, 지식을 확장시키는 데 큰 도움이 된다.

∷ 2. 창의성과 혁신을 촉진하는 질문

창의성은 기존의 틀을 벗어나 새로운 아이디어를 생각하는 능력에서 나온다. 질문은 이러한 창의적 사고를 자극하는 중요한 역할을 한다. "다르게 할 수 있는 방법은 무엇일까?", "이 문제를 해결할 새로운 방법은 없을까?"와 같은 질문은 아이가 고정관념에서 벗어나 독창적인 해결책을 찾도록 돕는다. 토머스 에디슨은 전구를 발명하는 과정에서 수많은 실패를 겪었지만, "다른 방법은 없을까?"라는 질문을 끊임없이 던지며 결국 성공에 이르렀다.

:: 3. 문제 해결 능력을 키우는 질문

질문은 아이들이 문제를 인식하고, 해결책을 찾는 과정을 돕는다. "이 문제의 원인은 무엇일까?", "어떻게 해결할 수 있을까?"라는 질문을 통해 아이들은 문제를 분석하고, 해결책을 모색하게 된다. 이러한 과정은 논리적 사고와 비판적 사고를 기르는 데 중요한 역할을 한다. 아이들이 어릴 때부터 문제 해결 과정을 경험하면, 성인이 되어서도 다양한 문제를 창의적으로 해결할 수 있는 능력을 갖추게 된다.

:: 4. 자기주도학습을 촉진하는 질문

질문은 아이가 스스로 학습하도록 동기를 부여한다. "내가 더 알아야 할 것은 무엇일까?", "어떻게 하면 이 지식을 실생활에 적용할 수 있을까?"와 같은 질문을 통해 아이들은 자신의 학습 과정을 스스로 계획하고 조정할 수 있게 된다. 이는 자기주도학습 능력을 키우는 데 중요한 역할을 한다. 자기주도학습은 평생학습의 기반이 되며, 변화하는 세상에서 유연하게 대응할 수 있는 능력을 길러 준다.

:: 5. 협력과 팀워크를 강화하는 질문

질문은 사람들 간의 대화를 촉진하고, 협력을 강화한다. 질문을 통해 서로의 생각을 공유하고, 다양한 관점을 이해할 수 있다. 이는 팀워크를 강화하고, 공동의 목표를 달성하는 데 중요한 역할을 한다.

프로젝트팀이 문제를 해결할 때, "어떻게 하면 우리가 이 목표를 더 효율적으로 달성할 수 있을까?"라는 질문을 던지면, 팀원들이 각자의 아이디어를 공유하고 협력하여 더 나은 해결책을 찾을 수 있다.

:: 6. 긍정적인 변화와 혁신을 이끄는 질문

질문은 현상 유지에 도전하고, 긍정적인 변화를 이끌어 낼 수 있다. "왜 이렇게 해야만 하는가?"라는 질문은 기존의 방식을 재검토하게 만들고, 더 나은 방법을 찾도록 자극한다. 이러한 질문은 개인의 성장뿐만 아니라 조직과 사회의 발전에도 중요한 역할을 한다. 마틴 루터 킹 주니어는 "왜 인종 차별이 존재해야 하는가?"라는 질문을 통해 미국의 시민권 운동을 이끌었고, 사회 변화를 촉진했다.

질문하는 아이가 세상을 바꾼다는 말은 단순한 격언이 아니다. 질문은 사고를 깊게 하고, 창의성과 혁신을 촉진하며, 문제 해결 능력을 키우고, 자기주도학습을 촉진하고, 협력과 팀워크를 강화하며, 긍정적인 변화와 혁신을 이끌어 내는 강력한 도구이다. 인공지능 시대에 접어든 지금, 질문하는 능력은 그 어느 때보다 중요해졌다. 우리는 아이들이 끊임없이 질문하고 탐구할 수 있는 환경을 제공하고, 그들의 호기심과 열정을 격려해야 한다. 질문하는 아이가 미래를 이끌어 가는 주역이 될 것이다.

질문을 실천하는 유대인 교육 하브루타

"질문하는 아이가 세상을 바꾼다"라는 말은 단순한 격언이 아니라, 실제로 교육 현장에서 중요한 지침이다. 이 지침을 가장 잘 실천하고 있는 대표적인 사례 중 하나가 바로 유대인의 교육 방식인 하브루타Havruta이다. 하브루타는 '짝을 지어 공부하다'라는 의미를 가진 히브리어로, 전통적으로 유대인들이 토라와 탈무드를 공부할 때 사용하는 방법이다. 이 방법은 질문과 대화, 토론을 통해 학습을 심화시키고, 사고력을 확장하는 데 중점을 둔다.

하브루타 교육은 질문을 통해 지식을 탐구하고, 이해를 깊게 한다. 아이들은 단순히 교사의 말을 수동적으로 받아들이는 것이 아니라, 적극적으로 질문을 던지고, 친구와 토론을 나누면서 주제에 대한 깊이 있는 이해를 추구한다. 텍스트를 읽을 때 아이들은 서로에게 "이 구절의 의미는 무엇일까?", "이 문장이 우리에게 주는 교훈은 무엇인가?"와 같은 질문을 던진다. 이러한 질문들은 비판적 사고를 기르고, 자신의 생각을 명확히 표현하도록 도와준다.

유대인 교육의 핵심은 '질문하는 능력'에 있다. 하브루타를 통해 유대인들은 질문을 두려워하지 않고, 오히려 그것을 통해 새로운 지식을 발견하고, 세상을 이해하는 데 필수적인 도구로 사용한다. 이 과정에서 학생들은 자연스럽게 논리적 사고와 문제 해결 능력을 키우게 된다. 또한, 서로의 의견을 경청하고, 다양한 관점을 이해하며,

협력하는 능력을 배운다. 이는 단순히 학습에서 끝나는 것이 아니라, 실제 삶에서도 중요한 역량으로 이어진다.

하브루타 교육은 아이가 주도적으로 학습에 참여하도록 유도한다. 부모나 교사는 아이가 질문을 통해 스스로 답을 찾도록 돕는 역할을 한다. 아이가 어떤 문제에 대해 질문을 던졌을 때, 부모는 즉시 답을 주기보다는 "그것에 대해 너는 어떻게 생각하니?", "다른 방법으로 생각해 볼 수 있을까?"와 같은 질문을 던지면서 아이의 사고를 유도한다. 이러한 대화법은 아이가 스스로 생각하는 힘을 기르고, 자기주도적인 학습 습관을 형성하는 데 큰 도움이 된다.

또한, 하브루타는 실패를 두려워하지 않도록 돕는다. 질문과 토론 과정에서 틀릴 수 있다는 사실을 자연스럽게 받아들이게 되며, 이는 실패를 학습의 한 부분으로 인식하게 만든다. 아이들은 실패를 통해 배우고 성장할 수 있다는 긍정적인 마인드를 가지게 된다. 이는 아이들이 더 큰 도전에도 자신감을 가지고 임할 수 있도록 하는 밑거름이 된다.

성공하는 유대인의 특별한 이유

유대인들이 다양한 분야에서 성공을 거둔 이유는 여러 가지 요인 중에서도 교육, 공동체 정신, 그리고 독특한 사고방식은 그들의 성공에 큰 영향을 미쳤다.

유대인들은 전통적으로 교육을 최우선시하며, 지식 습득과 학문적 성취를 중시한다. 그들은 어려서부터 토라와 탈무드를 공부하며, 논리적 사고와 비판적 사고를 기른다. 이러한 교육 방식은 유대인들이 학문적 성취뿐만 아니라 다양한 분야에서 두각을 나타내는 데 큰 도움이 되었다. 노벨상 수상자 중 유대인 비율이 상당히 높은 것은 우연이 아니다. 유대인은 전 세계 인구의 약 0.2%를 차지하지만, 노벨상 수상자의 약 20%가 유대인이다. 이는 유대인들이 과학, 문학, 경제 등 다양한 분야에서 뛰어난 성과를 이룬 결과이다. 알베르트 아인슈타인, 리처드 파인만, 폴 새뮤얼슨 등 많은 노벨상 수상자들이 유대인 출신이다.

하브루타는 두 사람이 짝을 지어 대화와 토론, 질문을 통해 학습하는 방법이다. 이 방식은 학생들이 스스로 질문을 던지고, 그 질문에 대한 답을 찾는 과정을 통해 깊이 있는 이해를 도모한다. 하브루타는 비판적 사고와 논리적 사고를 기르는 데 매우 효과적이다. 유대인 아이들은 탈무드를 공부하면서 서로 질문을 주고받고, 토론을 통해 다양한 관점을 탐구한다. 이러한 학습 방식은 아이들이 단순히 지식을 습득하는 것을 넘어서, 그것을 이해하고 응용할 수 있는 능력을 기르는 데 큰 도움이 된다.

유대인들은 어려움 속에서도 서로를 돕고 지원하며, 공동체의 발전을 위해 노력한다. 이러한 공동체 정신은 유대인들이 어려운 상황에서도 끈기 있게 목표를 달성할 수 있도록 돕는다.

이스라엘의 초기 건국 과정에서 유대인들은 서로 협력하여 척박한 땅을 개척하고, 경제적 성장을 이루었다. 이스라엘의 초기 지도자들은 강한 공동체 정신을 바탕으로 국가를 건설하고, 경제적 번영을 이루었으며 현재 이스라엘은 첨단 기술과 혁신의 중심지로 자리매김하고 있다. 이는 강한 공동체 정신과 협력의 결과이다.

유대인들은 전통적으로 고정관념에 얽매이지 않고, 새로운 아이디어와 접근 방식을 추구한다. 이러한 사고방식은 유대인들이 다양한 분야에서 혁신적인 성과를 이루는 데 큰 도움이 되었다. 마크 저커버그는 페이스북을 창립하여 소셜 미디어 산업을 혁신했다. 스티븐 스필버그는 영화 산업에서 창의적인 감독으로서 수많은 명작을 남겼다. 이러한 창의적 사고와 혁신은 유대인들이 새로운 기회를 발견하고, 성공을 거두는 데 중요한 역할을 했다.

유대인들은 전 세계에 퍼져 있으며, 서로 긴밀하게 연결되어 있다. 이러한 글로벌 네트워크는 유대인들이 다양한 기회를 탐색하고, 협력할 수 있는 기반을 제공한다.

유대인 디아스포라는 전 세계에 걸쳐 다양한 분야에서 활약하고 있으며, 서로 정보를 공유하고 협력한다. 이러한 네트워크는 유대인들이 국제적인 무대에서 성공을 거두게 했다.

한국인과 유대인

한국인과 유대인은 교육에 대한 높은 관심과 열정을 가지고 있는 민족으로 알려져 있다. 두 민족 모두 자녀 교육에 많은 시간과 자원을 투자하며, 이는 학업 성취와 사회적 성공으로 이어지는 경우가 많다. 한국과 유대인 모두 교육을 사회적 성공과 개인의 성장에 필수적인 요소로 여기며, 자녀들에게 높은 학업 성취를 기대한다. 두 문화 모두 교육을 통해 사회적 지위와 경제적 안정을 얻을 수 있다고 믿는다. 부모들은 자녀들이 좋은 학교에 입학하고, 높은 성적을 거두도록 돕기 위해 많은 노력을 기울인다. 한국과 유대인 가정에서는 부모뿐만 아니라 조부모, 친척들도 자녀 교육에 적극적으로 참여하고 지원한다. 가족이 함께 자녀의 교육을 책임지며, 이는 아이들이 어려운 상황에서도 학업에 집중할 수 있도록 돕는 중요한 요소이다. 가족의 지원은 정서적 안정감을 제공하고, 학업 동기를 높이는 데 중요한 역할을 한다.

한국의 교육은 주로 성적과 입시 중심으로 구성되어 있다. 아이들은 좋은 대학에 입학하기 위해 치열한 경쟁을 벌이며, 이는 종종 과도한 스트레스와 압박으로 이어진다.

유대인의 교육은 전통적으로 탈무드와 같은 종교적, 철학적 교육을 중시한다. 이는 비판적 사고와 토론을 강조하며, 아이들이 스스로 생각하고 판단하는 능력을 기르는 데 초점을 맞춘다.

한국의 교육은 과학, 수학, 언어 등의 과목에서 높은 성취를 목표로 한다. 이는 국제 평가에서 높은 성적으로 나타나며, 아이들은 주로 교과서 지식을 암기하고 시험을 잘 보는 데 집중한다. 유대인의 교육은 전인 교육을 목표로 하며, 학문적 성취뿐만 아니라 윤리적, 도덕적 성장도 중요하게 여긴다. 아이들은 다양한 학문 분야를 공부하며, 특히 인문학과 사회과학에 관심이 높다.

한국 사회는 학벌주의가 강하며, 명문 대학에 입학하는 것이 사회적 성공의 중요한 척도로 여겨진다. 이는 아이들에게 큰 부담을 주지만, 동시에 높은 동기부여가 되기도 한다.

유대인 사회에서는 개개인의 고유한 재능과 능력을 중시하며, 다양성을 존중한다. 아이들이 자신의 흥미와 적성에 맞는 분야를 선택하고, 그 분야에서 성취를 이루도록 독려한다.

한국인과 유대인은 교육에 대한 열정과 투자를 통해 높은 학업 성취를 이루고 있다. 그러나 교육 철학, 접근 방식, 교육 내용, 목표 등에서 차이를 보인다. 한국의 교육은 주로 입시와 성적 중심으로 구성되어 있으며, 이는 높은 학업 성취를 가능하게 하지만 아이들에게 큰 압박을 줄 수 있다. 반면, 유대인의 교육은 전인 교육과 비판적 사고를 강조하며, 아이들이 다양한 분야에서 자신의 재능을 발휘할 수 있도록 돕는다. 이러한 공통점과 차이점을 이해함으로써 우리는 더 나은 교육 시스템을 구축하고, 아이들의 잠재력을 최대한 발휘할 수 있는 환경을 조성해야 할 것이다.

부모-자녀 간 하브루타 대화

하브루타Havruta는 유대인 전통의 학습 방법으로, 질문과 토론을 통해 지식과 이해를 깊게 하는 학습 방식이다. 부모와 자녀 간의 하브루타 대화는 자녀의 비판적 사고와 창의적 사고를 키우는 데 효과적이다.

:: 역사 수업을 바탕으로 한 하브루타 대화

해진이는 학교에서 한국사의 임진왜란에 대해 배웠다. 저녁 식사 후, 부모와 함께 이 주제에 대해 하브루타 대화를 나눈다.

부모: "해진아, 오늘 학교에서 임진왜란에 대해 배웠다고 했지? 임진왜란이 무엇인지 설명해 줄래?"

해진: "임진왜란은 1592년에 일본이 우리나라를 침략한 전쟁이고 이순신 장군이 활약했어요."

부모: "맞아, 임진왜란은 중요한 역사적 사건이지. 이순신 장군에 대해 더 이야기해 볼까? 이순신 장군이 왜 중요한 인물이라고 생각하니?"

해진: "이순신 장군은 거북선을 만들어 일본의 해군을 물리쳤기 때문이에요. 그의 전략이 없었다면 전쟁에서 이기기 어려웠을 거예요."

부모: "그렇다면, 이순신 장군의 전략 중 어떤 점이 특별했다고 생각하니?"

해진: "거북선이 일본 배보다 더 단단하고, 적의 화살을 막을 수 있었던 것이 특별했어요. 그리고 이순신 장군은 항상 적의 움직임을 잘 파악했어요."

부모: "아주 잘 설명했구나. 그럼, 만약 네가 이순신 장군이었다면, 다른 전략을 사용했을 것 같니? 만약 그렇다면 어떤 전략을 사용했을 것 같아?"

해진: "음… 나는 적의 보급로를 차단했을 것 같아요. 그러면 일본군이 식량과 무기를 얻지 못해서 어려워졌을 거예요."

부모: "훌륭한 생각이야, 해진아. 전략을 다양하게 생각해 보는 건 중요한 능력이야. 그럼, 임진왜란에서 배울 수 있는 교훈은 무엇이라고 생각하니?"

해진: "우리가 단결해서 싸우면 큰 힘을 발휘할 수 있다는 것 같아요. 그리고 지혜와 용기가 중요하다는 것도 배웠어요."

부모: "맞아, 단결과 지혜, 용기는 언제나 중요한 가치야. 오늘 대화에서 많은 것을 배웠구나."

:: 환경 문제에 대한 하브루타 대화

창수는 학교에서 환경 문제에 대해 배웠다. 저녁 시간에 부모와 함께 환경 문제에 대해 토론하기로 했다.

부모: "창수야, 오늘 학교에서 환경 문제에 대해 배웠다고 했지? 어떤 내용이었어?"

창수: "우리가 일상생활에서 사용하는 플라스틱이 환경에 큰 해를 끼친다는 내용이었어요. 바다에 많은 플라스틱 쓰레기가 쌓여서 해양 생물이 위험에 처하고 있어요."

부모: "그렇구나. 그럼 플라스틱 쓰레기가 해양 생물에게 어떤 영향을 미치고 있다고 생각해?"

창수: "플라스틱을 먹이로 착각해서 먹은 해양 생물들이 죽기도 하고, 플라스틱에 엉켜서 다치기도 해요. 그리고 플라스틱이 분해되면서 미세 플라스틱이 되어 바다를 오염시키고 있어요."

부모: "정말 심각한 문제네. 그렇다면 우리가 일상생활에서 플라스틱 사용을 줄이기 위해 할 수 있는 일들은 무엇이 있을까?"

창수: "일회용 플라스틱 제품을 덜 사용하고, 장바구니나 텀블러를 사용하는 거예요. 그리고 플라스틱 대신 재활용 가능한 소재로 만든 제품을 사용하는 것도 방법이에요."

부모: "좋은 생각이야, 창수야. 만약 우리 가족이 플라스틱 사용을 줄이기 위한 실천 계획을 세운다면, 어떤 것들을 포함시킬 수 있을까?"

창수: "첫째로, 장을 볼 때 일회용 비닐봉지 대신 장바구니를 사용하고, 둘째로, 외출할 때 항상 텀블러를 가져가고, 셋째로, 일회용 플라스틱 제품을 살 때 신중하게 생각하는 거예요."

부모: "아주 구체적이고 실천 가능한 계획이네. 그럼 플라스틱 사용을 줄이는 것이 왜 중요한지, 다른 사람들에게 설명해야 한다면 어떻게 설명할 수 있을까?"

창수: "플라스틱이 환경에 미치는 영향에 대해 이야기하면서, 우리가 사용하는 작은 플라스틱 하나가 결국 큰 문제를 일으킬 수 있다는 점을 강조할 거예요. 그리고 우리가 조금씩 실천하면 큰 변화를 만들 수 있다고 설명할 거예요."

부모: "멋진 설명이야, 창수야. 오늘 대화를 통해 환경 문제에 대해 깊이 생각해 볼 수 있었구나. 앞으로도 이런 문제에 대해 계속 관심을 가지고 실천해 보자."

:: 과학 실험에 대한 하브루타 대화

현정이는 학교에서 화산 폭발 모형 실험을 했다. 저녁 식사 후, 부모와 함께 이 주제에 대해 하브루타 대화를 나누기로 했다.

부모: "현정아, 오늘 화산 폭발 실험을 했다고 했지? 그 실험이 어떻게 이루어졌는지 설명해 줄래?"

현정: "응, 베이킹소다와 식초를 사용해서 화산이 폭발하는 모형을 만들었어요. 산과 염기가 만나서 이산화탄소가 발생하면서 폭발이 일어났어요."

부모: "정말 흥미롭구나! 그럼 실제 화산 폭발과 이 실험의 원리는 어떻게 같고 다를까?"

현정: "실험에서는 베이킹소다와 식초를 사용했지만, 실제 화산에서는 용암과 가스가 나와서 폭발이 일어나요. 원리는 비슷하지만 재료가 다르고, 실제 화산 폭발은 훨씬 더 크고 위험해요."

부모: "맞아, 좋은 설명이야. 그럼 화산 폭발이 일어날 때 주변 환경에는 어떤 영향을 미칠까?"

현정: "화산재가 하늘로 올라가고, 용암이 흘러내리면서 나무와 건물이 타버릴 수 있어요. 그리고 화산재 때문에 호흡기가 안 좋아질 수도 있어요."

부모: "그렇지, 화산 폭발은 큰 영향을 미치지. 만약 우리가 화산 근처에 산다면, 어떤 대비책을 세워야 할까?"

현정: "화산 폭발이 일어날 가능성이 있을 때는 대피 계획을 세워야 하고, 화산재를 막기 위해 마스크를 준비해야 해요. 그리고 안전한 대피 장소를 알아 두는 것도 중요해요."

부모: "아주 좋은 생각이야, 현정아. 오늘 대화를 통해 화산 폭발에 대해 많이 배웠구나."

:: **문학 작품에 대한 하브루타 대화**

기영이는 학교에서 읽은 문학 작품인 「별 헤는 밤」에 대해 부모와 대화를 나누기로 했다.

부모: "기영아, 「별 헤는 밤」을 읽었다고 했지? 이 시가 무엇에 대해 이야기하고 있는지 설명해 줄래?"

기영: "이 시는 윤동주 시인이 쓴 시로, 밤하늘의 별을 보며 자신의 고독과 슬픔을 표현하고 있어요. 그는 별을 보며 위로를 받고, 자신의 꿈을 되새기고 있어요."

부모: "그렇구나. 그럼 이 시에서 가장 인상 깊었던 부분은 어디였니?"

기영: "저는 '별 하나에 추억과 별 하나에 사랑과…' 부분이 가장 인상 깊었어요. 각 별에 자신의 감정을 담아서 표현한 게 참 아름다웠어요."

부모: "맞아, 정말 아름다운 구절이지. 그럼 이 시를 읽고 너는 어떤 감정을 느꼈니?"

기영: "나도 시인이 느꼈던 고독과 슬픔을 조금이나마 이해할 수 있었어요. 하지만 동시에 별을 보며 희망을 찾으려는 시인의 마음도 느껴졌어요."

부모: "정말 잘 느꼈구나. 그럼 이 시가 우리에게 주는 교훈은 무엇이라고 생각하니?"

기영: "어려운 상황에서도 희망을 잃지 않고, 작은 것에서 위로를 찾을 수 있다는 걸 배웠어요. 그리고 자신을 돌아보고, 꿈을 잃지 않도록 노력해야겠다고 생각했어요."

부모: "아주 좋은 교훈을 얻었구나, 기영아. 문학 작품을 통해 많은 것을 배우고 느낄 수 있어서 정말 멋져."

:: **사회 문제에 대한 하브루타 대화**

정희는 학교에서 빈곤 문제에 대해 배웠다. 저녁 시간에 부모와 함께 이 주제에 대해 토론하기로 했다.

부모: "정희야, 오늘 학교에서 빈곤 문제에 대해 배웠다고 했지? 어떤 내용을 배웠니?"

정희: "네, 세계 여러 나라에서 많은 사람들이 빈곤에 시달리고 있다는 것을 배웠어요. 특히 개발도상국에서는 기본적인 생활조차 어려운 사람들이 많다고 해요."

부모: "그렇구나. 빈곤 문제는 정말 중요한 문제지. 그럼 빈곤의 원인은 무엇이라고 생각하니?"

정희: "빈곤의 원인은 다양해요. 경제적인 불평등, 교육 기회의 부족, 정치적 불안정 등이 원인이 될 수 있어요. 특히 교육을 받지 못하면 좋은 직업을 얻기 어려워서 빈곤이 계속될 수 있어요."

부모: "정확해, 다양한 요인이 있지. 그럼 빈곤 문제를 해결하기 위해 우리가 할 수 있는 일들은 무엇이 있을까?"

정희: "우리가 할 수 있는 일로는 기부를 통해 도움이 필요한 사람들을 돕거나, 봉사 활동에 참여하는 것이 있어요. 그리고 빈곤 문제에 대해 더 많은 사람들이 알 수 있도록 교육하고 홍보하는 것도 중요해요."

부모: "좋은 생각이야, 정희야. 빈곤 문제에 대한 인식을 높이는 것도 중요한 역할이지. 그럼 만약 네가 정책을 제안할 수 있다면, 어떤 정책을 제안하고 싶니?"

정희: "저는 교육 기회를 확대하는 정책을 제안하고 싶어요. 모든 아이들이 질 높은 교육을 받을 수 있도록 지원하면, 빈곤을 극복하는 데 큰 도움이 될 것 같아요. 그리고 일자리 창출을 위한 경제 정

책도 필요해요."

부모: "아주 훌륭한 제안이야, 정희야. 교육과 일자리는 빈곤 문제 해결의 중요한 요소지. 오늘 대화를 통해 많은 것을 생각해 볼 수 있었구나."

하브루타 대화는 부모와 자녀 간의 깊이 있는 대화를 통해 자녀의 비판적 사고와 창의적 사고를 기르는 데 매우 효과적이다. 이러한 대화는 아이가 다양한 주제에 대해 깊이 생각하고, 자신의 생각을 표현하며, 다른 사람의 의견을 존중하는 법을 배우게 되며 학습에 대한 흥미를 높이고, 자존감과 자신감을 키우는 데 큰 도움이 된다. 하브루타 대화는 단순한 지식 전달을 넘어서, 자녀의 전인적 성장을 돕는 중요한 방법이다. 부모와 자녀가 함께 이러한 대화를 나눔으로써 서로의 이해와 신뢰를 높이고, 함께 성장하는 의미 있는 시간을 보낼 수 있다.

II

공부 자존감을 키워 주는
정서 대화 SLSLEQ

1 성적보다 태도가 우선

아이의 학업 성취도를 높이기 위해서는 단순히 지식 전달만으로는 부족하다. 아이가 자신의 잠재력을 최대한 발휘하기 위해서는 공부 자존감을 키우는 것이 무엇보다 중요하다. 여기서 중요한 역할을 하는 것이 바로 정서 대화이다. 정서 대화는 부모와 자녀 간의 감정을 이해하고 소통하는 과정을 통해 자존감을 높여 주는 대화 방식이다.

공부 자존감은 아이가 자신의 학습 능력과 성취에 대해 가지는 긍정적인 자기 평가를 의미한다. 이는 학업에 대한 자신감과 동기부여에 큰 영향을 미친다. 자존감이 높은 아이는 어려운 과제나 시험에도 긍정적으로 도전하며, 실패를 경험하더라도 쉽게 포기하지 않는다. 반면, 자존감이 낮은 아이는 학업에 대한 두려움과 불안감을 느끼며, 실패를 두려워해 도전에 나서지 못할 수 있다.

현대 사회에서는 성적이 중요한 평가 기준으로 자리 잡고 있지만, 성적보다 더 중요한 것은 바로 태도이다. 교육의 목적은 단순히 지식을 전달하는 데 그치지 않고, 아이들이 올바른 인성과 태도를 형성하며, 사회에서 건전한 구성원으로 성장하도록 돕는 것이다. 이러한 이유로, 성적보다 태도를 우선시하는 교육이 필요하다.

먼저, 성적은 일시적이고 제한적인 측면이 강하다. 시험에서 좋은 성적을 받는 것은 그 순간의 지식과 문제 해결 능력을 평가하는 데 유용할 수 있다. 그러나 이는 아이의 전체적인 능력이나 잠재력을 충분히 반영하지 못할 때가 많다. 반면, 올바른 태도는 평생에 걸쳐 지속적으로 영향을 미치며, 아이가 어떠한 상황에서도 긍정적이고 생산적으로 대처할 수 있는 기반이 된다. 성적은 변할 수 있지만, 좋은 태도는 일관성을 유지하며 삶의 다양한 도전에 대처할 수 있는 힘을 제공한다.

둘째로, 태도는 아이의 인성과 사회성을 형성하는 데 중요한 역할을 한다. 존경심, 책임감, 협동심, 인내심 등은 모두 태도를 통해 발현된다. 이러한 덕목들은 학생이 사회에서 타인과의 관계를 형성하고 유지하는 데 필수적이다. 학교에서 높은 성적을 받더라도, 사회에서 타인과 잘 지내지 못하거나 협력하지 못하면 성공적인 삶을 살아가기 어렵다. 반대로, 좋은 태도는 학생이 타인과의 관계에서 신뢰를 쌓고, 협력하며, 리더십을 발휘하는 데 큰 도움이 된다.

셋째로, 올바른 태도는 학습 동기를 지속적으로 유지시켜 준다. 아이가 학습에 대해 긍정적인 태도를 가지고 있다면, 그들은 실패를 두려워하지 않고, 오히려 실패를 통해 배울 수 있는 기회로 여긴다. 이러한 태도는 끊임없는 학습과 자기계발을 가능하게 하며, 장기적으로 아이의 성취를 더욱 크게 만든다. 성적은 한순간의 결과를 나타내지만, 학습에 대한 긍정적인 태도는 학생의 평생학습 능력을 향상시킨다.

마지막으로, 좋은 태도는 성적 향상에도 기여한다. 성적이 중요한 평가 기준이지만, 좋은 태도를 가진 학생은 자연스럽게 학습에 더 열정적으로 임한다. 책임감 있는 아이가 과제를 성실히 수행하며, 인내심 있는 아이는 어려운 문제를 포기하지 않고 끝까지 해결하려고 노력한다. 이러한 태도는 결국 성적으로도 이어질 가능성이 높다.

교육에 있어 성적보다 태도를 우선시하는 것은 아이의 전인적 성장을 위해 필수적이다. 성적은 단기적인 결과일 뿐이지만, 태도는 아이의 삶 전체에 걸쳐 지속적인 영향을 미친다. 올바른 태도는 인성과 사회성을 길러 주고, 학습 동기를 유지시키며, 나아가 성적 향상에도 긍정적인 영향을 미친다. 따라서 부모는 아이의 성적에만 집중하지 말고, 그들의 태도를 형성하고 지지하는 데 힘써야 할 것이다. 이는 궁극적으로 아이들이 행복하고 성공적인 삶을 살아가는 데 큰 밑거름이 된다.

가정에서 만들어지는 태도

가정은 아이의 올바른 태도를 형성하는 데 중요한 역할을 한다. 부모와 가족 구성원들은 일상적인 활동과 대화를 통해 아이에게 책임감, 자기 통제, 존중과 공감, 학습에 대한 열정, 감사와 긍정적인 사고, 그리고 열정과 끈기를 가르칠 수 있다. 이러한 태도들은 아이가 성장하면서 다양한 상황에서 긍정적으로 대처하고 성공적인 삶을 살아가는 데 중요한 밑거름이 된다.

:: **책임감**

가정에서 책임감을 키우는 방법 중 하나는 아이에게 집안일을 맡기는 것이다. 쓰레기 버리기, 식사 후 설거지하기, 방 청소하기 등을 통해 아이는 자신의 역할과 책임을 배우게 된다. 이를 통해 아이는 자신이 속한 공동체에서 자신의 역할을 이해하고 책임을 다하는 태도를 배운다.

:: **자기 통제**

자기 통제는 감정을 조절하고 상황에 맞게 행동하는 능력을 의미한다. 부모는 아이가 화가 나거나 좌절할 때 이를 다룰 수 있는 방법을 가르칠 수 있다. 아이가 게임에서 지거나 친구와 다툼이 있을 때 부모는 아이에게 심호흡을 하거나 조용히 생각해 보는 시간을 가지도록 안내할 수 있다. 이로써 아이는 어려운 상황에서도 감정을 조절하고 문제를 해결하는 능력을 키울 수 있다.

:: 존중과 공감

아이에게 다른 사람을 존중하고 공감하는 태도를 가르치는 것도 중요하다. 부모는 일상적인 대화를 통해 다른 사람의 감정을 이해하고 존중하는 방법을 가르칠 수 있다. 부모가 친구나 이웃에 대해 이야기할 때 존중과 배려의 언어를 사용하면, 아이도 자연스럽게 이를 배운다. 또한, 부모가 아이의 감정을 공감하고 이해하려고 노력하면, 아이도 다른 사람의 감정을 이해하고 공감하는 능력을 기르게 된다.

:: 호기심과 학습에 대한 열정

가정에서 학습에 대한 긍정적인 태도를 키우는 것도 중요하다. 부모는 아이가 새로운 것을 배우고자 할 때 이를 격려하고 지원할 수 있다. 아이가 과학 실험에 관심을 보이면 관련 책이나 도구를 제공하고 함께 실험을 해보는 것이다. 이런 경험들로 아이는 학습에 대한 호기심과 열정을 키우게 된다.

:: 감사와 긍정적인 사고

감사하는 마음과 긍정적인 사고를 키우는 것도 가정에서 시작된다. 부모는 일상 속에서 감사한 일들을 함께 나누는 시간을 가질 수 있다. 식사 시간에 가족이 돌아가며 하루 동안 감사했던 일을 이야기하고, 어려운 상황에서도 긍정적인 면을 찾도록 도와준다. 아이가 실망스러운 일을 겪었을 때, 그 상황에서 배울 수 있는 점이나 긍정적인 면을 함께 찾아본다.

:: 열정과 끈기

아이에게 열정과 끈기를 가르치는 것은 장기적인 목표 설정과 관련이 있다. 부모는 아이가 목표를 설정하고 이를 달성하기 위해 노력하는 과정을 지지한다. 아이가 음악이나 스포츠에 관심을 보이면 지속적으로 연습하고 도전할 수 있도록 격려한다. 아이가 중간에 포기하지 않도록 함께 목표를 점검하고 성취감을 느낄 수 있는 작은 단계를 설정하는 것도 중요하다.

이러한 태도들이 성적보다 더 중요한 이유는, 좋은 태도는 장기적으로 더 큰 성과를 가져오고, 인간관계를 원활하게 하며, 개인의 삶의 질을 높이기 때문이다. 성적은 단기적인 성과를 나타내지만, 올바른 태도는 지속적인 성장과 발전을 가능하게 한다.

2

아이의 감정을 읽어라

아이의 감정은 그들의 성장과 발달 과정에서 매우 중요한 요소이며 아이가 세상을 이해하고 자신을 표현하는 중요한 도구이다. 아이의 감정을 이해하고 공감하는 것은 부모와 교사, 그리고 주변 어른들에게 중요한 과제이다.

감정이란 사람이 특정 상황이나 사건에 대해 느끼는 주관적인 경험과 반응을 의미한다. 감정은 매우 복잡하고 다양한 형태로 나타나며, 사람의 생각, 행동, 신체 반응 등과 밀접하게 연관되어 있다. 감정은 우리의 일상생활에서 중요한 역할을 하며, 자신과 타인과의 관계를 형성하고 유지하는 데 큰 영향을 미친다. 감정은 크게 긍정적 감정과 부정적 감정으로 나뉜다.

두 가지 감정 모두 중요한 역할을 하며, 이를 인식하고 적절히 다루는 것이 아이의 정서적 발달에 큰 도움이 된다.

:: 긍정적 감정

긍정적 감정은 아이에게 행복과 만족감을 주는 감정이다. 이러한 감정은 아이의 자존감을 높이고, 삶의 질을 향상시키며, 건강한 사회적 관계를 형성하는 데 도움을 준다. 긍정적 감정은 아이가 삶의 긍정적인 측면을 인식하고, 행복을 느끼며, 자신감을 키우는 데 도움을 준다.

긍정적인 감정을 살펴보면, 기쁨은 목표를 달성하거나 좋은 일이 생겼을 때 느끼는 감정으로 아이가 시험에서 좋은 성적을 받았을 때, 기쁨을 느낀다. 사랑은 부모, 친구, 형제자매 등에게 애정을 느끼고 그들과의 관계를 소중히 여기는 감정으로 아이가 부모에게 안아 달라고 하며 사랑을 표현할 때, 사랑의 감정을 느낀다. 감사는 다른 사람의 친절이나 도움에 대해 고마움을 느끼는 감정으로 친구가 장난감을 빌려줬을 때, 아이가 "고마워"라고 말하며 감사를 표현한다.

평온은 마음이 안정되고 평화로운 상태를 나타내는 감정으로 아이가 공원에서 조용히 책을 읽으며 평온함을 느낀다.

:: 부정적 감정

부정적 감정은 아이에게 불편함이나 고통을 주는 감정이다. 이러한 감정도 중요한 역할을 하며, 이를 적절히 다루는 것은 아이의 정서적 성장에 필수적이다. 부정적 감정은 아이가 문제 상황을 인식하고 이를 해결하려는 동기를 부여하며, 위험 상황에서 자신을 보호하는 역할을 한다. 부정적인 감정을 살펴보면, 슬픔은 상실이나 실패, 실망 등으로 인해 느끼는 감정으로 아이가 애완동물을 잃었을 때 슬픔을 느낀다. 분노는 부당한 대우를 받거나 좌절감을 느낄 때 나타나는 감정으로 아이가 친구와 싸우고 나서 화가 났을 때 분노를 느낀다.

두려움은 위협이나 위험을 느낄 때 발생하는 감정으로 아이가 어두운 방에 혼자 남겨졌을 때 두려움을 느낀다. 죄책감은 잘못된 행동에 대한 후회나 미안함을 느끼는 감정으로 아이가 동생의 장난감을 부숴 버리고 나서 죄책감을 느낀다.

감정은 좋고 나쁨이 아니다.

감정은 신호이다.

아이의 감정을 읽고 이해하는 것은 부모와 보호자에게 매우 중요하다. 아이의 감정은 그들이 경험하는 내부 세계와 외부 환경에 대한 반응을 나타내며, 이는 중요한 정보를 제공한다.

아이의 감정은 그들이 현재 경험하고 있는 상황에 대한 중요한 단서를 제공한다. 감정은 아이가 무엇을 필요로 하고, 무엇을 원하는지, 그리고 어떤 어려움을 겪고 있는지를 알려 준다.

아이가 슬픔을 느낀다면, 이는 그들이 상실이나 실망을 경험하고 있다는 신호이다. 마찬가지로, 아이가 화를 낸다면, 이는 그들이 부당한 대우를 받았다고 느끼거나 좌절감을 느끼고 있다는 신호이다.

아이의 감정 읽기

아이의 표정, 몸짓, 목소리 톤 등 비언어적 신호를 주의 깊게 관찰한다. 아이가 눈을 피하거나 어깨를 축 늘어뜨리고 있다면, 이는 슬픔이나 피로를 느끼고 있다는 신호이다.

아이에게 직접적으로 감정에 대해 물어본다. "지금 어떤 기분이니?" 또는 "무슨 일이 있었니?"와 같은 질문을 통해 아이가 자신의 감정을 표현할 수 있도록 돕는다.

아이의 말을 주의 깊게 듣고, 그들이 표현하는 감정에 공감한다. 아이가 이야기할 때 끼어들지 않고 끝까지 경청하며, "네가 그렇게 느끼는구나"와 같은 반응을 보이는 것이 중요하다.

아이의 감정을 읽었다면 적절하게 대응해야 한다.

아이의 감정을 인정하고 수용한다. "네가 화가 난 건 당연해. 그런 일이 있으면 누구나 화가 날 거야"라고 말해 주면, 아이는 자신의 감정이 존중받고 있다고 느낀다.

아이가 감정적으로 불안할 때 안정감을 주는 것이 중요하다. 아이를 안아 주거나, 따뜻한 말로 위로해 주는 것이 도움이 된다. "괜찮아, 내가 여기 있어. 함께 해결해 보자"라고 말한다.

아이에게 감정을 건강하게 다룰 수 있는 방법을 가르쳐야 한다. 화가 날 때 심호흡을 하거나 조용한 곳에서 잠시 쉬는 방법을 함께 연습할 수 있다.

아이가 학교에서 친구와 싸워서 슬퍼하는 경우, 부모는 "네가 친구와 싸워서 많이 슬프구나. 무슨 일이 있었는지 이야기해 줄래?"라고 물어볼 수 있다. 아이의 이야기를 들으면서 공감해 주고, 상황을 해결할 수 있는 방법을 함께 찾아본다.

아이가 반에서 발표를 하지 못해서 슬퍼할 때, 부모가 "발표를 못해서 많이 슬펐구나. 하지만 노력한 너의 모습이 정말 자랑스러워"라고 말해 준다. 이는 아이가 자신의 슬픔을 인식하고, 노력한 자신을 긍정적으로 평가하는 데 도움을 준다.

아이가 동생과의 장난감 문제로 화를 낸다면, 부모는 "네가 장난감을 나누기 어려워서 화가 나는구나. 같이 해결할 방법을 생각해 보자"라고 말해 준다. 이 과정에서 아이는 자신의 감정을 인식하고, 이를 해결하는 방법을 배우게 된다.

아이가 어두운 방을 무서워한다면, 부모는 "어두운 방이 무서워서 그렇구나. 엄마가 같이 가줄게"라고 말하며 아이를 안심시킬 수 있다. 아이가 두려움을 극복할 수 있도록 작은 단계부터 도와준다.

감정은 신호이며, 아이의 감정을 읽고 이해하는 것은 그들의 심리적 안정과 건강한 성장에 매우 중요하다. 부모와 보호자는 아이의 감정을 주의 깊게 관찰하고, 경청하며, 적절하게 대응함으로써 아이가 자신의 감정을 건강하게 표현하고 관리하는 능력을 키울 수 있도록 도와줄 때 아이는 자신과 타인에 대한 이해를 높이고, 더 나은 대인관계를 형성할 수 있게 된다.

3 아이의 마음을 여는 열쇠, 부모의 말

아이들에게 부모의 말은 단순한 의사소통 수단을 넘어, 그들의 자아와 세계관을 형성하는 데 중요한 역할을 한다. 부모의 말 한마디가 아이에게는 큰 의미로 다가올 수 있으며, 그들이 어떤 사람으로 성장할지 결정짓는 중요한 요소가 된다.

민수는 그림 그리기를 좋아하지만 자신의 그림 실력에 자신감이 없었다. 어느 날, 민수가 그린 그림을 본 엄마는 이렇게 말했다. "민수야, 이 그림 정말 멋지다! 네가 얼마나 열심히 그렸는지 보여. 색깔을 고르는 센스가 정말 뛰어나구나!"

엄마의 긍정적인 피드백은 민수에게 큰 용기를 주었다. 민수는 엄마의 칭찬을 통해 자신감을 얻고, 더 열심히 그림을 그리게 되었다. 결국, 학교에서 열린 미술 대회에서 상을 받았다. 엄마의 말 한마디가 민수의 자신감을 키우고, 재능을 더욱 발전시키는 계기가 된 것이다.

소라는 친구와의 갈등 때문에 학교 가는 것이 두렵고 싫었다. 소라의 아빠는 소라의 이야기를 듣고 이렇게 말했다. "소라야, 친구와 싸워서 많이 속상했구나. 아빠도 어릴 때 그런 경험이 있었어. 네 마음이 얼마나 아플지 알 것 같아. 우리 함께 해결 방법을 찾아보자."

아빠의 공감과 이해의 말은 소라에게 큰 위로가 되었다. 소라는 아빠에게 자신의 감정을 털어놓을 수 있었고, 함께 문제를 해결할 수 있는 힘을 얻었다. 아빠의 말이 소라에게 안정감을 주고, 친구 관계를 회복하는 데 큰 도움이 되었다.

지훈이는 수학 시험에서 기대보다 낮은 점수를 받고 실망했다. 그때 지훈이 엄마는 이렇게 말했다. "지훈아, 이번 시험 결과가 네 노력을 모두 보여 주는 것은 아니야. 네가 얼마나 열심히 준비했는지 알고 있어. 이번 경험을 통해 무엇을 배울 수 있을지 생각해 보자. 다음에는 더 좋은 결과를 얻을 수 있을 거야."

엄마의 말은 지훈에게 실패를 두려워하지 않고, 그것을 배움의 기회로 삼는 성장 마인드셋을 심어 주었다. 지훈은 시험 결과에 낙담하지 않고, 더 열심히 공부하여 다음 시험에서 더 나은 성적을 거두게 되었다.

혜진이는 학교 숙제로 독서 기록장을 써야 했다. 그러나 어떻게 시작해야 할지 몰라서 망설이고 있다. 이때 혜진이 아빠는 이렇게 말했다. "혜진아, 우리가 함께 목표를 세워 보자. 오늘은 이 책의 첫 장만 읽고, 중요한 부분을 기록해 보는 거야. 너라면 잘 해낼 수 있을 거야."

아빠의 구체적인 목표 설정과 격려의 말은 혜진이에게 큰 도움이 되었다. 혜진이는 첫 장을 읽고 기록하며 성취감을 느꼈고, 이후 과제를 꾸준히 완성할 수 있었다. 아빠의 말 한마디가 혜진이의 목표 설정과 성취감을 키우는 데 중요한 역할을 한 것이다.

부모의 말은 아이의 자아 형성과 세계관에 큰 영향을 미친다. 긍정적인 피드백, 공감과 이해, 실패를 배움의 기회로 만드는 말, 목표를 설정하고 성취감을 주는 말은 아이의 세계를 긍정적으로 변화시킬 수 있다. 부모의 한마디가 아이에게 큰 힘이 될 수 있다는 점을 기억하고, 항상 신중하고 따뜻한 말로 아이를 격려해 주어야 한다. 아이들의 미래는 부모의 말 속에서 자라난다.

말이란 대화란

말과 대화는 단순히 정보를 전달하는 것을 넘어, 사람 간의 관계를 형성하고, 서로의 생각과 감정을 공유하는 중요한 수단이다. 특히 부모와 자녀 사이의 대화는 아이의 정서적 안정과 성장을 위한 중요한 역할을 한다. 부모의 말 한마디, 대화의 태도는 아이의 자아 형성, 사회성 발달, 학습 동기부여 등에 큰 영향을 미친다.

말이란, 생각이나 감정을 표현하고 전달하기 위해 사용하는 음성 언어이다. 말은 단순히 정보 전달의 기능을 넘어, 감정을 전달하고 사람 간의 관계를 형성하는 데 중요한 역할을 한다. 특히 부모의 말은 아이의 자아 형성에 큰 영향을 미친다.

대화란, 두 사람 이상이 서로의 생각이나 감정을 교환하기 위해 주고받는 말의 과정이다. 대화는 단순히 정보를 주고받는 것이 아니라, 상대방을 이해하고 공감하며, 서로의 관계를 형성하고 강화하는 중요한 수단이 된다. 부모와 자녀 사이의 대화는 특히 아이의 정서적 안정과 사회성 발달에 큰 영향을 미칩니다.

부모와 자녀 사이의 대화는 아이에게 정서적 안정감을 제공한다. 부모가 아이의 감정을 이해하고 공감하는 말을 해줄 때, 아이는 자신의 감정을 표현하고 정리하는 법을 배운다. 이는 아이가 스트레스를 관리하고 정서적으로 건강하게 성장하는 데 큰 도움이 된다.
부모의 긍정적인 말은 아이에게 자신감을 심어 주고, 부정적인 말은 아이에게 좌절감을 줄 수 있다. 부모의 일관된 칭찬과 격려는 아이가 자신을 긍정적으로 바라보는 데 도움을 준다.

대화는 아이가 다른 사람과의 관계에서 필요한 의사소통 기술을 익히는 중요한 기회를 제공한다. 부모와의 대화를 통해 아이는 상대방의 말을 경청하고, 자신의 생각을 명확하게 표현하는 법을 배운다. 부모와의 대화는 아이의 학습 동기를 부여하는 중요한 역할을 한다. 부모가 아이의 학습에 관심을 갖고, 공부에 대한 긍정적인 피드백을 제공할 때, 아이는 학습에 대한 동기와 열정을 가지게 된다. 부모의 말 한마디가 아이의 학습 태도와 성취에 큰 영향을 미친다.

말과 대화는 단순한 의사소통 수단을 넘어, 사람 간의 관계를 형성하고, 서로의 생각과 감정을 공유하는 중요한 수단이다. 부모는 항상 신중하고 따뜻한 말로 아이와 대화하며, 아이의 성장과 발달을 지원해야 한다. 아이들의 미래는 부모의 말과 대화 속에서 자라난다.

대화의 5가지 법칙

요즘 부모들은 너무 바빠서 아이에게 자주 말을 건네지 못한다. 아이는 부모와의 대화를 원하고, 부모의 따뜻한 말 한마디가 그리워 부모에게 다가가지만, 부모는 다가온 아이에게 공부나 하라고 다그치며 대화를 외면하기 일쑤이다. 이런 일이 반복되면 아이는 어느덧 성장하여, 정작 부모가 아이와 대화를 희망할 때는 아이가 부모를 거부하게 되는 사춘기를 맞이하게 된다.

또한 부모들은 아이가 보는 앞에서 다정하게 이야기하는 부부의 모습을 잘 보이지 않는다. 밤늦게 집에 돌아와서는 각자 방으로 들어가 서로에게 말 한마디 건네지 않는다. 어쩌다 가족이 함께 있어도 대화 없이 스마트폰이나 TV만 보다가 잠들곤 한다. 아이가 공부를 잘하기를 바란다면, 공부에 대한 잔소리가 아니라 아이에게 관심을 갖고 대화의 문을 먼저 열어야 할 것이다.

:: 첫째, 멈추라, 먼저 다가가라

대화의 시작은 부모가 하던 일을 멈추고 아이에게 먼저 다가가는 것이다. "재희야, 엄마가 바빠서 네가 이야기하고 싶을 때 외면하고 그냥 지나친 적이 많았지? 미안해"라고 말하며 다가가 보자. 이때 아이의 성별과 성향에 따라 반응이 다를 수는 있다.

부모가 자꾸 접근하는 것이 부담스러워서 짜증을 내거나, 혼자만의 시간이나 친구와의 시간을 더 좋아하여 부모를 거부할 수도 있다. 특히 사춘기 남자아이들은 이런 반응이 더 심할 수 있는데, 이는 성장기에 나타나는 지극히 자연스러운 현상이므로 너무 억지로 말을 붙이려 하지 말고, 아이의 부담을 덜어 주는 가벼운 이야기로 접근성을 높이는 것이 좋다.

"공부하기 힘들지? 학원은 어때? 밤늦게 학원 가는 게 힘들면 좀더 일찍 끝나는 학원을 알아볼까?"와 같이 아이의 공부가 힘든 이유를 함께 고민해 보는 대화를 시도해 보자. 학원이 하나의 이유가 될 수 있다면, 학원을 다니지 않는 대신 다른 학원을 알아보자고 제안할 수 있다. 아이의 의사를 존중하면서도 공부의 끈을 놓지 않도록 하는 것이다.

아이들은 자신을 힘들게 하고 부담을 주는 사람보다, 부담을 덜어 주는 사람과 함께하고 싶어 한다. 따라서 부모가 먼저 다가가 아이의 부담을 덜어 주려는 노력이 중요하다.

:: 둘째, 바라봐라, 웃어라

'보다'라는 뜻의 영어 단어로는 'See', 'Look', 'Watch'가 있다. 여기서 우리가 말하는 '보다'는 Look이다. See는 그냥 자연스럽게 우리의 눈으로 보이는 것들을 말한다. 하늘을 보거나 나무를 보는 것처럼 큰 노력을 하지 않고 그냥 눈을 뜨고 있으면 보이는 것들을 의미한다. See는 단순히 눈을 뜨면 보여지는 것이다.

반면에 Look은 무언가를 보기 위해서 의도적으로 고개를 돌려보는 행위를 말한다. Watch는 TV, 경기, 영화 등을 비교적 오랜 시간 시청하는 것을 의미한다. 아이와 소통을 위해서는 Look이어야 한다.

그리고 Smile이다. 이는 '미소 지어라', '웃어라'를 의미한다. 미소와 웃음은 상대방과의 감정적 연결을 강화하며, 친근한 대화 분위기를 만들어 준다. 웃음은 긍정적인 감정을 나타내며, 미소는 상대방의 감정을 존중하고 이해하는 표현으로 사용될 수 있다. 웃음과 미소는 대화를 더욱 흥미롭게 만들어 주며, 아이와 부모 모두가 편안하게 느끼도록 한다.

따라서 대화를 시작할 때는 상대방과의 관계를 강화하고 긍정적인 대화 분위기를 만들기 위해 미소 짓고 웃음을 사용하는 것이 좋다. 이러한 행동은 대화의 성공과 관계의 개선에 큰 도움이 된다.

:: 셋째, 대화하고 공감하라

할 말이 없더라도 의식적으로 아이에게 다가가 한마디라도 더 많은 대화를 나누려고 노력하자. 처음에는 서먹하고 말을 꺼내기가 힘들고 피곤할 수도 있다. 그러나 아이의 마음을 움직이고 신뢰를 쌓는 것은 바로 부모님의 노력하는 모습이다.

아이가 말문을 열기 시작했다면, 부모는 경청해 주어야 한다. 이야기의 주인공은 아이여야 하며, 아이의 이야기를 끊지 않고 수용하고 인정하며 호응해 주는 것이 중요하다. 이때 아이는 자신의 이야기가 중요하게 여겨진다는 느낌을 받게 되고, 부모와의 신뢰가 더욱 깊어진다.

아이와의 대화에서 부모는 적극적으로 아이에게 다가가며, 아이의 이야기를 잘 들어주고 존중하는 태도를 보여야 한다. 이러한 노력이 아이와의 관계를 더욱 돈독하게 만들고, 아이의 성장과 발달에 긍정적인 영향을 미친다.

:: 넷째, 고마움은 표현하라

아이에게 항상 고맙다는 표현을 아끼지 말자. 소통이 되지 않는 가족은 서로를 비난하고 강요하고 책망하게 된다. 비난과 강요 책망을 멈추고 자주 "고마워"를 표현한다.

"우리 딸(아들)이 엄마(아빠)에게 와줘서 고마워."
"오늘도 건강하게 잘 지내 줘서 고마워."
"동생과 잘 놀아 줘서 고마워."
"엄마와 약속 지켜 줘서 고마워."

서로의 존재에 대한 감사의 마음을 전할 때 서로 막혔던 관계가
뚫린다. 처음에는 어색하고 자연스럽게 표현되지 않을지라도 자꾸
노력해야 한다. 감사의 표현은 아이와의 소통을 가능케 하는 기적을
만들 것이다.

:: 다섯째, 솔직한 마음을 전하라

부모는 자신의 마음을 솔직하게 표현해야 한다. 감정을 나눌 수
있는 관계가 친밀한 관계이다. 부모도 언제나 강할 수만은 없다. 때
로는 힘겨운 시간도 있고 지칠 때도 있는데 그럴 때 아이에게 솔직
하게 부모의 마음을 표현해 보자. 아이는 그저 자신에게 무언가를
강요하고 지시하기만 하던 부모가 대화의 상대로 새롭게 인식하게
된다.

아이에게 상처가 되는 말

대화의 법칙을 통해 아이와 신뢰를 쌓고 소통의 문을 열었는데 한 순간에 이 신뢰를 무너뜨릴 수 있다. 바로 부모가 아이에게 상처 주는 말을 던졌을 때이다. 무심코 던진 한마디가 아이의 가슴에 깊은 상처로 남을 수 있다.

:: 첫째, "피곤해", "힘들어"

아이가 말을 안 듣고 제멋대로 행동할 때 부모는 자신도 모르게 막연히 "피곤해", "힘들어" 하고 말한다.

아이는 자신의 어떤 행동이 부모를 힘들게 하고 피곤하게 하는지 모른 채 지나간다. 딴짓하지 말고 밥 먹으라고 말을 했는데도 아이가 말을 듣지 않을 때 "엄마 힘들어"라는 말 대신 "엄마가 몇 번이나 말했는데도 네가 들은 척도 하지 않으니 엄마가 무시당한 기분이 들고 엄마 마음이 아프고 힘들어", 이렇게 구체적으로 아이의 행동이 엄마에게 어떤 영향을 미치는지 함께 알려 준다면 서로 상처를 주고받는 일 없이 훈육할 수 있다.

:: 둘째, "안 돼", "하지 마"

부정어와 금지어는 아이의 심리를 위축시킨다. 세상에 호기심과 기대를 걸고 새로운 것에 도전하려는 아이가 부모의 "안 돼", "하지 마"의 부정어와 금지어에 익숙해지면 '어차피 내가 하면 안 되잖아',

'엄마가 또 못 하게 할 거야' 하는 생각에 미리 겁을 먹고 포기하고 된다. 그러기에 부정어와 금지어는 최대한 사용하지 말아야 한다. 하지만 상황에 따라 아이의 잘못된 행동을 바로잡거나 위험한 상황을 피하기 위해 꼭 금지어를 써야 할 때도 있기에 그럴 때는 아이에게 그 이유도 구체적으로 설명해 주어야 하며 부득이하게 금지어를 사용해야 하는 경우 화를 내거나 윽박지르지 말고 나즈막하게 눈을 바라보며 "안 돼", "하지 마"라고 단호하게 표현한다.

:: 셋째, "혼난다", "경고했어"

이 말을 들은 아이는 두 가지 감정이 있다. 하나는 정말 혼낼까 하는 공포감, 다른 하나는 진짜 혼내는지 아닌지를 봐야 하는 반항심과 호기심이다. "혼난다", "경고했어"가 지나가는 잔소리처럼 느껴질 경우도 많다.

아이를 훈육할 때는 경고의 메시지보다는 지금의 행동이 아이와 부모 모두에게 어떻게 나쁜 영향을 미치는지 차분히 설명해 주는 것이 훨씬 효과적이다.

:: 넷째, "빨리해", "얼른 좀 해라"

명령이나 지시를 좋아하는 사람은 없다. 하려고 마음먹었는데 누군가 하라고 시키면 괜시리 하기 싫어진다. 아이들도 마찬가지이다. 다른 사람이 시키는 일에는 반발심을 느끼고 저항감을 느끼게 된다. 명령보다는 아이가 해야 할 일을 구체적으로 온화하게 말해 주는 것이 중요하다.

책상에 앉아 딴짓만 하는 아이에게 "공부 빨리 안 할래?" 하고 재촉하듯 명령보다는 "몇 시부터 공부 시작할래?", "언제부터 공부할 거니?" 하고 아이 스스로 기한을 정해 행동하도록 이끄는 것이 좋다.

:: 다섯째, "나중에", "이따가"

아이의 말에 "나중에", "이따가"라고 대답하면 아이는 자신의 요구나 질문을 회피하려 한다고 생각한다. 당장 급하게 해야 할 일이 있거나 상황이 허락치 않을 경우 부모의 상황을 충분히 설명하며 아이의 요구를 바로 들어줄 수 없는 구체적인 이유를 알려 주어야 한다.

아이가 옷을 사달라고 하는데 생활비가 빠듯하다면 "나중에", "다음에"라는 말로 마냥 미루기보다는 가정 경제의 상황을 대략적으로 설명해 준다. 이렇게 설명해 주는 것이 아이의 경제 감각을 키우기 위해서도 부모가 무조건 자신의 요구를 들어주지 않는 것이 아니라고 납득시키기 위해서라도 훨씬 낫다.

:: 여섯째, "왜 동생보다 못해", "왜 다른 아이보다 못해"

부모가 무의식 중에 많이 하는 말 중 하나가 남과 비교하는 말이다. 친구나 형제자매와 비교하는 말은 아이에게 '내가 많이 부족하구나' 하는 생각에 좌절감을 느끼게 하고 부모를 실망시켰다는 자책감까지 심어 준다. 비교는 타인이 아닌 '과거의 아이'와 하는 것이 현명하고 바른 방법이다.

위의 여섯 가지 말은 아이에게 죄절감을 느끼게 하고 부모에 대한 불신을 생기게 한다. 부정어, 금지어, 지시어를 사용하기보다는 온화하게 그러나 해야 할 말은 단호하게 하는 부모가 되어야 한다.

"너를 믿어", "잘할 수 있어", "잘 할거야"와 같은 긍정어를 사용하여 아이의 마음을 인정해 주고 격려해 줄 때 공부의 의욕도 생기게 된다. 이렇듯 부모가 평소에 말 한마디를 신경 쓰고 긍정어를 실천하다 보면 부모가 무슨 말만 해도 귀를 막고 등을 돌리던 아이가 어느덧 부모의 말에 귀를 기울이게 된다.

아이와 마음을 열고 대화할 수 있는 단계에 들어섰다면 본격적으로 공부 대화법을 사용해도 된다.

주변의 평가에 흔들리지 마라

아이를 가르치는 일은 쉽지 않다. 특히 여러 명을 동시에 가르쳐야 하는 학교나 학원의 선생님들은 한 시간 한 시간이 고되기에 아이 한 명 한 명에게 관심을 기울이기가 쉽지 않다. 같은 반에서 같은 선생님의 수업을 똑같이 들었다고 해서 똑같은 가르침을 받은 것은 아니다. 실제 선생님이 똑같은 강의를 해도 학생의 상태에 따라 그 수업 속도가 빠르다고 느끼는 아이가 있으며, 잘 이해하지 못한 부분이 있는데 창피해서 물어보지 못하고 그냥 넘긴 아이도 있다. 또한 공부한 시간이 완전히 같다고 해도 결코 똑같이 공부한 건 아니다. 같은 시간에 같은 책을 펴놓고 공부해도 그 시간에 무슨 일이 일어나는지에 대해선 굳이 말로 다 설명할 수 없는 다양한 경우의 수가 있다.

"똑같이 했다."
"똑같이 시켰다."
"똑같이 가르쳤다."

여기에서 똑같이는 있을 수가 없는 말이기에 해서는 안 될 말이다. 교육 일선에 있는 선생님들만큼 아이들 각각의 개성이 얼마나 다른지 학생마다 어떤 과목을 잘하고 못하는지 잘 아는 사람은 없을 것이다. 하지만 모두가 다 다른 아이들의 개성에 맞춰 수업을 준비하는 건 한계가 있기에 어쩔 수 없이 가장 많은 아이들에게 가장 많은 지식을 전달할 수 있는 표준적인 수업방식을 택하게 되고 못 따라오는 아이들의 부모님께 아쉬움을 표하게 된다.

"연산이 잘 되어 있지 않습니다. 고학년 올라가면 큰 문제가 될 것 같습니다."
"다른 아이에 비해 이해 능력이 많이 떨어지는 편입니다."
"머리는 좋은 거 같은데 집중력이 떨어져 공부 시간에 집중을 하지 못합니다."

학교 선생님을 비롯한 학원 선생님들이 전하는 아이에 대한 평가는 절대적이지 않다. 그들의 말을 무조건적으로 받아들이기보다는 아이를 누구보다 오랫동안 지켜봐 온 부모 스스로의 기준을 가지고 믿음을 지켜 나가는 것이 중요하다. 그렇다고 학교나 학원의 선생님들의 말을 무조건 무시하라는 것은 아니다.

다만 자신의 아이에 대한 부모만의 기준이 필요하다는 것이다. 누구보다 내 아이를 가장 잘 아는 것은 '부모'이다. 타인의 한마디에 예민하게 반응하고 쉽사리 무너지거나 아이의 공부를 포기하지 말라는 말이다.

아이에 대한 평가는 과대평가도 나쁘고 과소평가도 나쁘다. 부모들은 막연히 선생님이 아이에 대한 능력을 평가하면 그게 무조건 맞는 것인 양 믿어 버리는 경우가 많다. 원래 능력 평가는 실제 아이의 능력보다 관찰자의 관점에 더 크게 휘둘리게 되어 있다. 쉽게 말해 아이에게 관심과 애정이 없는 사람이 아이의 능력을 판단할수록 평가가 박하게 나온다. 우리 아이에 대한 교육, 내 아이에 대한 판단을 아무한테나 함부로 맡겨서는 안 되는 이유가 여기에 있다. 아이에 대해 정확하게 판단을 할 수 있는 사람은 반드시 그 아이에 대한 깊은 애정과 관심이 있는 사람뿐이다. 하지만 학교든 학원이든 내 아이는 여러 명 중의 한 명일 뿐이다. 그런 곳에서 아이를 가르치는 사람들은 아무리 열심히 노력해도 한 명의 아이에게는 수십 분의 일밖에는 에너지를 쓸 수가 없다. 당연히 아이 개개인 그릇의 진정한 크기를 가늠한다는 건 거의 불가능하다. 한 아이에 대한 집중적인 관심이 없다면 그 아이의 그릇을 정확히 판별하기란 처음부터 어렵다.

아이에 대한 평가는 실제 아이의 능력이 아니라 보는 사람의 마음에 달린 것이다.

4

부모의
의사소통 유형

부모들은 아이들에게 습관적으로 공부하라고 말한다.

부모가 무심결에 무의식으로 홧김에 던지는 "공부해라, 뭐가 되려고 그러니!"가 아이에게는 상처가 되고 인격 모독처럼 느껴질 수도 있다. 무심코 습관적으로 하는 말을 듣고는 아이가 과연 공부를 열심히 할까? 마음, 생각, 가치관은 절대로 말로 지시하고 강요한다고 바꿀 수 있지 않다. 말로 강제해서 바꿀 수 있는 건 단순히 눈에 보이는 행동들뿐이다. 공부는 마음과 생각, 가치관이 바뀌야 제대로 된 공부를 할 수 있다.

가정에서는 아이를 존중하며, 아이 스스로 움직일 마음의 변화를 이끌어 내야 한다. 아이를 존중한다는 것은 아이의 요구를 모두 다 들어주고, 감정을 전부 표현하게 해주며, 어떤 행동이든 자유롭게 하도록 둔다는 의미가 아니다. 존중이란 아이의 감정, 생각, 행동 중에서 감정을 인정해 주는 것이 핵심이다.

성장 진행형인 아이들은 성인에 비해 논리적으로 생각하거나 합리적인 결정을 내리지 못한다.

아이들은 게임이 재미있다는 것은 알아도 오래 했을 때 어떤 결과가 따르고 뇌가 어떻게 변하는지는 잘 알지 못한다. 누군가의 규제가 없으면 무한정 게임을 할 수도 있다. 그러기에 시간을 정해 놓고 게임을 할 수 있게 제한을 걸어 놓는 건 아이가 아닌 부모가 되어야 한다. 아이들은 성장하면서 조절과 통제를 배운다.

아이의 생각이나 논리에 귀를 기울여 들어주는 건 좋으나 아이의 의견을 있는 그대로 따르는 것은 결코 바람직하지 않다. 아이의 생각과 행동을 바르게 이끌기 위해서는 부모가 기준을 가지고 적절히 통제를 해야 한다.

부모의 5가지 유형

부모의 양육 방식은 아이의 성장과 발달에 지대한 영향을 미친다. 아이들은 부모의 양육 스타일에 따라 다양한 정서적, 사회적 특성을 가지게 되며, 이는 성인이 된 후에도 영향을 준다.

:: 1. 비난형 부모

비난형 부모는 아이가 부모의 기대에 미치지 못할 때 비난과 조롱을 통해 아이를 압박한다. 이러한 부모는 아이에게 죄책감을 심어 주고, 아이의 자존감을 낮춘다.

이안이는 학교에서 돌아와 수학 시험 점수를 아버지께 말씀드렸다. 시험에서 80점을 받은 이안이에게 아버지는 "네가 하는 일이 다 그렇지, 이것밖에 안 되니? 너는 정말 멍청하구나"라고 말했다. 이로 인해 이안이는 자신이 무능력하다고 느끼고 자신감을 잃었다. 이 경험은 이안이에게 학업에 대한 두려움과 무기력감을 심어 주었고, 그는 점차 부모의 기대에 부응하지 못할까 봐 두려워하게 되었다. 이러한 비난형 양육 방식은 아이의 정서적 발달을 저해하고, 성인이 되었을 때도 자신감 부족과 불안감을 야기할 수 있다.

지속적인 비난은 아이의 자존감을 낮추고, 자기 효능감을 감소시킨다. 비난을 많이 받은 아이는 자기 비하적 사고를 가지게 되어 도전 의욕이 저하되고, 정서적 문제를 겪을 확률이 높다.

:: 2. 권위형 부모

권위형 부모는 독재자처럼 아이에게 무엇을 해야 할지, 어떻게 해야 할지 지시하고 명령한다. 이러한 부모는 아이의 의견을 무시하고, 통제를 통해 양육하려 한다.

지윤이는 미술을 좋아하지만, 아버지는 지윤이가 공부에 집중하기를 원했다. 아버지는 "얼른 책상 앞에 앉아! 그만 놀고 공부해!"라고 명령했다. 지윤이는 자신의 흥미나 의견을 표현할 기회를 얻지 못하고, 아버지의 명령에 따를 수밖에 없었다. 이는 지윤이가 자신의 흥미를 잃고, 자존감이 낮아지는 결과를 초래했다. 또한, 지윤이는 점점 더 반항적인 태도를 보이게 되었고, 아버지와의 관계도 악화되었다.

권위적인 양육 방식은 아이의 독립성과 자율성을 저해한다. 권위형 부모 밑에서 자란 아이들은 자율성이 부족하고, 자존감이 낮으며, 종종 반항적인 행동을 보인다. 이는 아이가 자신의 의견을 존중받지 못하고, 항상 통제받는 상황에 놓이기 때문이다.

:: 3. 보호형 부모

보호형 부모는 아이가 조금만 어려움을 겪어도 즉시 개입하여 도와주려 한다. 이들은 아이의 모든 문제를 해결해 주려 하며, 아이의 독립성을 저해한다.

윤지는 학교에서 친구와 다툼이 있었다. 윤지의 어머니는 "친구랑 문제 있니? 내가 통화해 볼까?"라고 물었다. 윤지는 스스로 문제를 해결할 기회를 얻지 못하고, 항상 어머니의 도움을 기대하게 되었다. 이는 윤지가 독립적으로 문제를 해결하는 능력을 기르지 못하게 했으며, 성인이 되었을 때도 타인에게 의존하는 성향을 가지게 만들었다. 윤지는 어려움에 직면할 때마다 부모에게 의존하며, 스스로 문제를 해결하려는 노력을 기울이지 않게 되었다.

과도한 보호는 아이의 자기 통제력과 문제 해결 능력을 저해한다. 보호형 부모 밑에서 자란 아이들은 정서적 불안을 느끼고, 독립적으로 행동하는 데 어려움을 겪는다. 이는 아이가 항상 부모의 보호 아래에서만 안전함을 느끼기 때문이다.

:: **4. 방임형 부모**

방임형 부모는 아이에게 무관심하거나 아이의 행동에 거의 개입하지 않는다. 이러한 부모는 아이에게 필요한 관심과 지도를 제공하지 않는다.

창석이는 부모의 관심 부족으로 인해 방치된 상태로 자랐다. 부모는 창석이의 학업이나 생활에 거의 관여하지 않았고, 창석은 스스로 모든 것을 해결해야 했기에 정서적으로 고립감을 느끼고, 자기주도적이지 못한 성향을 가지게 되었다. 또한, 사회적 규범이나 책임감을 제대로 배우지 못해 친구들과의 관계에서도 어려움을 겪었다.

방임형 부모는 아이의 정서적 결핍을 초래한다. 방임된 아이들은 정서적 불안과 사회적 문제를 겪을 확률이 높다. 이는 부모의 관심 부족이 아이의 전반적인 발달에 부정적인 영향을 미치기 때문이다.

:: 5. 민주형 부모

민주형 부모는 아이를 독립적이고 자주적인 존재로 존중하며, 아이의 의견과 감정을 중요하게 여긴다. 이들은 대화를 통해 아이와 소통하며, 아이가 스스로 생각하고 결정할 수 있는 기회를 제공한다.

아라는 친구와의 갈등으로 속상해했다. 아라의 어머니는 "무슨 일이 있었는지 이야기해 줄래? 네 기분이 어떤지 이해하고 싶어"라고 말했다. 이어서 "그럼 이제 어떻게 하면 좋을까? 우리가 함께 해결책을 생각해 보자"라고 제안했다. 아라는 자신의 감정을 표현하고, 문제를 해결하는 방법을 배우게 되었다. 이는 아라가 자존감이 높고, 타인과 건강한 관계를 형성하는 데 큰 도움이 되었다.

민주형 부모는 아이의 자존감과 사회적 능력을 키우는 데 중요한 역할을 한다. 민주형 부모 밑에서 자란 아이들은 자존감이 높고, 문제 해결 능력이 뛰어나며, 사회적 관계에서도 긍정적인 태도를 보인다. 이는 부모가 아이의 의견을 존중하고, 자율성을 부여하며, 대화를 통해 소통하기 때문이다.

부모의 양육 방식은 아이의 정서적, 사회적 발달에 큰 영향을 미친다. 비난형, 권위형, 보호형, 방임형 부모는 각각 아이에게 부정적인 영향을 미칠 수 있는 반면, 민주형 부모는 아이의 자존감과 독립성, 사회적 능력을 키우는 데 긍정적인 역할을 한다. 따라서 부모는 아이의 건강한 발달을 위해 민주적인 양육 방식을 채택하는 것이 중요하다.

잔소리는 백해무익

"공부해라", "숙제해라", "씻어라", "스마트폰 그만 봐라", "게임 그만해라", "그만 먹어라", "빨리 빨리해라", "정리 좀 해라", "빨리 먹어라", "동생이랑 싸우지 마라", "방 청소 좀 해라", "책 좀 읽어라", "정신 좀 차려라" 등등.

하루에 빠짐없이 하는 말들을 보면 부모인 우리조차도 이런 말을 하고 싶지 않을 것이다. 그러나 잔소리를 하지 않으려 해도 막상 아이를 눈앞에 둔 부모의 입에서는 하루에도 수없이 많은 잔소리가 쏟아져 나온다.

"다 아이를 위한 거죠."
"내 자식이 아니면 잔소리하라고 해도 안 하죠."

이런 생각으로 부모는 아이에게 잔소리를 하지만 그 어떤 이유를 대더라도 잔소리를 그럴싸하게 아름답게 포장할 수는 없다. 어떤 누구도 잔소리는 듣고 싶어 하지 않기 때문이다. 잔소리는 그 빈도를 줄이면 줄일수록 좋다. 그런데 어찌 아이를 키우면서 잔소리를 안할 수 있겠는가. 그렇다면 이왕 잔소리해야 하는 거, 어떻게 해야 할까? 잔소리에도 기술이 있다.

:: 잔소리 기본 원칙

잔소리에 앞서 우선 부모 자신의 감정을 잘 이해하고 조절할 마음의 준비를 갖춰야 한다. 아이의 행동을 나무라기 전에 아이의 마음을 먼저 이해하고 공감하며 아이의 행동을 바르게 잡는 것이 중요하다.

:: 첫째, 감정 조절이 우선

잔소리를 하기 전, 자신의 감정을 먼저 확인한다. 감정 상태가 안 좋은 경우 자신도 모르게 목소리 톤이 높아지고 말속에 짜증이 섞여 있기에 한마디만 하여도 아이에게는 심한 잔소리로 들리게 된다.

자칫 아이의 행동을 바로잡기보다 아이와 감정만 상하고 아이와 사이가 멀어지는 등 나쁜 영향만 끼치게 된다. 잔소리는 감정을 충분히 가라앉힌 후 평정심이 유지될 때 시작해야 함을 명심해야 한다.

:: 둘째, 같은 말 반복은 그만

잔소리의 대표적인 특징은 이전에 한 말을 계속 반복하는 것이다. 그러나 부모 입장에서는 아이의 행동이 달라지지 않고 계속 같은 행동을 하니 어쩔 수 없다고 한다. 같은 말을 반복하게 되는 부모의 마음 또한 충분히 이해한다.

계속 말하면 언젠가 듣겠지, 라는 생각을 할 수도 있다. 그러나 같은 말 반복의 잔소리는 백해무익하다. 아이에게 여러 번 말하는 것보다 한 번 정확하게, 단호하게, 딱 잘라 말하는 게 훨씬 효과적이다.

:: 셋째, 할 말은 바로바로

아이가 잘못했을 때 일관되게 같은 모습을 보이는가? 같은 행동도 어떤 때는 그냥 넘어가고 어떤 때는 그동안의 다른 잘못들까지 끄집어내어 밀린 잔소리까지 늘어놓기도 한다. 이럴 때 작은 실수로 시작된 잔소리가 며칠, 몇 달 전의 잘못과 연결하여 눈덩이처럼 부푼 잔소리를 모두 말하고서야 끝이 난다.

이런 경우 아이는 엄마가 자신의 어떤 행동 때문에 화가 났는지조차 정확히 모르기에 당황하고 어리둥절할 수 있다. 물론 아이의 잘못된 행동을 교정하기를 기대하기도 이 상황에서는 어렵다.

아이가 잘못된 행동을 했을 때는 그때 바로 혼낸 뒤 반복하지 않고 깔끔하게 끝내는 것이 가장 현명하다.

:: 넷째, 이유와 목적은 명확하게

아이에게 잔소리하는 이유와 목적을 명확하게 전달해야 한다. 아이가 잘못해서 말하는 것이니 당연히 아이가 알 거라고 생각하지만 의외로 아이는 그 이유를 정확하게 설명해 주지 않으면 모르는 경우가 많다.

잔소리하기 전에 항상 왜 잔소리를 하는지 이유를 아이가 이해할 수 있도록 쉽고 명확하게 이야기해 주어야 한다. 그래야 아이도 왜 잔소리를 듣는지 알고 잘못된 행동을 반복하지 않을 수 있다.

:: 다섯째, 사람 많은 곳에서는 절대 금물

쇼핑몰, 식당, 거리, 공공장소 등 사람들이 북적이는 곳에서 아이가 잘못을 저질렀을 때 잔소리는 가급적 피하는 게 좋다. 주변 사람들에게 피해를 주면 안 되고, 아이에게 공공장소에서의 예절을 가르칠 필요도 있고 사람들이 많은 곳에서 잔소리를 하게 되면 효과보다는 아이의 자존감에 상처를 준다. 사람이 많은 곳에서 아이의 자존감이 다치지 않는 선에서 적절하게 역지사지 화법으로 훈육하는 법을 익히는 게 좋다.

"네가 엄마 아빠랑 밥 먹고 있는데 누가 옆에서 시끄럽게 떠들거나 돌아다니면서 어수선하게 하면 기분이 어떨까?", "마트에서 물건 사달라고 마구 조르는 아이를 보면 어떤 마음이 들어?" 등등.

아이를 혼낼 때 중요한 건 왜 혼을 내지는 그 이유를 납득시켜야 한다. 지적의 답은 역지사지 화법으로 아이가 스스로 답을 찾을 수 있게 유도한다.

:: 여섯째, 짧고 굵게

하고자 하는 말은 최대한 짧아야 한다. 잔소리의 목적은 아이의 잘못된 행동을 교정하는 데 목적이 있다.

할 말을 짧게 해야 아이가 그 주제를 명확하게 기억할 수 있다. 말이 길어지면 어느 순간 아이는 지루해하고 이 지겨운 잔소리가 언제 끝나나, 하고 딴생각을 하게 된다.

아이는 부모를 위해 사는 존재가 아니다. 스스로 행복할 수 있는 아이로 키워야 한다. 잔소리를 통해 아이의 생각이나 행동, 판단을 조정하려고 하면 아이는 결코 행복해질 수 없다. 자기 기준이 없는 아이는 부모의 기준에 맞춰 수동적으로 살아갈 수밖에 없다. 꼭 필요한 경우가 아니고서는 가급적 잔소리를 하지 않도록 노력하고 꼭 해야 하는 말은 단호하고 일관적으로 짧고 명확하게 해야 함을 잊지 말자.

부모의 대화 유형

대화는 부모와 자녀 사이의 관계를 형성하고 유지하는 데 핵심적인 역할을 한다. 부모의 대화 방식은 아이의 정서적 안정, 자존감, 사회적 기술 및 학업 성취에 큰 영향을 미칠 수 있다. 효과적인 대화는 신뢰와 존중을 바탕으로 하며, 이는 아이가 자신의 감정을 표현하고 문제를 해결하는 능력을 향상시킨다.

대화 유형을 구분하는 기준을 살펴보자.

:: 1. 자신 중심 Self-centered

부모가 자신의 감정과 필요를 우선시하고, 아이의 입장이나 상황을 고려하지 않는 경우이다. 이 유형의 부모는 주로 지시적이고 통제적인 태도를 보인다.

:: 2. 타인 중심 Other-centered

부모가 아이의 감정과 필요를 우선시하며, 자신의 입장이나 필요를 뒤로 미루는 경우이다. 이러한 부모는 주로 순응적이며, 아이의 요구에 쉽게 굴복하는 경향이 있다.

:: 3. 상황 중심 Situation-centered

부모가 상황의 맥락을 중요시하고, 그에 따라 의사결정을 내리는 경우이다. 이 유형의 부모는 분석적이며, 감정보다 사실과 논리에 기반하여 문제를 해결하려고 한다.

:: 4. 자신, 타인, 상황 모두 무시 Ignoring Self, Others, and Situation

부모가 자신, 아이, 상황 모두에 관심을 두지 않고 산만하거나 비집중적인 태도를 보이는 경우이다. 이러한 부모는 아이와의 의사소통에 집중하지 않으며, 지속적으로 다른 것에 신경을 쓴다.

:: 5. 자신, 타인, 상황 모두 중심 Centered on Self, Others, and Situation

부모가 자신, 아이, 상황 모두를 균형 있게 고려하며 의사소통하는 경우이다. 이 유형의 부모는 민주적인 태도를 보이며, 서로의 의견을 존중하고 협력적인 관계를 형성한다.

이러한 기준을 바탕으로 부모의 의사소통 유형을 분류하면, 각각의 유형이 아이의 성장과 발달에 미치는 영향을 보다 명확히 이해할 수 있다. 부모가 어떤 기준을 중요시하는지에 따라 아이와의 의사소통 방식이 달라지며, 이는 아이의 심리적, 정서적, 사회적 발달에 중요한 역할을 한다.

부모-자녀 간 대화 유형은 부모가 자녀와 소통하는 방식에 따라 다르게 나타난다. 이러한 대화 유형은 자녀의 정서적, 사회적, 지적 발달에 큰 영향을 미친다. 다음은 대표적인 부모-자녀 간 대화 유형으로 순응형, 공격형, 분석형, 산만형, 민주형으로 나눌 수 있다.

:: 1. 순응형 대화 Submissive Communication

부모가 자녀의 요구나 감정을 우선시하며, 자신의 의견이나 규칙을 제시하지 않고 자녀에게 쉽게 굴복하는 방식이다.

— 늦게까지 놀고 싶다고 할 때, "네가 하고 싶은 대로 해. 네가 행복하면 됐어."

— 저녁으로 피자만 먹고 싶다고 할 때, "알겠어. 오늘은 네가 먹고 싶은 피자를 먹자."

:: 2. 공격형 대화Aggressive Communication

부모가 자신의 의견과 감정을 강하게 주장하며, 자녀의 감정이나 의견을 무시하고 지시하는 방식이다. 부모가 자녀에게 명령하거나 지시를 내리는 방식으로 대화를 주도한다. 부모의 의견이 중심이 되며, 자녀의 의견이나 감정은 무시되는 경우가 많다. 부모가 자녀의 행동이나 성과에 대해 부정적인 피드백을 준다. 자녀의 실수를 지적하고, 자녀의 자존감을 낮출 수 있는 비판적인 언어를 사용한다.

―숙제를 안 했을 때, "너는 왜 항상 숙제를 안 하니? 이번 주말은 아무것도 하지 마!"

―원하는 옷을 사달라고 할 때, "네가 입고 싶은 거 말고 내가 골라 준 옷 입어!"

―"방 청소해라", "당장 숙제 시작해", "왜 이렇게 못하니?", "너는 왜 항상 실수를 하는 거야?" 등.

:: 3. 분석형 대화Analytical Communication

부모가 상황을 논리적으로 분석하고, 사실에 기반하여 문제를 해결하려고 하는 방식이다. 부모는 감정보다는 상황의 원인을 찾고, 해결책을 논의하는 데 중점을 둔다.

―학교에서 친구와 다툼이 있었을 때, "무슨 일이 있었는지 자세히 이야기해 줄래? 우리가 어떻게 해결할 수 있을지 생각해 보자."

―성적이 떨어졌을 때, "왜 이번 시험에서 어려움을 겪었는지 얘기해 보자. 어떻게 도와줄 수 있을지 생각해 보자."

:: 4. 산만형 대화 Distracted Communication

부모가 자신, 자녀, 상황 모두에 무관심하거나 집중하지 못하고 대화에 거의 참여하지 않는 방식이다. 자녀가 부모에게 말을 걸어도 부모는 주의를 기울이지 않거나, 대화를 피한다.

— 자녀와 대화 중에 계속 휴대폰을 확인하며, "응, 뭐라고? 잠깐만, 이 메시지에 답해야 해."

— 학교에서 있었던 일을 이야기하려고 할 때, "지금 중요한 뉴스 보고 있으니까 나중에 얘기하자.", "알아서 해."

:: 5. 민주형 대화 Democratic Communication

부모가 자신, 자녀, 상황 모두를 균형 있게 고려하며 대화를 나누는 방식이다. 부모와 자녀가 대등한 입장에서 서로의 의견을 존중하며 대화를 나눈다. 부모는 자녀의 의견을 반영하여 결정을 내리고, 자녀와 협력하여 문제를 해결한다.

— 자녀가 새로운 취미를 시작하고 싶어 할 때, "네가 하고 싶은 취미에 대해 더 이야기해 보자. 우리가 함께 어떻게 지원할 수 있을지 생각해 보자."

— 가족여행을 계획할 때, "모두가 가고 싶은 곳을 말해 보자. 그리고 우리 모두가 만족할 수 있는 여행 계획을 세워 보자."

이러한 대화 유형은 부모와 자녀 간의 관계에 중요한 영향을 미치며, 각 유형에 따라 자녀의 정서적, 사회적, 지적 발달이 달라질 수 있다. 부모는 상황에 맞는 적절한 대화 방식을 선택함으로써 자녀와의 긍정적인 관계를 유지하고, 자녀의 건강한 성장을 도모할 수 있다.

5

자존감,
성장 마인드셋

    자존감과 성장 마인드셋은 개인의 성장과 성취에 있어서 중요한 요소이다. 자존감은 자신을 존중하고 사랑하는 마음이며, 성장 마인드셋은 도전에 대한 긍정적인 태도와 끈기를 의미한다. 이 두 가지 요소는 서로 밀접하게 연결되어 있으며, 개인이 인생에서 다양한 목표를 달성하는 데 있어 필수적인 역할을 한다. 높은 자존감과 성장 마인드셋을 함께 갖춘 사람은 실패를 두려워하지 않고 지속적인 노력을 통해 목표를 이루며, 더 나아가 행복하고 만족스러운 삶을 살아갈 수 있다.

자존감은 공부의 필수

이겨 본 사람만이 다시 이길 수 있다. 1등 해본 사람이 다시 1등

한다. 경기나 훈련, 공부 모두 하다 보면 견디기 힘든 위기 상황, 고통, 괴로움 등이 닥치게 된다. 그 상황을 견뎌 내기가 힘들어 중간에 포기하기 쉬운데 정신력만 가지고 극복하라는 건 무리다. 그 힘든 상황을 버틸 수 있게 해주는 건 바로 승리의 경험, 1등의 경험이다. 고통스럽게 견뎌 내고 나면 승리, 성공이라는 커다란 만족이 있다는 믿음이 그 고통을 이겨 내게 한다.

아이에게 강력하고 힘든 그러나 아이가 충분히 해낼 수 있을 법한 과업을 부여한다. 실패하더라도 과업의 난이도를 낮추지 말고 계속 해낼 수 있도록 지원해 주는 것이 중요하다. 그리고 언젠가 과업에 달성했을 때는 이렇게 칭찬해 주자.

"남들이 잘 해낼 수 없는 걸 해냈구나! 정말 잘했어."
"앞으로도 이 정도는 충분히 해낼 수 있을 거야. 이게 너의 기준점이야. 자랑스럽다."

인간은 달성하기 힘든 과업에 매력을 느낀다. 아이에게 힘든 과업을 제시해 주면 언젠가는 목표를 달성할 것이고 그 쾌감에 공부를 자신의 자존심이라고 여기게 될 것이다.

자존감이란 능력이나 조건에 상관없이 자신만이 지닌 특별한 가치에 대한 인식이며 자기 스스로를 가치 있다고 여기고 자신을 소중히 생각하는 것으로 긍정적인 자아상을 의미한다.

공부를 싫어하는 아이들의 공통점 중 하나가 자존감이 낮고 자존감이 낮은 아이는 매사 부정적이다. 반면 자존감이 높은 아이는 매사 자신감이 넘치기에 어려운 문제에도 겁먹지 않고 포기 없이 굳은 의지로 해결한다. 그러기에 자존감이 높은 아이가 공부도 잘할 확률이 높다.

아이의 학습 경험과 성취는 자존감 형성에 중요한 영향을 미치며, 반대로 자존감도 아이의 학습 태도와 성과에 큰 영향을 준다. 부모는 아이의 자존감을 높여 주기 위해 긍정적인 학습환경을 조성하고, 적절한 지원과 격려를 제공해야 한다.

공부는 아이의 자존감에 크게 영향을 미친다. 학습에서 성공을 경험하면 아이는 자신감을 얻고, 자기 효능감이 높아지며, 자존감도 함께 향상된다. 반대로 학습에서 실패나 좌절을 자주 경험하면, 아이는 자신에 대한 부정적인 평가를 하게 되어 자존감이 낮아질 수 있다.

좋은 성적이나 목표 달성 등을 통해 성취감을 느끼면 자존감이 높아지고 부모의 긍정적인 피드백은 아이의 자존감을 높이는 데 큰 도움이 된다. 그러나 반복적인 학습 실패는 아이의 자존감을 낮추고 다른 아이들과의 비교나 부정적인 피드백은 자존감에 부정적인 영향을 미친다.

아이의 자존감을 높이기 위해서는 성공 경험이 가장 중요하다. 성공 경험을 위해 우선 현실적이고 도전적인 목표 설정을 한다. 부모는 아이의 능력에 맞는 현실적이고 도전적인 목표를 설정하도록 도와준다. 목표를 달성하면 성취감을 느끼고, 이는 자존감을 향상시킨다.

수학 문제를 풀 때, 너무 어려운 문제보다는 아이의 수준에 맞는 문제를 단계적으로 제시하여 작은 성취부터 경험하게 한다. 아이의 작은 성취도 인정하고 칭찬해야 한다. 부모의 긍정적인 피드백은 아이의 자존감을 높이고, 더 큰 목표에 도전할 동기를 부여한다.

시험에서 5점을 올렸을 때, "정말 잘했어! 네가 열심히 노력한 결과야"라고 칭찬한다. 공부를 통해 얻는 지식의 즐거움과 흥미를 강조하여 학습 자체에 대한 긍정적인 태도를 기른다. 아이가 흥미를 느끼는 주제를 찾아 학습 동기를 유발한다. 아이가 좋아하는 주제에 대한 책을 읽고 관련된 활동을 통해 공부의 즐거움을 느끼게 한다.

실패를 부정적으로만 보지 않고, 이를 통해 배우고 성장할 수 있는 기회로 삼는다. 실패를 극복하는 경험은 자존감을 높이는 데 중요한 역할을 한다. 시험에서 실수를 했을 때, "이 실수를 통해 무엇을 배울 수 있었니? 다음번에는 더 잘할 수 있을 거야"라고 격려한다.

아이가 수학 시험에서 좋은 성적을 받았다면, 부모는 "정말 잘했어! 네가 열심히 공부한 결과야"라고 칭찬한다. 아이는 자신의 노력을 인정받은 느낌이 들고 자존감 또한 높아진다. 아이가 숙제를 제대로 하지 못했을 때, 부모는 "숙제를 못해서 속상했구나. 어떤 부분이 어려웠는지 이야기해 줄래?"라고 물어본다. 아이가 어려움을 표현하고, 부모의 도움을 받으면서 문제를 해결해 나가면, 자신감을 회복하고 자존감도 높아진다.

공부와 자존감은 상호작용하며, 서로에게 중요한 영향을 미친다.

부모는 아이의 학습 과정을 긍정적으로 지원하고, 아이가 성공과 성취를 경험할 수 있도록 도와야 한다.

긍정적인 피드백과 격려, 현실적인 목표 설정, 학습의 즐거움 강조, 실패를 학습의 기회로 삼는 접근법을 통해 아이의 자존감을 높일 수 있다. 이로써 아이는 학습에 대한 긍정적인 태도를 가지게 되고, 더 나아가 삶의 다양한 도전에 자신감 있게 대처할 수 있다.

긍정적인 자기 대화

아이가 긍정적인 자기 대화를 통해 스스로를 격려하고 칭찬하는 법을 배우면, 자존감이 높아지고 전반적인 삶의 만족도가 향상된다. 자존감은 자신을 존중하고 긍정적으로 평가하는 능력으로, 이는 아이가 어려움을 극복하고 도전에 대처하는 데 중요한 역할을 한다.

긍정적인 자기 대화는 자신에게 하는 긍정적이고 격려적인 말이다. 이는 자신을 비난하거나 의심하는 부정적인 자기 대화와 반대되는 개념으로, 자신의 장점과 성취를 인정하고, 자신을 지지하는 말들로 구성된다.

"나는 할 수 있어."
"내가 최선을 다했으니, 결과가 어떻든 괜찮아."
"나는 소중한 존재야."

긍정적인 자기 대화는 아이가 자신을 긍정적으로 바라보고, 자존 감을 높이는 데 큰 도움이 된다. 긍정적인 자기 대화를 통해 아이는 자신을 격려하고, 실패나 어려움을 극복할 수 있는 힘을 얻는다. 또한, 긍정적인 자기 대화는 스트레스와 불안을 줄여 준다.

긍정적인 자기 대화를 통한 자존감 향상을 위해서는 첫째, 아이에게 자신을 있는 그대로 받아들이고, 자신의 감정과 생각을 인정하는 법을 가르친다. 이는 긍정적인 자기 대화를 시작하는 첫걸음이다. 아이가 실수를 했을 때, "실수는 누구나 하는 거야. 이 경험을 통해 더나아질 수 있어"라고 말해 준다.

둘째, 아이의 작은 성취와 노력을 자주 칭찬해 주면 자기 자신의 가치를 인식하고, 자신을 긍정적으로 바라보게 된다. "네가 오늘 숙제를 끝내느라 정말 열심히 했구나. 아주 잘했어!"라고 말해 준다.

셋째, 아이에게 작은 목표를 설정하고 이를 달성하도록 도와준다. 목표를 달성하면 스스로를 칭찬하게 하여 긍정적인 자기 대화를 강화한다. "오늘 책을 한 챕터 읽기로 했구나. 잘 해냈어! 스스로가 자랑스럽지 않니?"라고 말한다.

넷째, 아이가 부정적인 자기 대화를 할 때 이를 인식하고, 긍정적인 대화로 바꾸도록 도와준다. 아이가 "나는 정말 못해"라고 말하면, "너는 이미 많은 것을 잘 해내고 있어. 조금만 더 노력하면 더 잘할 수 있을 거야"라고 바꾸어 말해 준다. 아이가 그림을 그리다가 실수를 했을 때, "내가 또 실수했어, 정말 못해"라고 말할 수 있다. 이

때 부모는 "누구든 실수할 수 있어. 실수를 통해 배우는 거야. 다음번에는 더 잘할 수 있을 거야"라고 긍정적인 자기 대화로 바꾸어 준다. 아이가 시험 준비를 하면서 "난 이걸 절대 못 해낼 거야"라고 말할 때, 부모는 "지금까지 열심히 준비했으니, 잘 해낼 수 있어. 자신감을 가져 봐"라고 긍정적으로 격려한다. 아이가 축구 경기에서 졌을 때 "내가 못해서 졌어"라고 자책할 수 있다. 이때 부모는 "경기에서 최선을 다했잖아. 지는 것도 배우는 과정이야. 다음에는 더 잘할 거야"라고 말한다.

긍정적인 자기 대화는 아이가 자신을 긍정적으로 바라보고, 도전에 대처하며, 실패를 극복하는 능력을 기를 수 있게 한다. 부모는 아이가 긍정적인 자기 대화를 할 수 있도록 지속적으로 격려하고 도와야 하며, 아이가 건강한 자존감을 형성할 수 있도록 지원해야 한다.

공부 정서와 자존감 그리고 성장 마인드셋

공부 정서와 자존감은 아이의 학습 동기와 성취에 중요한 영향을 미친다. 공부에 대한 긍정적인 정서와 건강한 자존감을 바탕으로 성장 마인드셋을 갖춘 아이들은 어려움에 직면했을 때도 꾸준히 노력하며 성과를 이뤄 낼 가능성이 높다.

공부 정서는 아이가 학습 과정에서 느끼는 감정과 태도를 의미한다. 긍정적인 공부 정서는 학습에 대한 흥미와 동기를 높이며, 부정적인 공부 정서는 학습에 대한 저항과 스트레스를 유발할 수 있다. 자존감은 자신에 대한 긍정적인 평가와 자부심을 의미한다. 높은 자존감을 가진 학생은 실패를 성장의 기회로 받아들이며, 낮은 자존감을 가진 학생은 실패를 자기 가치의 부정으로 받아들일 수 있다. 긍정적인 공부 정서와 높은 자존감은 아이가 학습에서 성공을 경험할 수 있도록 돕는다. 이는 장기적으로 학업 성취뿐만 아니라 전반적인 삶의 질에도 긍정적인 영향을 미친다.

:: **성장 마인드셋과 고정 마인드셋**

성장 마인드셋과 고정 마인드셋은 사람들이 자신의 능력과 잠재력을 어떻게 인식하는지를 설명하는 중요한 개념이다. 스탠포드 대학교의 심리학자 캐롤 드웩Carol Dweck은 이 두 가지 마인드셋이 개인의 학습과 성취에 큰 영향을 미친다고 주장했다.

성장 마인드셋은 능력과 지능이 노력과 경험을 통해 발전할 수 있다는 믿음을 의미한다. 성장 마인드셋을 가진 사람들은 도전을 긍정적으로 받아들이며, 실패를 성장의 기회로 여긴다. 성장 마인드셋을 가진 사람들은 성과가 타고난 능력보다 노력에 달려 있다고 믿는다. 실패를 학습의 한 부분으로 인식하며, 이를 통해 배울 점을 찾는다. 새로운 도전을 두려워하지 않고, 자신의 능력을 확장하려고 한다. 건설적인 비판과 피드백을 기꺼이 받아들이며, 이를 자기 개선의 기회로 삼는다.

고정 마인드셋은 능력과 지능이 고정되어 있으며 변하지 않는다고 믿는 태도를 의미한다. 고정 마인드셋을 가진 사람들은 실패를 자신의 한계로 인식하며, 도전을 피하려는 경향이 있다. 고정 마인드셋을 가진 사람들은 자신의 능력이 선천적으로 정해져 있다고 믿는다. 실패를 자신의 한계를 드러내는 것으로 받아들여 두려워하며, 실패를 피하려고 한다. 도전적인 상황을 피하고, 자신의 능력이 충분히 발휘될 수 있는 안전한 환경만을 선호한다. 비판이나 피드백을 개인적인 공격으로 받아들이며, 이를 거부하는 경향이 있다.

:: 마인드셋이 학습과 성과에 미치는 영향

성장 마인드셋을 가진 사람은 끊임없이 배우고, 자기 발전을 위해 노력한다. 도전을 두려워하지 않고 지속적으로 노력하기 때문에 더 높은 성취를 이룰 가능성이 크다. 실패를 성장의 기회로 여기기 때문에 실패로 인한 스트레스를 잘 관리할 수 있다.

고정 마인드셋을 가진 사람은 새로운 것을 배우는 데 한계를 느끼고, 학습에 소극적이다. 도전을 피하고 안전한 선택만을 하기 때문에 성취의 범위가 제한된다. 실패를 자신의 한계로 인식하기 때문에 실패로 인한 스트레스와 불안이 증가한다.

아이에게 노력과 과정을 칭찬하는 피드백을 제공함으로써 성장 마인드셋을 기를 수 있다. "넌 정말 똑똑해"보다는 "노력한 만큼 결과가 좋구나"라는 피드백이 더 효과적이다. 실패를 부정적으로 보지 않고, 학습의 기회로 받아들이도록 격려한다. 실패 후에는 "이 경험을 통해 무엇을 배웠니?"와 같은 질문을 통해 반성하고 성장할 수 있는 기회를 제공한다.

부모는 아이가 새로운 도전을 두려워하지 않고 받아들일 수 있도록 격려한다. 작은 도전부터 시작해 성공 경험을 쌓도록 도와준다. 아이가 스스로 목표를 설정하고 이를 달성하기 위한 계획을 세우며, 자기주도적으로 학습할 수 있는 환경을 제공한다. 이는 책임감과 자율성을 높이는 데 도움이 된다.

성장 마인드셋과 고정 마인드셋은 개인의 학습과 성취에 큰 영향을 미치는 중요한 개념이다. 성장 마인드셋을 가진 사람들은 도전을 두려워하지 않고, 실패를 학습의 기회로 받아들이며, 지속적으로 발전하려고 노력한다. 반면, 고정 마인드셋을 가진 사람들은 도전을 회피하고, 실패를 자신의 한계로 받아들여 학습과 성취가 제한될 수 있다. 우리는 성장 마인드셋을 기르기 위해 긍정적인 피드백을 제공하고, 실패를 학습의 기회로 받아들이며, 도전을 권장하는 환경을 조성해야 한다.

:: **성장 마인드셋을 위한 부모-자녀 대화**

성장 마인드셋을 기르기 위해 부모와 자녀 간의 대화는 중요하며 부모는 자녀가 실패를 두려워하지 않고, 도전을 즐기며, 지속적인 노력을 통해 성장을 이룰 수 있도록 격려해야 한다.

수민이는 수학 시험에서 낮은 점수를 받아 실망하고 있다.

부모: "수민아, 이번 시험 결과가 마음에 들지 않는 것 같구나. 어디가 어려웠니?"

수민: "네, 다섯 문제나 틀렸어요. 너무 어려워서 잘 모르겠어요."

부모: "시험 문제를 다시 한 번 살펴보자. 틀린 문제를 함께 풀어 보면서 어떤 부분이 어려웠는지 이해해 보는 게 좋을 것 같아. 틀린 문제를 통해 배우면 다음번에 더 잘할 수 있을 거야."

수민: "다시 한 번 다시 풀어 볼게요."

부모는 수민이의 실패를 학습의 기회로 받아들이도록 격려한다. 실수를 통해 배울 수 있음을 강조하고, 함께 문제를 해결함으로써 수민이의 자신감을 높인다.

준희는 그림 그리기를 좋아하지만, 자신이 그린 그림이 마음에 들지 않아 실망하고 있다.

부모: "준희야, 네가 그린 그림을 보니 정말 멋진데? 색깔을 참 잘 썼구나!"

준희: "그래도 내가 생각했던 것처럼 안 나왔어요. 더 잘 그리고 싶어요."

부모: "그런 생각을 하다니 정말 멋지다. 계속 연습하면 더 나아질

거야. 네가 얼마나 노력하는지 알고 있어. 계속해서 노력하면 네 그림이 점점 더 멋져질 거야."

준희: "알겠어요, 더 연습해 볼게요."

부모는 준희의 노력을 칭찬하며, 그의 열정을 인정해 준다. 노력의 중요성을 강조하고, 지속적인 연습을 통해 성장할 수 있다는 믿음을 심어 준다.

지영이는 학교에서 새로운 프로젝트를 맡게 되어 부담을 느끼고 있다.

부모: "지영아, 새로운 프로젝트를 맡게 되었다고 들었어. 어떻게 생각해?"

지영: "좀 부담스러워요. 잘 해낼 수 있을지 모르겠어요."

부모: "처음엔 어려울 수 있지만, 새로운 도전을 통해 많이 배울 수 있을 거야. 어떤 점이 가장 어렵게 느껴지니?"

지영: "프로젝트 계획을 세우는 게 가장 어렵게 느껴져요."

부모: "그럼 같이 계획을 세워 보자. 시작하는 데 도움을 줄게. 도전은 성장의 기회야. 한 단계씩 해결해 나가다 보면 분명히 잘 해낼 수 있을 거야."

지영: "고마워요. 한번 해볼게요."

부모는 지영이의 도전을 긍정적으로 받아들이도록 격려한다. 구체적인 도움을 제공하면서 지영이의 불안을 줄이고, 도전이 성장의 기회임을 강조한다.

은혁이는 발표 연습을 하다가 부모에게 피드백을 요청한다.

은혁: "엄마, 내가 발표 연습한 거 한번 들어줄래요?"

부모: "물론이지, 들어 볼게. 발표 잘했어, 은혁아. 그런데 조금 더 크게 말하면 좋을 것 같아. 친구들이 더 잘 들을 수 있도록 말이야."

은혁: "알겠어요. 좀 더 크게 말해 볼게요. 다시 한 번 해볼게요."

부모: "좋아, 이번에는 아주 잘 들리네. 그리고 발표할 때 눈을 더 맞추면 친구들과 더 잘 소통할 수 있을 거야. 계속 연습하면 더 나아질 거야."

은혁: "고마워요, 엄마. 계속 연습해 볼게요."

부모는 은혁이에게 구체적이고 건설적인 피드백을 제공함으로써 성장의 기회를 제공한다. 피드백을 통해 은주는 자신의 발표 능력을 개선하고, 더 나은 성과를 이룰 수 있다.

성장 마인드셋을 기르기 위해 부모와 자녀 간의 대화는 매우 중요하다. 부모는 자녀가 실패를 두려워하지 않고, 도전을 즐기며, 노력을 통해 성장할 수 있도록 격려해야 한다. 긍정적인 피드백을 제공하고, 실패를 학습의 기회로 받아들이며, 도전을 긍정적으로 수용하도록 돕는 대화를 통해 자녀는 성장 마인드셋을 기를 수 있다. 이러한 대화는 자녀의 자존감을 높이고, 지속적인 성장을 이루는 데 큰 도움이 된다.

부모의 올바른 대화 자세

아이와 대화를 나누기 전 부모가 바람직한 대화 자세를 갖추어야 한다. 우선 아이의 취향과 또래문화를 이해하려고 노력해야 한다. 부모의 성취에 따라 아이를 평가하면 할수록 아이는 부모를 속물로 여기거나 인격적으로 낮게 평가하게 된다. 아이의 행동이 탐탁치 않더라도 아이의 감정을 이해하고 비판하지 않는다. 부모의 강요가 아닌 아이 자신의 판단에 따라 선택할 수 있도록 격려해 준다. 아이들이 가족의 의사결정에 참여할 수 있게 하고 부모와 함께 가족 문제를 해결할 수 있도록 격려한다.

양육의 최종 목적은 아이의 자립과 독립이다. 아이는 언젠가 부모로부터 독립한다. 그러기 위해 부모의 견해와 행동 방식에 도전할 필요가 있음을 이해해야 한다. 아이가 대화를 원할 때는 하던 일을 멈추고 진지하게 귀를 기울이고 집중한다.

내 아이지만 때로는 낯선 사람에게 말하듯 정중하고 상냥하게 말하는 자세도 필요하다. 아이의 생각과 의견을 비판하기보다 잘 듣고 가능한 수렴하여 아이가 대화에서 새로운 생각들을 시험해 볼 수 있도록 격려한다. 어떤 주제에 대해서도 마음을 열고 들으려 할 때 아이는 부모를 무슨 문제든 의논할 수 있는 상대로 여기게 된다. 아이를 모욕하거나 우습게 보지 않고 순진하고 어리석은 질문과 말이라고 생각되더라도 존중해 주어야 한다. 아이가 하는 말을 듣고 부모의 생각을 정확하게 전달하고자 하는 노력이 있어야 한다.

아이가 이해할 수 있는 말로 부모의 생각을 전달하고 돌아오는 반응 또한 정확하게 받아들여야 한다. 아이의 말을 수용하고 인정하고 지지하고 격려하는 자세가 중요하며 칭찬과 격려도 아끼지 말고 해준다. 부모와 아이 사이의 대화에서 가장 중요한 것은 언어의 성실함이다.

부모A: "해달라는 거 다 해주는데 도대체 뭐가 부족해서 하라는 공부는 안 하고 딴짓만 하는지 모르겠어요."
부모B: "저희는 별로 해주는 것도 없는데 아이가 열심히 해주니 늘 고맙고 미안할 따름이에요."

부모A와 부모B의 차이를 느끼는가? 역설적이게도 아이를 위해 최선을 다하고 있고, 헌신하고 있다고 생각하는 부모는 아이 탓을 하는 반면에 무능한 부모라는 생각에 늘 미안한 마음을 갖고 있는 부모는 오히려 자식을 자랑스럽게 생각한다.

아이에게 너무 과한 기대나 지나친 노력은 대부분 아이에게 독이 되며 아이는 자신의 꿈을 실현하기 위해 스스로 노력하는 것이 아닌 부모의 화를 피하고 칭찬을 받기 위해 부모의 감정이 무서워 수동적으로 공부하게 된다. 아이를 무리하게 일방적으로 몰아붙이기보다는 아이의 마음이 어떤지, 어떤 상황에 있는지 자세히 들여다보고 존중해 주는 부모 아래에서 아이는 활짝 자기의 능력을 펼친다.

6

정서 대화
SLSLEQ

공부 대화법에서 가장 우선 되어야 하는 것이 정서 대화^{SLSLEQ}이다. 정서 대화와 공부는 밀접한 관계가 있다. 정서 대화가 잘 이루어질 때, 아이의 학습과 태도에도 긍정적인 영향을 미칠 수 있다.

정서 대화로 아이는 부모와의 관계에서 정서적 안정감을 느낄 수 있다. 이러한 안정감은 학습에 몰입할 수 있는 기초가 된다. 아이가 정서적으로 불안할 때는 학습에 집중하기 어렵기 때문에, 정서 대화를 통해 안정감을 주는 것이 중요하다. 아이의 생각과 감정을 인정하고 지지해 주면, 아이는 자신감을 갖게 된다. 자신감이 있는 아이는 학습 과정에서 도전적인 과제도 긍정적으로 받아들이고, 실패를 두려워하지 않게 된다. 정서 대화에서 질문하기를 통해 아이의 사고력을 자극하면, 아이는 자연스럽게 문제 해결 능력을 키울 수 있다. 이는 학습 과정에서 중요한 사고력과 창의력을 길러 준다.

정서 대화는 아이의 스트레스를 줄이는 데에도 효과적이다. 아이가 학습에서 겪는 어려움이나 부담을 부모와 공유하고, 부모가 이를 이해하고 지원해 준다면, 아이는 스트레스를 덜 받고 학습에 임할 수 있다. 이처럼 정서 대화는 아이가 학습에서 성공하기 위한 중요한 기반을 마련해 준다. 부모와 아이 사이의 정서적인 유대가 강할수록, 아이는 학습에서 더 큰 성취를 이룰 수 있다.

S Stop (멈추기)

아이와 대화할 때 다른 모든 활동을 멈추고 온전히 아이에게 집중한다. 아이가 자신의 이야기가 중요하다고 느끼게 한다.

'STOP' 단계는 모든 활동을 멈추고 아이에게 온전히 집중함으로써 아이는 부모가 자신에게 집중하고 있다는 것을 느끼게 되어, 대화의 질이 높아진다. 아이와의 대화 중에 다른 생각이나 활동을 하게 되면, 아이는 자신이 중요하지 않다고 느낄 수 있다.

아이에게 집중하는 것은 아이를 존중하고 그의 말을 중요하게 여긴다는 메시지를 전달한다. 이는 아이가 자신감을 가지게 하고, 부모와의 대화에서 더 열린 마음으로 자신의 생각과 감정을 표현하게 만든다. 대화 전 멈추고 집중함으로써, 부모와 아이 사이의 정서적 연결이 강화된다. 'STOP' 단계는 부모가 아이의 말을 경청하는 데 필수적인 조건이다. 모든 것을 멈추고 아이에게 집중해야만, 아이의 말뿐만 아니라 그 이면의 감정과 의도까지도 파악할 수 있다. 아이에게 집중하는 것은 대화의 분위기를 차분하고 안정적으로 만든다. 이는 아이가 편안하게 자신의 생각을 표현할 수 있는 환경을 조성해준다.

'STOP' 단계는 정서 대화의 출발점으로서, 부모와 아이 사이의 신뢰와 소통을 강화하고, 대화를 보다 풍부하고 의미 있게 만드는 중요한 과정이다.

L Look(바라보기)

아이와 대화할 때 눈을 마주치고, 진지하게 바라본다. 시선을 맞추며 아이의 말을 경청하는 태도를 보인다.

'LOOK' 단계는 부모가 아이와 눈을 마주치며 아이의 말에 집중하는 것을 의미한다. 눈을 마주치는 행위는 아이에게 자신의 말이 중요하게 여겨진다는 느낌을 주고, 부모가 아이의 말에 귀 기울이고 있다는 강력한 신호를 보낸다. 이는 아이가 자신감을 갖고 자신의 생각과 감정을 표현하도록 격려한다.

아이와 눈을 마주칠 때, 부모는 아이의 비언어적 신호나 표정을 더 잘 읽을 수 있고, 아이가 전달하고자 하는 메시지의 뉘앙스를 더 잘 파악할 수 있다. 이러한 교감은 아이가 자신의 감정을 더 잘 이해하고 표현할 수 있도록 돕고, 부모와 아이 사이의 신뢰와 연결감을 강화시킨다. 따라서 '바라보기' 단계는 아이와의 의사소통에서 진정한 관심과 존중을 보여 주는 핵심적인 방법이다. 이를 통해 아이는 자신이 소중한 존재이며, 자신의 말이 가치 있다고 느끼게 된다. 이는 아이의 자존감을 높이고, 긍정적인 자아상을 형성하는 데 기여한다.

S Smile(미소 짓기)

대화 중에 따뜻한 미소를 지어 아이에게 긍정적인 감정을 전달한다. 미소를 통해 친근함과 신뢰를 형성한다.

'SMILE' 단계는 아이에게 긍정적인 에너지를 전달하는 중요한 방법이다. 부모가 따뜻한 미소를 지을 때, 이는 아이에게 안정감과 행복을 느끼게 하는 비언어적인 소통의 형태이다. 미소는 친근감과 긍정적인 감정을 전달하며, 아이가 더 열린 마음으로 자신의 생각과 감정을 나누도록 독려한다. 미소는 또한 아이가 부모와의 대화에서 편안함을 느끼게 하고, 대화의 분위기를 부드럽게 만든다. 이는 아이가 스트레스 없이 자신을 표현할 수 있는 환경을 조성하며, 아이의 자신감과 자존감을 증진시킨다. 부모의 미소는 아이에게 긍정적인 강화를 제공하고, 아이가 긍정적인 사회적 상호작용을 배우는 데 도움을 준다.

따라서 '미소 짓기' 단계는 아이와의 의사소통에서 긍정적인 분위기를 조성하고, 아이가 자신을 가치 있게 느끼고 자신의 감정을 자유롭게 표현할 수 있도록 격려하는 데 중요한 역할을 한다. 이는 아이의 정서적 발달과 건강한 인간관계 형성에 중요한 기초를 마련한다.

L Listen(경청하기)
~

아이의 말을 적극적으로 경청하고, 그의 감정을 읽어 준다. 아이가 자신의 생각과 감정을 자유롭게 표현할 수 있도록 돕는다.

'LISTEN' 단계는 아이와의 의사소통에서 매우 중요한 부분이다. 이 단계에서는 부모가 아이의 말을 단순히 듣는 것을 넘어서, 적극적으로 경청하고 이해하는 것을 목표로 한다. 적극적인 경청은 아이가 말하는 내용뿐만 아니라, 그 말 뒤에 숨겨진 감정과 의도까지 파악하려는 노력을 포함한다. 경청하는 동안 부모는 아이의 말에 전적인 주의를 기울여야 하며, 다음과 같은 방법으로 이를 실천한다.

아이가 말하는 동안 끄덕이거나, 고개를 기울이는 등의 비언어적 신호로 관심을 보여 준다. 아이가 한 말을 부모 자신의 말로 다시 표현하여 아이가 전달하고자 하는 바를 정확히 이해했는지 확인한다. 아이가 말하는 동안 중간에 끼어들거나 방해하지 않고, 아이가 말을 마칠 때까지 기다린다.

이러한 경청의 과정은 아이에게 존중과 가치를 느끼게 하며, 아이가 자신의 생각과 감정을 자유롭게 표현할 수 있는 환경을 조성한다. 아이는 자신의 의견이 중요하게 여겨진다고 느끼고, 이는 아이의 자존감과 자기표현 능력을 향상시키는 데 기여한다. 또한, 부모와 아이 사이의 신뢰와 감정적 유대를 강화시키는 기반이 된다. 이는 아이가 사회적 상호작용과 문제 해결 능력을 발달시키는 데 중요한 역할을 한다.

E Empathy(공감하기)

아이의 감정에 공감하며, 그의 입장에서 상황을 이해한다. 공감을 통해 아이가 혼자가 아니라는 느낌을 갖게 한다.

'EMPATHY' 단계는 아이와의 의사소통에서 깊은 이해와 감정적 지원을 제공하는 데 매우 중요하다. 이 단계에서는 부모가 아이의 감정에 공감하고, 아이의 입장에서 생각하며, 아이의 감정을 인정하고 받아들이는 것을 목표로 한다. 공감을 통해 부모는 아이가 겪고 있는 감정적 경험을 이해하고, 아이가 자신의 감정을 안전하게 표현할 수 있도록 지지한다.

공감하는 방법에는 아이가 표현하는 감정에 대해 적절한 감정적 반응을 보여줌으로써, 아이의 감정을 이해하고 공유한다는 것을 보여 준다. 아이의 감정을 긍정적으로 인정하고, 그 감정이 정당하다는 것을 아이에게 알려 준다. 아이의 상황에 자신을 빗대어 생각해 보고, 아이가 느끼는 감정을 이해하려고 노력한다. 아이의 감정을 지지하고 격려하는 언어를 사용하여, 아이가 자신의 감정을 표현하는 것이 안전하고, 받아들여진다는 것을 느끼게 한다.

공감은 아이가 자신의 감정을 탐색하고 이해하는 데 도움을 주며, 아이가 자신의 감정을 건강하게 관리하는 방법을 배울 수 있게 한다. 또한, 부모와 아이 사이의 감정적 유대를 강화시키고, 아이가 타인의 감정에 대해 민감하고 이해심 있는 태도를 배울 수 있는 기반을 마련한다. 이는 아이가 사회적 상호작용과 대인관계에서 더 성숙하고 배려 깊은 사람으로 성장하는 데 중요한 역할을 한다.

:: 공감을 표현하는 비언어적 수단

— 눈 맞춤: 아이의 눈을 바라보며 집중하는 것은 관심과 이해를 나타낸다.

— 고개 끄덕임: 아이가 말하는 동안 고개를 끄덕여 주면, 아이 말에 동의하고 있다는 것을 보여 준다.

— 표정: 슬픔, 기쁨, 놀람 등 아이의 감정을 반영하는 표정을 지음으로써 공감을 표현한다.

— 몸짓: 아이에게 다가가거나 몸을 기울여 주는 것은 아이 말에 귀 기울이고 있다는 것을 나타낸다.

— 손짓: 손을 내밀어 위로하거나, 아이의 손을 잡아 주는 것은 지지와 공감을 나타내는 행동이다.

— 거리 유지: 아이와 적절한 거리를 유지하면서 개인적인 공간을 존중하는 것도 중요하다.

─ 경청의 자세: 몸을 아이 쪽으로 기울이고, 전신으로 경청하고 있다는 자세를 취한다.

이러한 비언어적 소통은 아이가 자신의 감정을 표현하고 타인과의 관계에서도 공감능력을 발휘할 수 있도록 하는 중요한 요소가 된다.

공감을 표현할 때 사용할 수 있는 추임새는 대화 중에 상대방이 자신의 이야기를 하고 있을 때, 그들의 감정과 경험에 공감을 나타내기 위해 사용하는 짧은 말이다. 이러한 추임새는 상대방에게 경청하고 있으며, 그들의 말에 공감하고 있다는 것을 비언어적으로 표현하는 방법이다.

─ "음", "아하": 상대방의 말에 주의를 기울이고 있다는 것을 나타낸다.
─ "그렇구나", "정말?": 아이의 경험이나 감정에 놀라움이나 관심을 보여 준다.
─ "맞아", "진짜로?": 아이의 말에 동의하거나, 더 자세한 이야기를 듣고 싶다는 표현이다.
─ "와우", "오": 감탄을 통해 아이의 경험이나 감정에 대한 강한 공감을 나타낸다.
─ "네가 그렇게 느꼈구나": 아이의 감정을 인정하고 공감한다는 것을 보여 준다.

이러한 추임새는 대화에서 자연스럽게 사용되며, 아이가 자신의 이야기를 계속하도록 격려하고, 그들의 감정과 경험을 중요하게 여기고 있다는 것을 보여 준다. 공감적인 추임새는 대화를 더 유동적이고 자연스럽게 만들며, 상대방에게 안정감과 이해를 제공한다.

Q Question (질문하기)

아이가 스스로 생각하고 답을 찾을 수 있도록 유도하는 질문을 한다. 질문을 통해 사고력을 자극하고, 스스로 답을 찾아가는 과정에서 성취감을 느끼게 한다.

'QUESTION' 단계는 아이가 자신의 생각과 감정을 더 깊이 탐구하도록 돕는 과정이다. 이 단계에서는 아이에게 개방형 질문을 하여 아이가 스스로 생각하고, 자신의 의견을 형성하며, 문제 해결 능력을 개발할 수 있도록 격려한다. 질문을 통해 아이는 자신의 생각과 감정에 대해 더 깊이 생각하고, 자신의 내면을 탐색한다.

자신의 생각을 명확하게 표현하고, 다른 사람과 의견을 나누는 방법을 배운다. 다양한 관점에서 문제를 바라보고, 창의적인 해결책을 모색한다. 스스로 질문을 하고, 답을 찾으며, 지식을 탐구하는 능력을 키운다.

:: 부모가 아이에게 할 수 있는 유익한 질문들

—"그 일이 너에게 어떤 의미가 있었니?"

아이가 경험한 사건의 개인적인 가치와 의미를 탐구하도록 돕는다.

—"네가 그 상황에서 느낀 감정은 무엇이었니?"

아이가 자신의 감정을 인식하고, 그 감정 이름을 붙이는 연습을 하도록 격려한다.

—"다음에 비슷한 상황이 생기면 어떻게 하고 싶니?"

아이가 미래의 상황에 대해 생각하고, 다른 대처 방법을 고민하도록 한다.

—"네가 생각하기에 이 문제의 해결책은 무엇이라고 생각해?"

아이의 문제 해결 능력을 자극하고, 창의적인 사고를 장려한다.

아이의 사고력을 자극하고 대화를 더 깊이 이어가기 위한 질문의 예시는 다음과 같다.

—"그 상황에서 가장 좋았던 점은 무엇이었니?"

아이가 긍정적인 경험을 회상하고, 그것이 자신에게 어떤 영향을 미쳤는지 생각하게 한다.

—"그 일로부터 배운 것이 있다면 무엇이니?"

아이가 경험을 통해 얻은 교훈이나 인사이트를 공유하도록 격려한다.

—"네가 그 상황을 다시 한 번 겪게 된다면, 무엇을 달리 할 거니?"

아이가 과거의 행동을 반성하고, 미래의 행동을 계획하는 데 도움을 준다.

―"네가 느낀 감정을 그림으로 그려 본다면 어떤 모습일까?"

아이의 창의력을 자극하고, 감정을 시각적으로 표현하는 새로운 방법을 탐색하게 한다.

―"이 문제를 해결하기 위해 우리가 함께 할 수 있는 것은 무엇이 있을까?"

아이와 협력하여 문제 해결 방안을 모색하도록 하며, 팀워크의 중요성을 가르친다.

―"다른 사람들에게 도움을 줄 수 있는 방법은 무엇이라고 생각해?"

아이가 자신의 능력을 인식하고, 타인에게 긍정적인 영향을 미칠 수 있는 방법을 고민하게 한다.

―"네가 이루고 싶은 목표가 있다면, 그것은 무엇이니?"

아이가 자신의 꿈과 목표를 설정하고, 그것을 달성하기 위한 계획을 세우도록 돕는다.

이러한 질문들은 아이가 자신의 생각과 감정을 더 깊이 탐색하고, 자기주도적으로 학습하며, 자신의 의견을 형성하는 데 도움을 준다. 또한, 부모와 아이 사이의 의사소통을 강화하고, 아이의 사고력과 창의력을 발전시킨다.

III

공부의 뿌리가 되는
독서 대화 SQRIA

1

성적이
떨어지는 이유

　공부의 성공은 단순히 학교 수업에서 얻는 지식에만 의존하지 않는다. 그 밑바탕에는 독서라는 강력한 도구가 자리 잡고 있다. 독서는 단순한 정보 습득을 넘어, 사고력을 키우고 상상력을 자극하며, 비판적 사고와 창의적 문제 해결 능력을 길러 준다. 이러한 독서를 촉진하고 깊이 있는 학습을 가능하게 하는 것이 바로 '독서 대화'이다.

　아이들의 교육과 성장을 위해 무엇을 최우선으로 해야 할지 고민할 때, 독서는 항상 그 답 중 하나로 떠오른다. 아이들은 세상을 이해하고, 자신을 표현하는 방법을 배우는 과정에서 독서를 통해 많은 것을 얻는다. 책은 단순히 지식의 창고일 뿐만 아니라, 아이들의 상상력과 창의력을 키우는 문이다. 다양한 이야기 속에서 아이들은 새로운 세계를 탐험하고, 다른 사람들의 삶을 경험하며, 스스로 생각하고 상상하는 힘을 기르게 된다.

독서는 또한 언어 능력을 발달시키는 데 중요한 역할을 한다. 아이들이 다양한 단어와 문장 구조를 배우면서, 그들의 표현력과 소통 능력이 향상된다. 이는 학교에서의 학습뿐만 아니라 일상생활에서도 중요한 기술이다. 글을 읽고 이해하는 능력은 모든 학문의 기초가 되며, 이를 통해 아이들은 더 깊이 있는 학습을 할 수 있게 된다.

정서적 성장 역시 독서를 통해 이루어진다. 이야기 속 등장인물들의 감정을 따라가며, 아이들은 공감 능력을 키우고, 다양한 감정을 이해하게 된다. 독서는 아이들에게 자신과 타인을 이해하는 법을 가르치고, 더 나은 사람이 되는 길을 열어 준다.

부모로서 우리가 할 수 있는 가장 중요한 일 중 하나는 아이들에게 독서의 중요성을 심어 주는 것이다. 집 안 곳곳에 책을 배치하고, 함께 책을 읽는 시간을 가지며, 독서에 대한 긍정적인 태도를 보여 주는 것이 중요하다.

독서는 공부의 뿌리이다. 아이들이 책을 통해 세상을 배우고, 성장하며, 더 나은 미래를 준비할 수 있도록, 우리는 그들에게 독서를 우선시하는 문화를 만들어 줘야 한다.

독서 부족이 원인

아이들이 초등학교 저학년에서 고학년, 그리고 중학교와 고등학교로 진학하면서 성적이 떨어지는 현상은 많은 부모들의 공통된 고민이다. 이러한 현상에는 여러 가지 이유가 있을 수 있지만, 그중에서도 독서 부족이 중요한 원인 중 하나로 지적된다.

지선이는 항상 좋은 성적을 유지했지만, 5학년이 되자 성적이 눈에 띄게 떨어졌다. 수학과 과학 과목에서 특히 어려움을 겪고 있다. 학년이 올라갈수록 교과 내용의 난이도가 증가한다. 저학년 때는 기본적인 읽기, 쓰기, 셈하기 등의 기초 능력을 요구하지만, 고학년이 되면 복잡한 개념 이해와 문제 해결 능력이 필요하다. 독서를 통해 다양한 지식을 습득하고 이해력을 높이는 것이 중요한 이유이다. 독서가 부족하면 이러한 복잡한 내용을 이해하는 데 어려움을 겪을 수 있다.

중학교 1학년 수정이는 국어 과목에서 특히 어려워한다. 시험 문제를 읽고 이해하는 데 시간이 많이 걸리며, 긴 지문을 읽을 때 집중력이 떨어진다. 학년이 올라갈수록 교과서와 시험 문제의 어휘 수준이 높아지고, 긴 지문을 읽고 이해하는 능력이 중요해진다. 독서를 통해 어휘력과 독해력을 향상시키지 않으면, 교과서의 내용을 이해하거나 시험 문제를 제대로 해석하는 데 어려움을 겪을 수 있다. 독서는 어휘를 확장하고, 긴 글을 읽는 연습을 통해 독해력을 높이는 데 큰 도움이 된다.

민호는 중학교 때까지 부모의 지도 아래 공부했지만, 고등학교에 진학하면서 스스로 공부하는 데 어려움을 느끼고 있다. 학습 계획을 세우고 실행하는 능력이 부족해 성적이 떨어지고 있다. 학년이 올라 갈수록 자기주도학습 능력이 중요해진다. 독서는 자기주도학습 능력을 기르는 데 중요한 역할을 한다. 책을 읽고 스스로 이해하고, 필요한 정보를 찾아내는 과정에서 자기주도학습의 기초가 형성된다. 독서를 통해 이러한 능력을 길러야 고학년에서도 안정적인 학업 성취를 유지할 수 있다.

준서는 처음에는 공부에 흥미를 보였지만, 학년이 올라가면서 공부에 대한 흥미를 잃고 성적도 떨어졌다. 교과 내용이 점점 더 어려워지면서 자신감이 떨어진 것이다. 독서는 학습 동기와 흥미를 유지하는 데 중요하다. 흥미 있는 책을 읽음으로써 학습에 대한 긍정적인 경험을 쌓을 수 있으며, 이는 교과 학습에도 긍정적인 영향을 미친다. 독서가 부족하면 학습에 대한 흥미를 잃기 쉽고, 이는 성적 하락으로 이어질 수 있다.

지우는 긴 시간 동안 집중해서 공부하는 데 어려움을 겪고 있다. 특히 긴 시간을 요하는 시험이나 과제를 할 때 집중력이 떨어져 성적이 낮아지고 있다. 독서는 집중력과 인내력을 기르는 데 효과적이다. 책을 읽는 과정에서 지속적으로 집중하는 연습을 하게 되고, 어려운 내용을 이해하기 위해 인내심을 발휘하게 된다. 독서가 부족하면 긴 시간 동안 집중해서 공부하는 데 어려움을 느끼게 되고, 이는 학업 성취에 부정적인 영향을 미친다.

아이들이 학년이 올라갈수록 성적이 떨어지는 이유는 교과 내용의 난이도 증가, 어휘력과 독해력 부족, 자기주도학습 능력 부족, 학습 동기와 흥미 저하, 집중력과 인내력 부족 등 여러 가지가 있다. 이러한 문제들을 해결하기 위해서는 독서가 필수적이다. 독서를 통해 아이들은 다양한 지식을 습득하고, 어휘력과 독해력을 향상시키며, 자기주도학습 능력과 학습 동기를 기를 수 있다.

교과서가 어려운 아이들

교과서는 학교 교육의 내비게이션 역할을 하며, 아이들이 새로운 지식을 습득하고 이해하는 데 필수적이다. 교과서를 통해 다양한 학문의 기초를 다지고, 사고력과 문제 해결 능력을 키울 수 있다. 그러나 아이들이 점점 교과서 읽기를 힘들어한다.

아이들이 교과서를 어려워하는 이유는 다양하다. 아이들은 태어날 때부터 글보다는 영상을 먼저 접하고, 요약된 정보만 빠르게 받아들이면서 자란다. 이러한 환경은 아이들의 '문해력' 발달에 좋지 않은 영향을 미친다. 문해력이란 글을 읽고 이해하는 능력을 말하는데, 이것이 부족하면 교과서의 내용을 제대로 파악하기 어렵다.

교과서의 내용이 아이들의 일상 경험과 동떨어져 있거나, 자주 사용하지 않는 어휘가 많아서 이해하기 어려워한다. 초등학교 4학년 사회 교과서에 '육교'라는 단어가 나오지만, 실제로 그 단어를 알고 있는 학생이 없다면, 교과서를 읽는 것 자체가 어려워질 수밖에 없다.

교과서에서 '인권'이라는 개념을 설명할 때 사용되는 '보편적'이라는 단어가 있다. '보편적'은 모든 사람에게 적용되는 것을 의미하는데, 이와 비슷한 '일반적'이라는 단어와 혼동하기 쉽다. '일반적'은 대부분에 적용되지만, '보편적'은 모든 경우에 적용된다는 더 강한 의미를 가진다. 이러한 단어의 미묘한 차이를 이해하지 못하면, 교과서에서 '인권'이라는 개념을 '보편적인 권리'로 설명하는 부분을 제대로 이해하기 어렵다. '보편적'이라는 단어의 정확한 의미를 알고 있었다면, '인권'이라는 개념을 이해하는 데 더 큰 도움이 된다.

또 다른 예로 교과서에 '명시'와 '규명'이라는 단어를 사용하는 경우가 있다. 이 두 단어는 공통적으로 '명(明)'이라는 한자를 사용하는데, '명시'는 분명하게 드러내 보이는 것을, '규명'은 자세히 따져서 분명하게 밝히는 것을 의미한다.

학생들이 이러한 단어의 의미를 정확히 이해하지 못하면, 교과서의 내용을 제대로 파악하는 데 어려움을 겪게 된다. 이처럼, 교과서 속에서 사용되는 어휘들이 아이들에게 낯설거나 어려울 수 있으며, 이는 교과서를 이해하는 데 큰 장애가 된다. 따라서 아이들이 교과서의 내용을 보다 쉽게 이해하고 학습할 수 있도록, 교사와 부모님의 지원이 필요하다.

아이들의 독서 습관이 부족한 것도 한 원인이다. 독서는 문해력과 독해력을 키우는 데 중요한 역할을 하지만 아이들이 책을 읽는 것을 즐기지 않고, 독서에 대한 동기가 부족하여 교과서를 포함한 모든 글을 이해하는 데 어려움을 겪고 있다.

이러한 문제를 해결하기 위해서는 아이들이 글을 읽고 이해하는 훈련이 필요하다. 교과서를 이해하기 위해서는 필요한 어휘를 먼저 학습하고, 이를 바탕으로 교과 지식을 습득한 후 관련된 다양한 장르의 글을 읽어 보는 것이 좋다. 또한, 아이들이 스스로 책을 읽고 싶은 마음을 가질 수 있도록 동기를 부여하는 것도 중요하다.

내 아이가 교과서 읽기를 힘들어한다면 이 부분부터 해결하지 않고서는 앞으로의 학업에 계속적으로 어려움을 호소할 것이다. 아이가 교과서를 어려워하는 이유는 문해력 부족, 교과서와 일상 경험의 괴리, 그리고 독서 습관의 부재 등 다양한 요인이 복합적으로 작용한다.

교과서를 제대로 읽는다는 건 교과서에 나오는 전문 용어나 생소한 단어를 이해하고 사용할 수 있는 어휘력이 뒷받침되어야 한다. 문장이나 단락을 정확하게 이해하고, 주요 개념을 파악할 수 있는 독해력이 있어야 한다. 교과서의 내용을 실생활과 연결 지어 생각하고, 관련된 추가적인 지식을 탐구할 수 있어야 한다. 교과서의 내용을 단순히 받아들이는 것이 아니라, 비판적으로 분석하고 자신의 의견을 형성할 수 있어야 한다.

듣는 공부, 보는 공부

교과서부터 이해가 안 되니 아이들은 듣는 공부, 보는 공부에만 의존하게 된다.

듣는 공부는 주로 강의나 설명을 통해 정보를 얻는 방식으로 아이들이 수동적으로 정보를 받아들이게 만들며, 개별 학생의 학습 속도나 스타일을 고려하지 않는다. 강의 내용을 놓치거나 이해하지 못했을 때, 즉각적인 피드백이나 추가 설명 없이 다음 내용으로 넘어가는 경우가 많다. 아이가 학습 내용을 완전히 이해하지 못하고 넘어가게 만들어 성적 저하로 이어진다.

보는 공부는 교과서나 시각 자료를 통해 정보를 습득하는 방식으로 아이들이 자신의 속도로 학습할 수 있게 해주지만, 많은 경우 자료의 내용을 이해하지 못한 채 단순히 암기하는 데 그치게 만든다. 또한, 시각 자료만으로는 아이들이 개념을 심층적으로 이해하거나 적용하는 데 한계가 있다.

이제는 아이들에게 필수가 되어 버린 대부분의 사교육은 지식을 전달하는 주된 수단으로 작용한다. 이러한 환경에서 아이들은 강의를 듣고 (듣는 공부), 교재를 통해 정보를 습득하는 (보는 공부) 방식에 익숙해질 수 있다. 이는 아이들이 수동적으로 정보를 받아들이는 경향을 강화할 수 있으며, 자기주도적 학습이나 창의적 사고를 발달시키는 데는 한계가 있다.

학원에서 선행학습을 강조하는 경우, 아이들은 자신의 학년 수준을 넘어서는 내용을 배우게 된다. 이는 단기적으로는 학업 성취도를 높일 수 있지만, 장기적으로는 아이들이 스스로 문제를 해결하고 사고하는 능력을 기르는 데 방해가 된다. 학원이 초등학생에게 중학생이나 고등학생의 교육 과정을 가르치는 것은 지식을 일방적으로 주입하는 것이 될 수 있으며, 이는 '스스로 생각하는 능력'을 저해할 수밖에 없다.

학원이 아이들의 학습 방식에 미치는 영향은 긍정적인 측면과 부정적인 측면이 공존한다.

학원이 제공하는 구조화된 학습환경과 전문적인 지도는 학업 성취에 도움이 될 수 있지만, 동시에 아이들의 자기주도적 학습 능력과 창의적 사고를 저해할 위험이 높다. 이를 균형 있게 관리하고, 아이들이 다양한 학습 방법을 경험할 수 있도록 지원하는 것이 중요하다. 부모님과 교육자들이 아이들의 학습 방식을 다각도로 지원하고, 학원 선택 시에도 이러한 측면을 고려하는 것이 바람직하다.

경민이는 학원에서의 학습에 익숙해져 있다. 그의 일상은 학교 수업을 듣고, 학원에서 추가 강의를 받는 것으로 채워졌다. 이러한 환경은 경민이가 정보를 주로 듣고 보는 방식으로만 받아들이게 만들었다. 그 결과, 경민이는 자신의 생각을 표현하고, 문제를 스스로 해결하는 데 어려움을 겪었다. 많은 아이들이 공부의 궁극적인 목적을 이해하지 못하고 있다. 공부를 해야 하는 이유가 있어야 하는데 아이들은 자신이 왜 공부해야 하는지 명확히 알지 못할 때, 공부가 스트레스로 다가오고, 이는 듣고 보는 공부에만 의존하는 수동적인 학습 태도로 이어진다.

책과 담을 쌓는 아이들

아이들이 책과 담을 쌓는 이유는 다양하다.

첫째, 아이들은 필요성을 느끼지 못하기 때문에 책과 거리를 둔다. 많은 아이들이 책을 읽어야 하는 이유에 대해 분명한 답을 찾지 못한다. 즉각적인 보상이나 혜택이 없다면, 아이들은 책을 읽는 행동에 동기를 느끼기 어렵다. 현대 사회에서는 즉각적인 만족을 주는 디지털 미디어가 넘쳐나고, 아이들은 그러한 매체에 더 쉽게 끌린다.

둘째, 독서 동기가 부족하다. 아이들이 독서를 하게 만드는 내적 동기와 외적 동기 모두 중요한데, 이러한 동기 부여가 충분히 이루어지지 않으면 아이들은 책을 멀리하게 된다. 칭찬과 보상, 연쇄적 책 읽기, 책의 가치 경험 등이 부족하면 아이들은 독서에 흥미를 잃게 된다.

셋째, 독서 환경의 부재이다. 아이들이 다양한 책에 노출되고, 독서 방법을 잘 알게 되며, 독서 취향에 맞는 책을 추천받고, 독서에 대한 자율적 선택이 가능할 때 독서에 대한 관심이 높아진다. 하지만 이러한 환경이 제공되지 않으면 아이들은 책을 읽는 것을 꺼리게 된다.

넷째, 부모의 역할이다. 아이들은 부모의 말을 듣고 말하기를 배우며, 부모가 책을 읽는 모습을 보고 따라 하려고 한다. 부모가 책을 읽어 주고, 독서를 권장하면 아이들은 독서가 재미있다고 느끼고 혼자서 더 많은 단어를 공부하려 한다. 그러나 부모가 독서를 장려하지 않거나, 독서의 중요성을 강조하지 않으면 아이들은 책과 담을 쌓게된다.

2   성적을 좌우하는 독서

독서는 아이들의 학업 성적에 중대한 영향을 미치는 활동이며 학습의 근본적인 변화를 가져올 수 있는 강력한 도구이다. 이는 단순한 추측이 아니라 다양한 연구와 사례를 통해 입증된 사실이다. 독서는 아이들의 사고력을 키우고, 발표력을 향상시키며, 정보와 지식을 습득하는 데 큰 도움이 된다. 또한, 독서는 언어영역뿐만 아니라 과학, 수학, 외국어 과목 성적 향상에도 긍정적인 영향을 미친다. 학년이 올라갈수록 영어 선생님들, 수학 선생님들 모두가 독서가 중요하다고 한목소리를 내는 게 현실이다.

한 연구에서 책을 11권 이상 읽은 아이가 1권도 읽지 않은 아이보다 언어영역에서 무려 20점 가까이 높은 점수를 얻었다고 한다. 독서가 언어 능력뿐만 아니라 비판적 사고와 분석 능력을 향상시키는 데 도움이 되며, 이러한 능력이 학업 성적에 직접적으로 영향을 미친다는 것을 보여 준다. 같은 연구에서 독서량이 많은 아이들은 수리영역에서 8~9점, 외국어영역에서도 12~13점씩 높은 점수를 얻었다고 한다. 독서가 단순히 언어 능력을 넘어서 사고력, 이해력, 그리고 문제 해결 능력을 향상시키는 데 기여한다는 것을 확인할 수 있다.

미국의 한 실험에서는 가정환경이 비슷한 아이들을 두 그룹으로 나누어, 한 그룹에는 정규과목만 가르치고 다른 그룹에는 정규과목과 어휘력 학습을 추가로 가르쳤다. 결과적으로 어휘력 학습을 추가한 그룹의 아이들이 더 높은 성적을 얻었으며, 어휘력과 관련 없는 과목까지 성적이 높았다는 점에서 독서와 성적의 상관관계를 확인할 수 있다.

이러한 사례들은 어휘력이 아이들의 학업 성적에 중요한 영향을 미친다는 것을 뒷받침한다. 따라서 아이들의 어휘력을 향상시키기 위한 교육적 노력은 학업 성적 향상에 직접적으로 영향을 준다. 이에 아이들의 독서 습관을 장려하고, 어휘력을 강화하는 활동에 투자하는 것이 중요함을 시사한다.

부모가 아이에게 독서를 권장하는 것은 단순히 성적을 올리기 위한 목적이 아니라, 아이의 전반적인 인지 발달과 학습 능력을 향상시키기 위한 중요한 투자이다. 독서는 아이들이 다양한 사고를 하고, 창의적으로 문제를 해결하는 능력을 기르는 데 필수적인 역할을 한다. 아이가 책을 친구로 삼고, 지식의 바다에서 무한한 상상력을 펼칠 수 있도록 독서를 장려해야 한다. 독서는 학교에서 배우는 지식을 넘어서, 평생을 함께할 지혜와 통찰력을 얻는 과정이다. 독서의 힘을 믿고, 아이들이 책과 함께 성장할 수 있도록 지원해야 한다.

독서는 읽기 능력의 발달뿐만 아니라 쓰기, 듣기, 말하기와 같은 다른 언어 능력의 발달로 이어진다. 학교 수업에서 듣는 내용을 더 잘 이해하고, 교과서에서 보는 정보를 더 효과적으로 처리할 수 있게 한다. 개인의 지식과 경험을 풍부하게 해주며, 현실 생활에서 직접 경험할 수 없는 정보도 책을 통해 간접적으로 경험할 수 있게 한다. 아이가 다양한 상황과 문제에 대해 더 넓은 시각을 가지고 접근할 수 있도록 도와준다.

독서는 문화적 가치를 체험할 수 있는 기회를 제공하며, 가치 판단의 기준과 능력을 발달시킨다. 교과서의 내용을 단순히 암기하는 것을 넘어서서, 그 내용이 가지는 깊은 의미와 맥락을 이해하는 데 도움을 준다. 자신의 학습 방식을 스스로 평가하고, 필요한 변화를 주도적으로 이끌며 학습에 대한 긍정적인 태도를 가지고, 스트레스를 관리하는 데 도움을 준다.

이러한 독서의 효과들이 듣는 공부와 보는 공부에만 의존하는 학습 방식에서 벗어나, 자기주도적이고 창의적인 학습자로 성장하는 데 필수적인 역할을 한다. 독서를 통해 다양한 사고방식을 배우고, 자신의 학습에 대한 깊은 이해와 관심을 가질 수 있게 된다.

글자 읽기, 글 읽기

~~~~~~~~

책을 읽으라고 하면 아이가 글자만 읽는지 글을 읽는지 점검해 봐야 한다.

글자 읽기는 문자의 형태를 인식하고, 그 형태에 해당하는 소리를 내는 능력으로 문자를 소리로 변환하는 해독decoding 과정에 해당하며, 주로 초보 독자나 어린 아이들이 문자를 배울 때의 초기 단계이다. 반면, 글 읽기는 단순히 문자를 소리로 변환하는 것을 넘어서, 글의 내용을 이해하고, 그 의미를 자신의 배경지식과 연결시키는 과정이다. 해석interpretation과 의미 구성meaning construction을 포함하며, 독자가 글을 통해 정보를 얻고, 지식을 확장하며, 비판적 사고를 하는 능력을 말한다.

글자 읽기는 문자의 기본적인 인식에 초점을 맞추는 반면, 글 읽기는 독자가 글의 내용을 깊이 있게 이해하고, 그 내용을 자신의 삶에 적용할 수 있는 능력을 포함한다. 따라서 글 읽기는 글자 읽기보다 더 복잡하고 고차원적인 인지 활동을 요구한다.

아이가 '개'라는 글자를 읽을 수 있다면, 그것은 글자 읽기의 단계이다. 하지만 아이가 '개는 충성심이 강한 동물이다'라는 문장을 읽고, 그 의미를 이해하며, 자신이 알고 있는 개에 대한 정보와 연결시킬 수 있다면, 그것은 글 읽기의 단계라고 할 수 있다.

이러한 차이점을 이해하는 것은 아이들의 읽기 교육에 있어 매우 중요하다. 부모는 아이가 글자를 읽는 능력을 넘어서, 글의 내용을 이해하고, 그것을 자신의 경험과 연결시킬 수 있도록 지도해야 한다. 아이가 학습에 대한 깊은 이해를 갖고, 평생 학습자로 성장하는 데 필수적인 기초가 된다.

글을 읽는다는 것은 단순히 문자를 눈으로 인식하는 행위를 넘어서, 어휘력, 독서력, 문해력이라는 세 가지 핵심 요소가 서로 상호작용하며 뒷받침되어야 하는 복합적인 과정이다.

어휘력은 글을 읽을 때 필수적인 기초로 단어의 의미를 알고 이를 정확하게 사용하는 능력이다. 어휘력이 풍부한 아이는 다양한 단어와 표현을 이해하고, 그 의미를 정확히 파악할 수 있다. 글의 표면적인 의미뿐만 아니라, 저자가 전달하고자 하는 미묘한 뉘앙스까지도 포착할 수 있게 해준다. '자유'라는 단어 하나에도 법적, 철학적, 일상적 등 다양한 맥락이 있을 수 있는데, 어휘력이 풍부한 아이는 이러한 맥락을 구분하고 적절히 해석할 수 있다. 수능 국어 영역에서 어려운 어휘가 포함된 지문을 이해하기 위해서는 어휘력이 필수적이다. 또한, 다양한 과목에서 전문 용어와 개념을 이해하고 사용할 수 있어야 하기 때문에 어휘력은 학업 전반에 걸쳐 중요한 역할을 한다.

독해력은 텍스트를 읽고 그 의미를 정확하게 파악하는 것으로 글을 읽는 기술을 넘어서, 글의 구조와 흐름을 이해하고, 중요한 정보를 추출하는 능력을 말한다. 독해력이 높은 독자는 글의 주제와 주장을 신속하게 파악하고, 핵심적인 논점과 부수적인 내용을 구분할 수 있다. 또한, 글의 구조를 파악함으로써, 저자의 논리적인 전개를 따라가며, 그 안에서 정보를 조직하고 분석할 수 있다. 수능 시험에서는 긴 지문을 빠르고 정확하게 읽고 이해하는 능력이 요구된다. 독해력이 뛰어난 학생은 시험 시간 내에 지문을 효율적으로 분석하고 문제를 해결할 수 있다. 또한, 독해력은 논문 작성, 연구 자료 분석 등 대학 생활에서도 필수적인 능력이다.

문해력은 글을 읽고 이해하는 능력을 넘어서, 읽은 내용을 자신의 지식과 경험에 연결시키고 그것을 바탕으로 새로운 지식을 창출하거나 의사결정을 하는 능력을 포함한다. 문해력이 높은 아이는 교과서나 시험 문제에서 사용되는 복잡한 용어와 개념을 더 쉽게 이해하고, 이를 바탕으로 더 높은 성적을 얻을 가능성이 크다. 또한 글을 통해 새로운 아이디어를 받아들이고, 비판적으로 사고하며, 창의적인 해결책을 모색할 수 있다. 역사적 사건에 대한 책을 읽을 경우, 그 사건이 현재의 사회에 어떤 영향을 미쳤는지를 이해하고, 이를 자신의 삶이나 사회적 이슈에 적용할 수 있으며, 논술 시험에서는 주어진 자료를 분석하고 자신의 의견을 논리적으로 전개하는 능력이 필요하다. 문해력이 뛰어난 아이는 텍스트의 핵심을 파악하고, 이를 토대로 자신의 주장을 명확하게 펼칠 수 있다. 이는 대학 입시뿐만 아니라, 대학 생활이나 사회생활에서도 중요한 능력이다.

어휘력, 독해력, 문해력은 글을 읽는 과정에서 서로 영향을 주고받으며, 아이가 글을 통해 지식을 습득하고, 사고를 확장하며, 세상을 이해하는 데 중요한 역할을 한다. 따라서 글을 읽는다는 것은 이러한 요소들이 잘 조화를 이루며 뒷받침될 때, 진정한 의미에서의 '읽기'가 이루어진다고 할 수 있다.

3   게임에서 빠져나오지
못하는 아이들

　게임만 하는 아이 때문에 힘들어하는 부모가 늘고 있다. 게임에 과도하게 시간을 투자함으로써 공부할 시간이 줄어들고, 이는 성적 저하로 이어진다.

　게임은 설계상 중독성이 강하고, 아이들이 자기 통제력을 잃어버릴 수 있기 때문에 부모들은 게임을 마약과 비교한다. 게임에 몰두하는 아이들은 현실 세계에서의 대인 관계를 소홀히 할 수 있으며, 이는 사회성 발달에 장애가 된다. 게임을 통해 즉각적인 만족감을 추구하게 되면, 현실 세계에서 직면하는 도전과 어려움을 극복하는 데 필요한 능력을 저해되고 노력을 통한 장기적인 목표 달성 능력이 약해진다.

아이들은 왜 게임에 빠질까?

게임에 빠진 이유도 모른 채 무조건 하지 말라고 소리만 질러서는 결코 아이를 게임 중독에서 벗어나게 할 수 없다. 게임은 한번 중독되면 빠져나오기가 매우 어렵다. 게임에 중독된 아이들을 부모가 가정에서 어렵게 통제한다고 해도 가정을 벗어나 인터넷에 접속할 수 있는 곳이 너무 많기 때문이다. 어떻게 하면 아이가 게임을 줄이고 공부에 힘을 쓰게 할 수 있을까?

공부에 거부감을 가지고 공부 말고 다른 즐거움에 빠져 있다면 그에 저항하기보다는 그 즐거움을 이용하는 것이 좋다. 공부가 아이가 원하는 것을 못 하게 막는 장애물이 아니라 그걸 더 편하게 즐길 수 있도록 만들어 주는 도구가 될 수 있게 말이다.

아이가 무엇을 좋아하는지 확인하고 좋아하는 걸 인정해 준다. 그리고 그 좋아하는 것과 공부의 접점을 찾아주고 지금 상태로 마냥 지내다가 사회인이 되면 그 좋아하는 일을 절대 즐길 수 없을 것이라는 사실을 확인시켜 준다. 이는 이미 형성된 아이의 성향과 맞서 싸우려 하지 말고 그 성향을 이용해야 한다.

게임과 공부는 한 끗 차이로 서로 경쟁하고 성취를 다툰다는 점이 같다. 아이의 경쟁심이 게임 같은 중독성 있는 놀이가 아닌 아이 인생에 필요한 공부에 쏠릴 수 있도록 잘 이끌어 주는 것이 부모의 말이다. 게임에 빠져 있는 아이는 게임에 몰입하는 만큼 잘만 이끌어 주면 공부에도 엄청난 파워를 낼 수 있는 잠재력이 있다.

게임은 아이들에게 즉각적인 보상과 성취감을 제공하며, 도전과 성공의 경험을 준다. 이러한 보상 시스템이 게임에 몰입하게 만들고, 때로는 중독적인 경향을 보이게 한다. 게임은 아이들에게 현실에서는 경험하기 어려운 자유와 통제감을 제공한다.

현실 세계에서의 스트레스나 문제로부터 잠시 벗어나고자 할 때, 가상의 게임 세계는 매력적인 대안이 될 수 있다. 특히 가정에 문제가 있거나 대인 관계에서 어려움을 겪는 아이들은 게임의 매력에 더욱 빠져들 확률이 높다.

게임의 접근성과 중독성도 아이들이 게임에서 벗어나지 못하는 원인이다. 스마트폰과 인터넷의 보급으로 게임에 쉽게 접근할 수 있으며, 게임의 설계 자체가 사용자를 계속해서 게임에 머물게 만드는 요소들을 포함하고 있다. 이러한 이유들로 아이들은 게임에 더욱 몰입하게 만들고, 결국 중독에 이르게 한다.

공부와 게임의 공통점

:: 첫째, 레벨 업

게임 속에서 상대를 때려잡거나 아이템을 모아 가며 집중하다 보면 어느새 레벨이 올라가 있다. 레벨이 올라갈수록 아이들은 성취감을 느끼고 자신이 대단한 사람이 된 것 같다는 승리감과 성취감을 느낀다.

게임에서 얻는 승리감과 패배감의 자극을 공부에서도 느낄 수 있다는 사실을 알려 주어야 한다. 이 심리적 장치만 마련해 줄 수 있다면 아이의 공부 문제로 속상할 일이 더 이상은 없다.

:: 둘째, 노력의 대가

"공부는 아무리 열심히 해도 성적이 오르지 않는데 게임을 열심히 하면 보상이 확실해요. 게임은 날 배신하지 않는다."게임에 중독된 아이들이 하는 말이다. 그러나 잘못된 생각이다.

게임할 때 충분한 시간을 투자하고 경험치가 쌓여야 레벨이 순조롭게 업할 수 있듯이, 공부도 절대적인 공부 시간이 확보되어야 하고 노력하는 시간이 있어야 결과가 나온다. 아이들에게 게임하는 시간만큼 공부에 그 시간을 투자한다면 게임 그 이상의 결과가 있음을 상기시켜 주어야 한다. 사실 공부는 게임 이상으로 노력한 만큼 큰 성과를 주는 건 확실하다. 온라인 세상과 현실 세상은 누릴 수 있는 것 자체가 차원이 다름을 이해시켜 준다면 공부에도 흥미를 느끼게 될 것이다.

:: 셋째, 요령은 필수

게임은 천재가 아니어도 게임하는 시간과 횟수가 늘어날수록 요령이 생기게 되어 잘할 수 있다. 공부도 마찬가지이다. 천재적인 머리가 아니어도 공부 시간과 공부량을 늘리면 자기만의 공부법을 터득하게 되고 공부 요령이 생기게 되어 누구나 좋은 성적을 올릴 수 있다.

:: 넷째, 지겨움과 허탈함

게임이든 공부든 너무 오랫동안 하다 보면 질린다. 둘 다 페이스 조절이 필요한데 게임을 못 하게 하면 오히려 이 페이스 조절을 아이가 하게 되어 게임을 항구적으로 재미있게 더 빠지게 하는 부작용이 발생한다. 그렇다고 게임을 마냥 계속하도록 내버려 둬야 할까? 아니다.

게임을 무조건 못 하게 하는 게 아니라 아이의 마음속에 게임의 가치를 떨어뜨려야 한다. 어떤 재밋거리도 그것에 빠져 하다 보면 어느 순간 지겨움이 오고 허탈해져 상대적으로 가치가 떨어진 것처럼 느껴진다. 언젠가 찾아올 지겨움을 조금 더 빠르게 찾아오게 만들기 위해서는 그것이 얼마나 가치가 떨어지는 일인지 상기시켜 주는 것이 가장 좋다. 무조건 "하지 마라"라는 말은 오히려 재미를 더 부추길 뿐이다. 지겨움과 허탈함을 느끼게 하는 것이 중독을 끊는 가장 좋은 방법이라는 걸 잊어서는 안 된다.

"게임 캐릭터 NO! 자신이 캐릭터다."

게임을 해서 이겼을 때는 기분은 좋지만 공부를 안 했다는 불안감이 남고 그 불안감은 오히려 스트레스가 되어 마음이 힘들어진다. 그러나 공부를 하면 하는 순간은 힘들고 짜증도 나지만 공부를 많이 해놓으면 뿌듯하고 마음이 편해진다.

공부는 잠깐의 스트레스에 긴 편안함이고 게임은 잠깐의 통쾌함에 긴 시간의 불안감을 준다. 게임 속 캐릭터가 아닌 아이 자신에게 투자하게 하는 것이 훨씬 남는 장사이다.

게임하는 뇌, 책 읽는 뇌

게임하는 뇌는 반응 속도, 시각적 처리 능력, 공간 인지 능력 등을 발달시키는 데 효과적이다. 게임은 뇌의 특정 부분, 특히 후두엽(시각을 담당하는 뇌의 부분)을 활성화시키며 빠른 반응과 집중력을 요구하는 활동에서 유용하다. 하지만, 게임에 지나치게 몰두할 경우, 뇌가 강한 자극에만 반응하도록 굳어져 다른 활동에 대한 흥미가 떨어질 수 있으며, 즉각적인 보상과 성취감을 제공하여 도파민 분비를 촉진한다. 이는 중독성을 유발하고, 다른 활동에 대한 흥미 감소와 집중력 저하를 초래한다. 게임 중독은 뇌의 보상 시스템, 기억력, 학습 능력, 감정 조절 능력과 관련된 뇌 영역의 구조와 기능 변화를 유발할 수 있다. 일주일에 9시간 이상 게임을 한 청소년들의 뇌 왼쪽 줄무늬체 영역이 커져 있다는 연구 결과가 있다. 과도한 게임은 주의력 결핍, 기억력 감퇴, 학습 능력 저하, 문제 해결 능력 저하, 의사 결정 능력 저하시킨다. 특히, 액션 게임이 주의력 제어 능력을 향상시키지 못하는 것으로 나타난 연구도 있다.

책 읽는 뇌는 언어 능력, 비판적 사고, 창의력, 상상력, 의사결정 능력 등을 향상시키는 데 도움을 준다. 독서는 뇌의 여러 영역을 활성화시키며, 이는 글을 읽을 때 뇌 전체가 사용되기 때문이다. 또한, 책을 읽는 과정에서 아이들은 어휘력과 문법을 자연스럽게 익히고, 사고력을 증진시키며, 문제 해결 능력을 발달시킨다.

책 읽는 뇌는 공부하는 뇌로 연결된다

독서는 단순히 문자를 인식하는 것을 넘어서, 뇌의 전체 영역을 활용하는 행위로 뇌의 고등정신기능을 활성화하는 과정이다. 이 과정은 뇌의 여러 부분이 서로 협력하여 글자를 인식하고, 의미를 해석하며, 이를 우리가 알고 있는 지식과 연결시키는 것을 포함한다.

먼저, 눈으로 인쇄된 단어를 접하면, 후두엽에 위치한 시각피질 영역이 활성화되어 글자를 인식하게 되는데 이는 문자를 소리 체계로 바꾸기 위한 첫 단계이며, 이 과정은 매우 빠르게, 대략 0.4초 내에 일어난다. 다음으로, 뇌의 왼쪽 전두엽 부분이 활성화되어 글자를 형성하는 단어를 인식하고 식별한다. 이는 단어의 형태를 인식하고, 그 단어가 이름인지 동사인지, 과거인지 현재인지 미래인지를 구분하는 구문 인식에 해당한다.

글의 내용과 전체적인 맥락을 이해하기 위해서는 두정엽과 전두엽까지 활성화되어야 하는데, 독서 중에 뇌의 전체 영역이 활용되고 있음을 의미한다. 이 과정에서 뇌는 글의 의미를 처리하고, 뇌 영역끼리 네트워크를 형성하여 정보를 처리한다.

이러한 복잡한 뇌의 활동은 독서가 단순한 시각적 인식을 넘어서, 언어 이해, 사고 확장, 문제 해결 등의 고차원적인 인지 활동을 포함한다는 것을 보여 준다. 따라서 책을 읽는 것은 뇌에 다양한 긍정적인 영향을 미치며, 학습과 기억, 창의력 발달에 중요한 역할을 한다. 특히, 전두엽의 앞부분에 위치한 브로카 영역과 측두엽 부근의 베르

니케 영역 등 언어 중추는 독서 중 기본적으로 활성화되며, 이는 언어 이해와 생산에 필수적인 부분이다. 이러한 뇌의 활동은 독서를 통해 얻은 정보를 분석하고, 비판적으로 사고하며, 창의적인 해결책을 모색한다. 이 과정에서 학습과 관련된 뇌 영역도 함께 활성화되어, 독서가 공부하는 뇌로의 전환을 가능하게 한다. 또한, 독서는 뇌의 신경 가소성을 증진시키는데, 새로운 경험을 하거나 새로운 것을 배울 때 뇌의 처리 과정이 달라지고, 뇌 회로가 보다 원활하게 작동하면서 뇌 질환의 발병을 예방할 수 있다. 독서는 뇌를 건강하게 유지하는 데 도움을 줄 뿐만 아니라, 학습 능력을 향상시키는 데도 중요한 역할을 한다. 이처럼, 책을 읽는 뇌의 활동은 공부하는 뇌로의 전환을 촉진하며, 이는 학습에 필요한 여러 인지적 능력을 발달시키는 기반이 된다. 따라서 독서는 학업 성취뿐만 아니라 전반적인 인지 발달에 중요한 영향을 미치는 활동이다.

게임에 빠진 아이를 독서로 이끄는 대화

:: 게임의 흥미를 책으로 이어가기

아이가 게임을 하고 있을 때 부모가 다가간다.

부모: "지훈아, 게임에서 뭐 하고 있어?"

아이: "엄마, 이 게임은 모험을 떠나는 건데 정말 재미있어요!"

부모: "정말 흥미롭구나! 네가 좋아하는 모험 이야기가 담긴 책도

많아. 혹시 그 게임과 비슷한 이야기가 담긴 책을 읽어 볼래?"

아이: "어떤 책이요?"

부모: "'해리 포터' 시리즈나 '나니아 연대기' 같은 책이 있어. 둘 다 모험을 떠나는 이야기라서 네가 좋아할 것 같아."

아이: "나니아 연대기 들어 본 적 있어요."

부모: "그럼, 우리 같이 도서관에 가서 '나니아 연대기'를 빌려 보자. 네가 좋아할 만한 다른 모험 책들도 찾아볼 수 있어."

∷ 독서와 게임의 균형 맞추기

아이가 하루 종일 게임을 하고 있을 때 부모가 다가간다.

부모: "수진아, 오늘 게임 재미있었어?"

아이: "네! 정말 재미있었어요."

부모: "게임하는 것도 좋지만, 우리 하루에 한 시간은 책을 읽어 보는 건 어때? 그러면 게임도 하고, 책 속의 멋진 이야기들도 경험할 수 있어."

아이: "책은 재미없어요?"

부모: "아니야! 네가 좋아하는 게임처럼 책에도 흥미진진한 이야기가 가득해. 만약 네가 좋아하는 판타지나 모험 이야기를 찾으면, 정말 재미있을 거야."

아이: "좋아요, 그럼 한번 해볼게요."

부모: "좋아, 그럼 저녁 먹고 나서 같이 읽을 책을 골라 보자."

:: 함께 독서하기

아이가 게임을 끝내고 쉴 때 부모가 다가간다.

부모: "연오야, 게임 끝냈구나. 게임 속 이야기가 정말 재미있었지?"

아이: "네, 엄청 재미있었어요!"

부모: "그 이야기 속 캐릭터들이 정말 멋지지? 그럼 오늘 밤에는 우리 같이 모험 이야기 책을 읽어 보는 건 어때? 엄마랑 같이 읽으면 더 재미있을 거야."

아이: "엄마랑 같이요? 어떤 책이에요?"

부모: "내가 고른 '해리 포터' 책인데, 마법과 모험이 가득해. 우리 같이 읽으면서 책에 대해 이야기해 보자."

아이: "좋아요, 해리 포터 이야기 들어 보고 싶었어요."

부모: "그럼 저녁 후에 같이 읽자. 그리고 우리가 좋아하는 부분을 서로 이야기해 보자."

:: 책 선택의 자유 주기

부모와 아이가 주말에 함께 시간을 보내고 있을 때.

부모: "병일아, 주말에 뭐 하고 싶어?"

아이: "게임하고 싶어요!"

부모: "좋아, 게임도 좋지만 우리 도서관에 가서 네가 읽고 싶은 책도 찾아보는 건 어때? 게임에서 느낀 재미있는 이야기를 책에서도 찾아볼 수 있을 거야."

아이: "도서관에요? 책 고를 수 있어요?"

부모: "물론이지! 네가 읽고 싶은 책을 골라 보자. 그리고 우리 둘 다 재미있는 책을 찾아보는 거야."

아이: "좋아요, 그럼 도서관에 가봐요."

부모: "좋아, 그럼 출발하자. 그리고 도서관에서 재미있는 책을 찾아보자."

게임에 빠진 아이를 독서로 이끄는 것은 아이의 관심사와 흥미를 존중하며, 자연스럽게 책의 세계로 안내하는 과정이다. 위의 대화 사례들처럼 부모가 아이의 감정을 이해하고, 공감하면서 대화를 이끌어 간다면 아이는 독서에 대한 긍정적인 경험을 쌓을 수 있다. 중요한 것은 아이에게 독서의 즐거움을 강조하고, 책을 선택하는 데 자유를 주며, 부모와 함께 독서를 즐기는 시간을 만드는 것이다.

4

입시를 위한
전략 독서

입시 준비 과정에서 독서는 필수 중의 필수다.

전략적으로 독서를 통해 다양한 지식을 습득하고, 논리적 사고력을 키우며, 자기주도적 학습 능력을 향상시킬 수 있다. 독서를 통해 다양한 분야의 지식을 쌓을 수 있으며, 이는 시험에서 높은 점수를 받는 데 도움이 된다. 수능 국어 영역에서는 다양한 문학 작품과 비문학 지문을 이해하고 분석하는 능력이 요구된다. 정기적으로 문학 작품과 논픽션을 읽는 학생들은 이 영역에서 높은 성과를 거둘 가능성이 크다. 또한, 영어 원서를 읽는 습관은 영어 독해 능력을 향상시키며, 이는 영어 시험 성적 향상으로 이어질 수 있다.

과학 서적을 읽는 과정에서 학생들은 과학적 원리를 이해하고, 이를 바탕으로 다양한 문제를 해결하는 능력을 기를 수 있다. 리처드 도킨스의 『이기적 유전자』를 읽은 학생은 생물학적 개념을 깊이 이해하고, 이를 바탕으로 생물학 시험에서 높은 성과를 거둘 수 있다.

또한, 철학 서적을 읽는 학생들은 논리적 사고와 철학적 개념을 이해하며, 이를 논술 시험에서 효과적으로 활용할 수 있다. 학생들이 스스로 독서 계획을 세우고, 이를 실천하는 과정에서 자기주도적 학습 태도를 기를 수 있다. 매달 한 권의 역사책을 읽기로 목표를 세우고 이를 실천하는 경우, 역사적 지식뿐만 아니라 자기주도적 학습 능력을 기르게 된다.

이러한 능력은 입시 준비뿐만 아니라 대학 생활에서도 중요한 자산이 된다. 입시를 위한 전략 독서는 아이들이 다양한 지식을 습득하고, 논리적 사고력과 문제 해결 능력을 키우며, 자기주도적 학습 능력을 향상시키는 데 중요한 역할을 한다.

독서 잘하는 아이가 이긴다

독서는 아이들의 전반적인 성장과 발달에 큰 영향을 끼친다.

독서 잘하는 아이는 학업 성취도는 물론, 사회적, 정서적, 인지적 능력에서도 두각을 나타낸다. 정기적으로 책을 읽는 아이들은 읽기 능력뿐만 아니라 전반적인 학업 성적도 우수하다. PISA(국제 학업 성취도 평가) 결과에 따르면, 독서 습관이 있는 학생들이 독서 습관이 없는 학생들보다 읽기, 수학, 과학에서 높은 점수를 받는 것으로 나타났다. 이는 독서가 다양한 주제와 배경지식을 제공하여 학습 능력을 향상시키기 때문이다.

책을 읽는 과정에서 아이들은 문제 해결 능력, 비판적 사고, 창의력을 기르게 된다. 추리 소설을 읽는 아이들은 논리적 사고와 문제 해결 능력을 발달시킬 수 있다. 또한, 다양한 장르의 책을 접함으로써 사고의 폭이 넓어지고, 새로운 아이디어를 창출하는 능력이 향상된다. 책을 통해 다양한 인물과 상황을 경험함으로써 공감 능력과 감정 조절 능력을 기를 수 있다. 『작은 아씨들』과 같은 고전 문학을 읽는 아이들은 등장인물의 감정을 이해하고, 그들의 경험을 통해 다양한 감정을 느끼게 된다. 이는 아이들이 실제 삶에서 다른 사람들과 더 나은 관계를 형성하는 데 도움을 준다.

책을 읽는 과정에서 아이들은 다양한 문화와 사회적 상황을 접하게 된다. 이는 아이들이 사회적 맥락을 이해하고, 다양한 관점을 수용하는 능력을 기르는 데 도움을 준다. 역사 소설을 읽는 아이들은 과거의 사건과 인물들을 이해하고, 이를 바탕으로 현재의 사회를 더 깊이 이해하게 된다. 빌 게이츠는 어릴 때부터 폭넓은 독서 습관을 가지고 있었으며, 그의 창의적 사고와 문제 해결 능력을 키우는 데 독서가 큰 역할을 했다.

많은 연구에서 독서 습관이 있는 아이들이 그렇지 않은 아이들보다 학업 성취도, 사회적 기술, 정서적 안정 등 다양한 면에서 더 우수한 결과를 보인다고 보고하고 있다.

학생부 세특, 논술, 진로까지 한 번에 해결

독서는 아이들의 학생부 세부능력 및 특기사항(세특), 논술, 진로 탐색, 그리고 학업 성적에 긍정적인 영향을 미치는 중요한 활동이다.

교육 시스템에서 독서는 아이들에게 다양한 혜택을 제공한다. 학생부 세부 특기사항은 아이의 학업 및 활동 내용을 구체적으로 기록하는 중요한 항목이다. 독서를 통해 학생부 세특을 풍부하게 작성할 수 있다.

과학에 관심 있는 아이가 스티븐 호킹의 『시간의 역사』를 읽고, 이를 바탕으로 과학 관련 토론 활동이나 프로젝트를 수행했다면, 이러한 활동은 세특에 구체적으로 기록될 수 있다. 이는 아이의 학문적 열정과 자기주도적 학습 능력을 보여 준다. '환경 과학'에 관한 책을 읽고, 그 내용을 바탕으로 과학 수업에서 활발한 토론에 참여하거나 프로젝트를 수행했다면, 이는 세특에 긍정적으로 기록된다.

논술 시험은 학생의 사고력, 논리적 표현력, 문제 해결 능력을 평가한다. 독서 활동을 통해 얻은 지식과 사고의 깊이는 논술 시험에서 주장을 뒷받침하는 강력한 근거로 활용될 수 있다. 사회 문제에 대한 깊이 있는 이해가 필요한 논술 문제를 대비하기 위해 학생이 다양한 사회 과학 서적을 읽었다면, 이는 논술 작성에 큰 도움이 되며 정치학 서적을 읽고 현재의 정치적 이슈를 분석한 경험은 논술 시험에서 설득력 있는 글을 작성하게 한다.

진로를 탐색하는 과정에서 독서는 다양한 직업과 분야에 대한 이해를 돕는다. 의료 분야에 관심이 있는 아이가 폴 칼라니티의 『숨결이 바람이 될 때』를 접하고 신경외과 의사이자 폐암 말기 환자였던 저자가 죽음을 마주하며 자신의 가치관과 삶을 바라보는 시각을 담담하게 서술한 책을 읽고, 의료 현장의 현실과 도전을 이해하게 된다면, 이는 아이의 진로 선택에 큰 도움이 될 것이다. 이러한 독서 경험은 진로 탐색 보고서나 면접에서도 강력한 어필 포인트가 된다. 주중에 혼자 공부하는 시간이 많을수록, 중3 성적이 높을수록 독서량이 많았으며, 독서 활동을 활발히 하는 학생들은 진로 성숙도 수준도 높았다.

독서는 학업 성적 향상에도 직접적인 영향을 미치는데 영어 성적을 향상시키기 위해 영어 원서를 꾸준히 읽는 아이가 자연스럽게 어휘력이 늘고, 문법과 문장 구조에 익숙해지며 이는 영어 시험에서 높은 점수를 받는 데 큰 도움이 된다. 역사 소설을 통해 역사적 사건과 인물에 대한 이해를 깊이 있게 할 수 있으며, 이는 역사 과목 성적 향상으로 이어진다.

병욱이는 조지오웰의 『1984』, 주제 사라마구의 『눈먼 자들의 도시』와 같은 디스토피아 소설을 읽은 후 학교의 인권 동아리에 참여하여 토론을 주도하고, 이러한 활동이 학생부 세특에 기록되었다. 독서 경험을 바탕으로 논술 시험에서도 사회적 문제를 깊이 있게 다룰 수 있었으며 인권 변호사라는 진로를 구체화하는 데 도움을 받았다.

독서는 학생부 세특, 논술, 진로 탐색, 학업 성적 향상 등 다양한 교육적 목표를 달성하는 데 중요한 역할을 한다. 아이들은 독서를 통해 다양한 지식을 습득하고, 이를 바탕으로 자기주도적인 학습과 성장을 이룰 수 있다.

물론 책을 읽는다고 모두 다 독서가 아니다. 진짜 독서와 가짜 독서는 구분된다.

진짜 독서는 책의 내용을 깊이 있게 이해하고, 그 지식을 자신의 삶에 적용하는 것을 목표로 한다. 독자가 책을 통해 새로운 정보를 습득하고, 비판적으로 사고하며, 창의적인 해결책을 모색하는 과정을 포함한다.

가짜 독서는 책의 페이지를 넘기는 행위에만 집중하며, 실제로 내용을 이해하거나 기억하는 데는 관심이 적다. 종종 책을 많이 읽어야 한다는 강박감에서 비롯되며, 독서록을 채우는 것이 목적이 될 수 있다. 가짜 독서는 표면적인 독서량은 많을 수 있으나, 실제로 독자의 사고나 지식에 깊이를 더하지 못한다.

진짜 독서는 뇌의 여러 영역을 활성화시키며, 특히 전 전두엽을 포함한 고차원적 사고를 담당하는 영역을 활성화시킨다. 독서가 단순한 지식의 습득을 넘어서, 인간의 사고 능력을 향상시키고, 성공적인 삶을 살아가는 데 필수적인 역할을 한다는 것을 의미한다.

가짜 독서는 이러한 과정을 거치지 않기 때문에, 독서를 통한 인지 발달이나 사고력 향상에는 크게 기여하지 못한다.

따라서 진짜 독서를 통해 얻은 지식과 경험은 학업, 직업, 그리고 일상생활에서의 문제 해결에 있어 중요한 자산이 된다. 부모는 아이들이 진짜 독서를 할 수 있도록 격려하고, 책을 통해 배운 것을 실생활에 적용하는 방법을 가르쳐야 한다. 아이들이 책을 통해 세상을 이해하고, 자신의 능력을 개발하는 데 도움을 줄 것이다.

『피터 팬』

진짜 독서: 이야기에 나오는 모험과 인물들에 대해 깊이 생각한다. 피터 팬의 모험을 통해 용기와 상상력의 중요성을 배우고, 웬디의 이야기를 통해 책임감과 성장을 이해한다. 독서를 마친 후 책의 내용을 친구들과 토론하거나, 독후감을 쓰며 자신의 생각을 정리한다.

가짜 독서: 『피터 팬』의 내용을 단순히 읽기만 하고, 등장인물이나 사건에 대해 깊이 생각하지 않는다. 책을 덮은 후 내용을 금방 잊어버리고, 이야기에 담긴 교훈이나 의미를 전혀 이해하지 못한다. 독후감을 쓸 때 표면적인 줄거리만을 요약한다.

『안네의 일기』

진짜 독서: 안네 프랑크의 경험과 감정을 깊이 이해한다. 나치 점령 하에서의 고통과 공포, 그리고 그 속에서도 잃지 않는 희망과 꿈을 생각하며, 역사적 배경에 대해 추가로 조사한다. 책을 통해 배운 것을 바탕으로 역사 수업에서 발표하거나, 자신도 일기를 쓰기 시작한다.

가짜 독서: 안네의 감정이나 상황을 깊이 생각하지 않는다. 책을 읽는 동안 다른 생각을 하거나, 단순히 숙제를 끝내기 위해 읽는다. 책을 다 읽고 나서도 안네의 경험이나 역사적 배경에 대해 아무런 관심이 없다.

『찰리와 초콜릿 공장』

진짜 독서: 찰리 버켓의 이야기를 통해 가족 사랑과 겸손의 중요성을 깨닫는다. 초콜릿 공장에서 벌어지는 다양한 사건들을 통해 각 등장인물의 행동과 그 결과에 대해 생각하고, 자신이 찰리였다면 어떻게 행동했을지 상상해 본다. 이야기의 교훈을 자신의 삶에 적용해 본다.

가짜 독서: 등장인물과 사건들에 대해 깊이 생각하지 않는다. 책의 내용을 대충 읽고, 그냥 이야기의 줄거리만 따라간다. 책을 다 읽고 나서도 찰리의 모험과 교훈에 대해 아무런 생각을 하지 않고, 다른 책으로 넘어간다.

『해리 포터와 마법사의 돌』

진짜 독서: 마법 세계의 규칙과 등장인물의 관계를 깊이 이해한다. 해리, 론, 헤르미온느의 우정과 용기를 배우고, 이야기의 전개 속에서 중요한 사건들을 분석한다. 책을 다 읽은 후, 친구들과 함께 토론하며 책에서 배운 점들을 공유한다.

가짜 독서: 마법 세계에 대한 호기심 없이 단순히 페이지를 넘긴

다. 해리의 모험과 마법사의 규칙에 대해 깊이 생각하지 않고, 단순히 책을 끝내는 것이 목표다. 책을 다 읽고 나서도 이야기에 대해 별다른 감흥이나 생각이 없다.

『내 친구 거인』

진짜 독서: 거인과 소피의 관계를 통해 우정과 이해의 중요성을 배운다. 거인의 행동과 소피의 용기를 생각하면서, 자신이 그 상황에 처했을 때 어떻게 행동했을지 상상해 본다.

책을 읽고 나서, 관련된 주제로 그림을 그리거나 글을 써보기도 한다.

가짜 독서: 거인과 소피의 이야기를 대충 훑어본다. 이야기의 세부사항이나 등장인물의 감정에 대해 생각하지 않고, 단순히 책을 읽었다는 사실만을 중요시한다. 책을 다 읽고 나서도 이야기의 의미나 교훈에 대해 아무런 생각을 하지 않는다.

『책 먹는 여우』

진짜 독서: 여우의 독서 사랑과 그로 인해 벌어지는 재미있는 사건들을 통해 책 읽기의 즐거움을 다시금 생각한다. 여우가 읽은 다양한 책들의 내용을 생각해 보고, 자신도 다양한 책을 읽고 싶다는 열망을 가지게 된다. 책을 다 읽고 나서, 학교 도서관에서 새로운 책을 찾아 읽는다.

가짜 독서: 여우의 행동과 사건들에 대해 깊이 생각하지 않는다.

단순히 이야기의 표면적인 내용만을 읽고 지나가며, 책의 재미나 교훈을 놓친다. 책을 다 읽고 나서도 여우의 독서 사랑에 대해 아무런 감흥을 느끼지 못한다.

『셜록 홈즈』

진짜 독서: '셜록 홈즈' 시리즈를 읽으며 홈즈의 추리 방법과 논리적 사고를 깊이 이해한다. 홈즈가 사건을 해결하는 과정을 따라가며, 자신도 사건을 추리해 보고, 논리적 사고력을 키운다. 셜록 홈즈처럼 주변의 작은 일에도 관심을 가지며 관찰력을 높이려 노력한다.

가짜 독서: 홈즈의 추리 과정에 대해 깊이 생각하지 않는다. 단순히 사건의 해결 과정만을 읽고 지나가며, 홈즈의 논리적 사고 방법을 이해하려 하지 않는다. 책을 다 읽고 나서도 사건의 해결 과정에 대해 별다른 생각을 하지 않고 다른 책으로 넘어간다.

이와 같이, 진짜 독서는 독서를 통해 깊이 있는 이해와 사고를 얻는 과정이며, 가짜 독서는 단순히 책을 읽는 척하는 것이다. 진짜 독서를 통해 아이들은 비판적 사고력, 공감 능력, 창의성을 기를 수 있다. 부모는 아이가 진짜 독서를 할 수 있도록 도와주어야 하며, 독서의 진정한 가치를 경험하고, 더 나은 학습자와 사고자로 성장할 수 있도록 지지해 주어야 한다.

독서 습관은 100억의 유산

독서가 중요한 만큼 독서 습관을 만들어 주는 건 부모가 아이에게 100억의 유산을 남겨 주는 것과 같다. 아이에게 가능한 한 일찍부터 책을 읽어 주는 것이 중요하다. 유아 때부터 책을 읽어 주면 아이가 학교에 가기 전에 이야기를 사랑하는 마음을 키울 수 있다.

독서는 아이들의 뇌 발달에 매우 중요하다. 초기 어린 시절은 뇌 발달에 있어 결정적인 시기로, 인지 능력과 정신 건강을 증진시키는 데 도움이 된다. 또한, 독서는 아이들의 어휘력을 키우고, 주의력을 높이며, 분석적 사고력을 강화한다.

독서는 아이들이 새로운 단어와 그 의미를 이해하고, 세상과 커뮤니케이션 방법에 대한 이해를 높이며, 스토리텔링과 창의력을 가르쳐 준다. 또한, 독서는 아이들이 추상적 개념을 더 잘 이해하고, 우수한 이해력, 탁월한 글쓰기 능력, 그리고 뛰어난 어휘력을 계발시킨다.

특히, 경제적으로 어려운 환경에 있는 아이들의 경우, 독서는 불평등의 부정적인 영향을 일부 상쇄할 수 있는 저비용 활동이다. 독서는 아이들이 스트레스에 대한 회복력을 갖추고, 나중에 인지 기술을 개발하는 데 도움이 된다. 이러한 이유로, 독서 습관을 되도록 일찍부터 시작하는 것이 좋다. 아이들이 어릴 때부터 책을 접하게 함으로써, 학교생활에 적응하고, 평생 독서를 사랑하는 마음을 키울 수 있다. 이는 아이들이 성장하여 성공적인 학업과 삶을 영위하는 데 필수적인 기술이 된다. 아이들의 독서 습관을 기르는 것은 단순히 책을 읽는 행위를 넘어서, 아이들의 정서적, 인지적 발달에 긍정적인 영향을 미친다. 아이들은 스트레스와 어려운 감정을 다루는 중요한 도구를 갖게 된다.

올바른 독서 습관을 위한 방법

독서 습관을 형성하기 위해서는 먼저 적절한 독서 환경을 조성하는 것이 중요한데 집 안에 조용하고 편안한 독서 공간을 마련해 준다. 이 공간에는 다양한 책이 쉽게 접근할 수 있도록 배치되어 있어야 한다. 충분한 조명을 제공하고, 소음을 최소화하여 아이들이 집중할 수 있는 환경을 만든다. 좋은 독서 환경은 집중력을 높이고 독서의 질을 향상시킨다는 연구 결과가 있다. 아이들이 편안하고 조용한 곳에서 책을 읽을 때 더 깊이 있는 독서가 가능하다.

부모가 독서하는 모습을 보여 주는 것은 아이들에게 큰 영향을 미친다. 아이들은 부모의 행동을 어느새 그대로 모방하기 때문이다. 부모가 직접 책을 읽는 모습을 보여 주고, 아이와 함께 독서 시간을 가질 때 독서를 자연스럽고 즐거운 활동으로 받아들이게 만든다. 아이의 흥미와 수준에 맞는 다양한 책을 제공하는 것이 독서에 대한 흥미를 지속적으로 유지하는 데 매우 중요하다. 정기적으로 날짜를 정해 도서관을 방문하여 다양한 책을 빌려 오는 활동을 권장한다.

동화, 과학책, 역사책, 만화 등 다양한 장르의 책을 제공하여 아이의 흥미를 유도한다. 다양한 종류의 책을 접하는 것은 아이들의 창의성과 비판적 사고를 촉진시킨다. 여러 장르를 경험함으로써 아이들은 더 넓은 시각과 풍부한 상상력을 갖게 된다.

규칙적인 독서 시간을 정하는 것은 독서 습관을 형성하는 데 큰 도움이 된다. 잠자기 전 30분, 밥 먹고 30분 등 매일 일정한 시간에 독서 시간을 가지도록 함으로써 아이는 독서를 일상적인 활동으로 받아들이게 된다. 아이가 독서를 즐기고 지속할 수 있도록 긍정적인 피드백을 제공하는 것이 중요하다. 책을 다 읽었을 때 칭찬해 주고, 작은 독서 목표를 세우고, 이를 달성했을 때 보상을 준다. 긍정적인 피드백과 보상은 행동을 지속하게 만드는 중요한 동기 부여 요소이다. 아이가 독서를 통해 칭찬과 보상을 받으면, 독서에 대한 동기와 흥미가 지속된다. 아이들의 올바른 독서 습관 형성은 부모의 역할이 매우 중요하다.

적절한 독서 환경조성, 부모의 역할 모델링, 다양한 책 제공, 규칙적인 독서 시간 정하기, 긍정적인 피드백 제공 등 다양한 방법을 통해 아이는 독서의 즐거움과 가치를 깨닫게 된다.

5 독서 대화
SQRIA

독서 대화 SQRIA는 아이들이 독서 과정에서 더 깊이 있는 이해와 흥미를 극대화하는 효과적인 전략이다. 이 방법은 Survey(훑어보기), Question(질문하기), Read(읽기), Imagine(상상하기), Apply(적용하기)의 다섯 단계로 구성되어 있으며, 각 단계는 독서의 각기 다른 측면을 강화하며, 종합적으로 학생들의 독서 경험을 풍부하게 만든다.

이를 통해 단순한 독서를 넘어서, 깊이 있는 사고와 학습을 경험하게 된다. 부모는 SQRIA 방법을 통해 아이들의 독서 습관을 긍정적으로 형성하고, 독서를 통해 성장할 수 있도록 도와줄 수 있다.

『찰리와 초콜릿 공장』을 사례로 독서 대화 SQRIA를 단계별로 알아보자.

Survey(훑어보기)

훑어보기 단계는 책을 처음부터 끝까지 가볍게 넘기면서 전체적인 흐름을 파악하고 호기심과 흥미를 유발하는 과정이다. 이 단계는 독서의 효율성을 높이는 데 중요한 역할을 한다. 독서에서 흥미를 느끼는 것은 매우 중요하다. 흥미를 느끼면 책을 정독할 때 더 집중할 수 있게 되고, 중요한 정보와 덜 중요한 정보를 구별하는 데도 도움이 된다. 또한, 전체적인 맥락을 이해하면 세부 내용을 더 쉽게 기억할 수 있다. 이러한 이유로 훑어보기 단계는 독서를 시작하는 데 있어 필수적인 과정이다.

ㅡ 책의 목차를 읽고, 각 장의 제목과 소제목을 살펴본다.

ㅡ 책을 한 장씩 넘기며 흐름을 파악하고 서문과 결론을 읽어 저자의 주된 생각을 파악한다.

ㅡ Survey(훑어보기) 단계에서 할 수 있는 대화 사례

:: 1. 책의 전체적인 구조와 주제를 파악하기 위한 대화

부모: "오늘 읽을 책은 어떤 책이야? 제목이 뭐지?"

아이: "책 제목은 『찰리와 초콜릿 공장』이에요."

부모: "그렇구나. 그럼 목차를 한번 같이 볼까? 이 책에는 어떤 장들이 있는지 살펴보자."

아이: "여기 목차에 여러 장이 있어요. 첫 번째 장은 '초콜릿 공장

으로 가는 길'이네요."

부모: "흥미롭네! 책의 시작 부분을 잠깐 훑어보자. 초콜릿 공장에 관한 이야기일 것 같네. 이 책의 주제가 뭐라고 생각해?"

아이: "아마도 찰리가 초콜릿 공장에 가서 모험을 하는 이야기인 것 같아요."

부모: "좋아. 그럼 표지와 뒤표지도 한번 볼까? 저자가 누구인지, 이 책이 어떤 이야기를 들려줄지 더 알 수 있을 거야."

아이: "여기 저자 이름은 로알드 달이에요. 뒤표지에는 찰리가 초콜릿 공장에 가는 이야기가 적혀 있어요."

부모: "로알드 달은 정말 재미있는 이야기를 잘 쓰는 작가야. 그럼 이 책의 서문이나 첫 몇 페이지를 같이 읽어 볼까? 책의 분위기와 흐름을 알 수 있을 거야."

아이: "좋아요. 여기 첫 페이지를 읽어 보면, 찰리가 초콜릿을 정말 좋아하는 것 같아요."

:: 2. 책에 대한 첫인상을 논의하기 위한 대화

부모: "책의 첫 페이지를 읽어 보니 어땠어? 무슨 생각이 들었어?"

아이: "재미있을 것 같아요. 찰리가 초콜릿을 좋아하는 부분이 재미있었어요."

부모: "맞아, 재미있게 들리네. 그럼 이 책에서 가장 기대되는 부분은 뭐야?"

아이: "찰리가 초콜릿 공장에서 어떤 모험을 할지 궁금해요."

부모: "정말 흥미진진한 모험이 펼쳐질 것 같아. 그럼 이제 이 책을 읽으면서 우리가 무엇을 배우고 싶은지 생각해 볼까? 어떤 질문이 생기니?"

아이: "음, 초콜릿 공장이 어떻게 생겼는지, 그리고 찰리가 어떤 모험을 하는지 알고 싶어요."

부모: "좋은 질문이야! 책을 읽으면서 그 질문들에 대한 답을 찾을 수 있을 거야. 자, 그럼 이제 본격적으로 읽기 전에 목차와 첫 부분을 살펴본 느낌을 간단히 정리해 볼까?"

아이: "네, 이 책은 찰리가 초콜릿 공장에서 모험을 하는 이야기 같아요. 초콜릿 공장이 어떻게 생겼는지 정말 궁금해요."

:: 3. 책의 목적과 기대를 설정하기 위한 대화

부모: "찰리의 모험을 통해 어떤 것들을 배우고 싶어?"

아이: "초콜릿 만드는 방법도 알고 싶고, 찰리가 어떤 어려움을 겪는지 배우고 싶어요."

부모: "아주 좋네. 그럼 우리 읽으면서 찰리의 모험뿐만 아니라, 찰리가 어떤 교훈을 얻는지도 주의 깊게 살펴보자. 우리 함께 이 책을 읽으면서 많이 배울 수 있을 거야."

아이: "네, 기대돼요!"

이와 같은 대화를 통해 아이는 책의 전체적인 흐름과 주제를 파악하고, 독서에 대한 흥미와 기대를 높일 수 있다. 부모와 함께하는 대화는 아이의 독서 습관을 긍정적으로 형성하는 데 큰 도움이 된다.

Question(질문하기)

질문하기 단계는 독서 전에 궁금한 점을 질문으로 만들어 흥미를 유발하는 것이다.

질문을 통해 독서에 대한 호기심과 동기를 부여할 수 있다. 질문을 설정하면 독서 과정에서 답을 찾으려는 적극적인 태도를 가지게 되며, 이는 이해도를 높인다.

— 책을 읽기 전에 제목, 목차, 서문을 바탕으로 궁금한 점을 작성한다.

—"이 책에서 어떤 중요한 교훈을 얻을 수 있을까?"와 같은 질문을 스스로에게 던져 본다.

— Question(질문하기) 단계에서 할 수 있는 대화 사례

:: 1. 책을 읽기 전에 궁금한 점을 질문으로 만들어 흥미 유발하기 위한 대화

부모: "책의 제목과 목차를 보니까 어떤 질문이 떠오르니?"

아이: "찰리와 초콜릿 공장이니까, 찰리가 어떻게 초콜릿 공장에 가게 되었는지 궁금해요."

부모: "아주 좋은 질문이야. 그럼 이 책을 읽으면서 우리가 찾아야 할 첫 번째 답은 찰리가 어떻게 초콜릿 공장에 가게 되었는지야. 또 다른 궁금한 점은 없니?"

아이: "초콜릿 공장이 어떻게 생겼는지도 궁금해요. 그리고 거기서 어떤 일이 벌어질지도요."

부모: "좋아, 찰리와 초콜릿 공장이 어떻게 생겼는지, 그리고 거기서 무슨 일이 벌어질지 알아보는 것도 흥미롭겠네. 또 다른 질문이 있을까?"

아이: "찰리가 초콜릿 공장에서 친구를 사귈 수 있을까요? 그리고 그 친구들이 누구일지도 궁금해요."

부모: "아주 흥미로운 질문이야. 찰리가 새로운 친구를 사귀게 될지, 또 그 친구들이 어떤 사람들일지 알아보자. 그럼, 지금까지 나온 질문들을 정리해 볼까?"

아이: "네, 찰리가 어떻게 초콜릿 공장에 가게 되었는지, 초콜릿 공장이 어떻게 생겼는지, 거기서 무슨 일이 벌어질지, 그리고 찰리가 친구를 사귀게 될지 궁금해요."

부모: "맞아, 이 질문들을 염두에 두고 책을 읽으면 더 재미있고 의미 있게 읽을 수 있을 거야. 우리 이제 이 질문들에 대한 답을 찾기 위해 읽기 시작해 볼까?"

:: 2. 책의 내용을 예상하고 예측하기 위한 대화

부모: "책의 제목과 표지를 보면 어떤 이야기가 펼쳐질 것 같아?"

아이: "찰리가 초콜릿 공장에 들어가서 모험을 할 것 같아요. 아마도 초콜릿과 관련된 신기한 것들이 많이 나올 것 같아요."

부모: "그렇다면, 찰리가 공장에서 어떤 모험을 하게 될지 미리 생각해 보는 것도 재미있겠네. 어떤 모험을 예상해 볼 수 있을까?"

아이: "아마도 찰리가 공장에서 여러 가지 문제를 해결해야 할 것 같아요. 초콜릿 강을 건너야 한다든지, 신기한 기계를 만난다든지요."

부모: "그런 예측을 해보는 것도 재미있겠네. 그럼 우리가 책을 읽으면서 그 예측이 맞는지 확인해 보자. 또 다른 예측이나 질문이 있을까?"

아이: "음, 초콜릿 공장의 주인인 윌리 웡카가 어떤 사람인지도 궁금해요. 그는 어떤 성격을 가졌을까요?"

부모: "윌리 웡카의 성격에 대해 생각해 보는 것도 좋은 질문이야. 그는 어떤 성격일지, 찰리와의 관계는 어떻게 될지 예측해 보자. 그럼 이제 이 질문들을 가지고 책을 읽어 보자."

:: 3. 책의 주제와 교훈에 대해 미리 질문하기 위한 대화

부모: "책을 읽으면서 배울 수 있는 중요한 교훈이나 주제가 무엇일지 생각해 볼까?"

아이: "아마도 우정과 모험, 그리고 용기에 대한 이야기가 있을 것 같아요."

부모: "맞아, 그런 주제들이 나올 가능성이 크지. 그럼 구체적으로 어떤 상황에서 그런 주제들이 나올지 예상해 볼까?"

아이: "찰리가 어려움을 겪으면서도 포기하지 않고 용기를 내는 장면이 있을 것 같아요."

부모: "좋은 예상이야. 그럼 우리가 읽으면서 찰리가 어떻게 용기를 내고, 어떤 우정을 쌓는지 주의 깊게 살펴보자. 또 다른 교훈이 있을까?"

아이: "음, 아마도 탐욕이나 욕심에 대한 경고도 있을 것 같아요. 다른 아이들이 욕심 때문에 어려움을 겪는 장면이 나올지도 몰라요."

부모: "그럴 수도 있겠네. 그러면 그런 장면들이 나올 때 우리가 잘 주목해서 읽어 보자. 그럼 이제 이 질문들과 예측들을 가지고 책을 읽어 보자."

이와 같은 대화를 통해 아이는 책에 대한 호기심과 기대를 가지게 되며, 질문을 통해 독서의 집중력과 이해도를 높일 수 있다. 부모와의 대화를 통해 아이는 더 깊이 있는 독서를 경험할 수 있고, 독서에 대한 흥미도 증가할 것이다.

Read(읽기)

읽기 단계는 집중해서 읽으며 질문에 대한 답을 찾는 것이다. 능동적으로 읽는 과정에서 독자의 이해와 기억이 증진된다. 질문에 대한 답을 찾으려는 목표가 있으면 독서는 더 집중적이고 의미 있게 된다.

— 질문에 대한 답을 찾기 위해 집중해서 책을 읽는다.

— 중요한 부분에 밑줄을 긋거나 메모를 하며 읽는다.

— Read(읽기) 단계에서 할 수 있는 대화 사례

:: 1. 집중해서 읽으며 질문에 대한 답을 찾기 위한 대화

부모: "이제 우리가 궁금해했던 질문들에 대한 답을 찾기 위해 책을 읽어 보자. 찰리가 초콜릿 공장에 어떻게 가게 되었는지 한번 찾아볼까?"

아이: "네, 여기 보면 찰리가 황금 티켓을 찾아서 초콜릿 공장에 가게 된대요!"

부모: "정말? 황금 티켓을 찾는 장면이 나오니 흥미롭네. 그럼 찰리가 황금 티켓을 어떻게 찾았는지 자세히 읽어 볼까?"

아이: "찰리가 초콜릿 바를 사서 먹다가 황금 티켓을 발견했대요. 그때 정말 기뻤겠죠?"

부모: "그렇겠지! 그럼 이제 초콜릿 공장이 어떻게 생겼는지에 대한 부분도 한번 찾아볼까?"

아이: "여기 초콜릿 공장에 들어가는 장면이 나와요. 엄청 큰 문이 있고, 안에 초콜릿 강도 있어요!"

부모: "와, 정말 신기하네! 초콜릿 강이라니, 어떤 기계나 시설들도 나오는지 잘 읽어 보자."

:: 2. 책을 읽으면서 중요한 내용에 주목하기 위한 대화

부모: "찰리가 초콜릿 공장에서 어떤 모험을 하게 되는지 보자. 어떤 문제가 발생했는지 찾아볼까?"

아이: "찰리와 친구들이 초콜릿 공장에서 여러 가지 문제를 겪는데, 어떤 친구는 초콜릿 강에 빠졌대요."

부모: "그렇구나. 그 친구는 왜 초콜릿 강에 빠지게 되었을까?"

아이: "그 친구가 초콜릿을 너무 좋아해서 자제하지 못하고 강에 빠지게 된 것 같아요."

부모: "그런 행동이 어떤 결과를 가져왔는지 잘 읽어 보자. 다른 친구들은 어떤 문제를 겪게 될지 궁금하네."

아이: "다른 친구들은 각자 다른 문제를 겪게 돼요. 예를 들어, 한 친구는 너무 거만해서 벌을 받았어요."

부모: "흥미로운 이야기가 많이 나오네. 각 친구들이 겪는 문제를 통해 어떤 교훈을 얻을 수 있을까 생각하면서 읽어 보자."

:: 3. 책의 내용을 깊이 이해하고 토론하기 위한 대화

부모: "찰리가 초콜릿 공장에서 겪는 모험들을 읽으면서 어떤 점이 가장 인상 깊었니?"

아이: "저는 찰리가 용감하게 행동하는 장면이 가장 인상 깊었어요. 특히, 친구들을 도와주려고 노력하는 모습이 좋았어요."

부모: "찰리의 그런 모습이 참 멋지네. 왜 찰리가 그런 행동을 했다고 생각하니?"

아이: "찰리가 착하고 용감해서 그런 것 같아요. 친구들을 도와주는 게 중요하다고 생각했을 거예요."

부모: "맞아, 찰리는 정말 착하고 용감한 아이야. 그럼 우리가 궁금했던 질문들에 대한 답을 다 찾았는지 볼까? 찰리가 새로운 친구를 사귀었니?"

아이: "네, 찰리가 초콜릿 공장에서 만난 친구들과 모험을 하면서 더 가까워진 것 같아요."

부모: "그럼 윌리 웡카는 어떤 사람이었니? 우리가 예측했던 대로였어?"

아이: "윌리 웡카는 아주 창의적이고 조금은 이상한 사람이었어요. 하지만 좋은 사람이었어요."

부모: "그렇구나. 윌리 웡카와의 모험을 통해 찰리가 많은 것을 배웠을 것 같네. 우리도 많은 것을 배운 것 같아. 책을 읽으면서 궁금했던 것들에 대해 이야기 나누는 게 참 즐거웠어."

:: **4. 책의 주제와 교훈을 이해하기 위한 대화**

부모: "이제 책을 다 읽었으니, 어떤 교훈을 얻었는지 이야기해 볼까? 찰리의 모험을 통해 우리가 배울 수 있는 중요한 점은 무엇일까?"

아이: "저는 친구들을 도와주는 것이 중요하다는 것을 배웠어요. 그리고 욕심을 부리면 안 된다는 것도요."

부모: "맞아, 찰리와 친구들이 겪은 일들을 통해 그런 교훈을 얻을 수 있었구나. 우리도 그런 점을 생각하며 생활하면 좋겠지?"

아이: "네, 앞으로 친구들을 도와주고 욕심 부리지 않도록 할게요."

부모: "좋은 생각이야. 책에서 배운 교훈을 실제 생활에 적용해 보면 더 의미 있는 독서가 될 거야."

이와 같은 대화를 통해 아이는 책의 내용을 깊이 이해하고, 질문을 통해 얻은 답을 토론하며 독서 경험을 더욱 풍부하게 만들 수 있다. 부모와의 대화를 통해 아이는 독서의 즐거움과 학습의 중요성을 깨닫게 된다.

Imagine(상상하기)

상상하기 단계는 읽은 내용을 시각화하고 더 깊이 이해하는 것이다. 시각화는 독서 내용을 더 잘 이해하고 기억하게 한다. 상상하는 과정에서 독자는 읽은 내용을 머릿속에 그림으로 그리며 더 깊이 있는 이해를 할 수 있다.

— 책의 주요 장면이나 개념을 시각적으로 상상해 본다.
— 읽은 내용을 그림으로 그리거나, 이야기를 재구성해 본다.
— Imagine(상상하기) 단계에서 할 수 있는 대화 사례

:: 1. 책의 내용을 시각화하고 더 깊이 이해하기 위한 대화

부모: "이제 우리가 읽은 내용을 한번 상상해 보자. 찰리가 초콜릿 공장에 들어갔을 때, 그 장면을 머릿속으로 그려 볼 수 있겠니?"

아이: "네! 찰리가 큰 문을 열고 들어가면, 안에 초콜릿 강이 흐르고 있고, 주변에는 커다란 사탕과 초콜릿 나무들이 있어요."

부모: "그렇구나! 정말 멋진 장면이 떠오르는 것 같아. 그럼 찰리가 그곳에서 어떤 냄새를 맡았을 것 같아?"

아이: "달콤한 초콜릿 냄새가 가득했을 것 같아요. 마치 초콜릿 가게에 들어간 것처럼요."

부모: "맞아, 찰리도 그 냄새에 정말 행복했을 것 같아. 그럼 찰리가 그곳에서 느꼈을 감정은 어떨까?"

아이: "찰리는 정말 신나고 행복했을 것 같아요. 처음 보는 신기한 것들이 많아서 너무 흥분했을 것 같아요."

:: 2. 등장인물의 감정을 상상해 보기 위한 대화

부모: "찰리가 초콜릿 공장에서 만난 친구들은 각자 다른 문제를 겪었지? 그 친구들이 느꼈을 감정을 상상해 볼 수 있을까?"

아이: "네, 초콜릿 강에 빠진 친구는 처음엔 정말 기뻤을 것 같아요. 하지만 나중엔 무서웠을 거예요."

부모: "그럴 수 있겠네. 그럼 그 친구가 초콜릿 강에 빠진 후 어떤 생각을 했을까?"

아이: "아마도 '내가 욕심 부리지 말았어야 했는데'라고 후회했을 것 같아요."

부모: "맞아, 후회했을 수도 있겠지. 그럼 윌리 윙카는 그 장면을 보면서 어떤 생각을 했을까?"

아이: "윌리 윙카는 조금 화가 나면서도 그 친구에게 교훈을 주려고 했을 것 같아요."

:: 3. 책의 내용을 재구성해 보기 위한 대화

부모: "찰리가 초콜릿 공장에서 모험을 한 내용을 다른 방법으로 상상해 볼 수 있을까? 만약 네가 찰리였다면 어떻게 했을 것 같아?"

아이: "만약 제가 찰리였다면, 먼저 초콜릿 강 근처에 가기 전에 조심했을 거예요. 그리고 친구들을 도와주려고 노력했을 것 같아요."

부모: "그렇구나, 네가 찰리였다면 더 조심했겠네. 만약 네가 윌리 윙카였다면, 초콜릿 공장을 어떻게 운영했을 것 같아?"

아이: "음, 저는 초콜릿 공장을 더 많은 아이들에게 공개해서 다 같이 즐길 수 있게 했을 것 같아요. 그리고 안전하게 즐길 수 있도록 안내를 잘 했을 거예요."

:: 4. 책의 내용을 다른 결말로 상상해 보기 위한 대화

부모: "만약 찰리의 모험이 다른 결말로 끝났다면 어땠을까? 예를 들어, 찰리가 초콜릿 공장의 주인이 되지 않았다면 어떤 일이 벌어졌을 것 같아?"

아이: "찰리가 초콜릿 공장의 주인이 되지 않았다면, 아마도 다른 친구가 주인이 되었을 수도 있어요. 그 친구는 공장을 다르게 운영

했겠죠."

부모: "그렇겠네. 그럼 그 친구가 공장을 어떻게 운영했을지 상상해 볼 수 있을까?"

아이: "만약 그 친구가 욕심이 많은 사람이었다면, 초콜릿 공장은 더 이상 재미있는 곳이 아니었을 수도 있어요. 아이들에게도 친절하지 않았을 거예요."

부모: "좋은 상상력이야. 이야기가 다르게 전개되었을 때 어떤 변화가 있을지 생각해 보는 것도 재미있지 않니?"

아이: "네, 정말 재미있어요. 이렇게 상상해 보니까 책이 더 흥미로워요."

:: 5. 책의 내용을 자신의 경험과 연결하기 위한 대화

부모: "찰리의 이야기를 읽으면서 네가 비슷한 상황을 겪었던 적이 있을까?"

아이: "한번은 친구들과 놀이공원에 갔을 때, 저도 찰리처럼 처음 보는 놀이기구를 타고 정말 신났던 적이 있어요."

부모: "정말? 그때 어떤 느낌이 들었니?"

아이: "처음에는 조금 무서웠지만, 친구들이 있어서 용기를 낼 수 있었어요. 찰리도 친구들 덕분에 용기를 냈던 것 같아요."

부모: "맞아, 친구들이 함께 있을 때 더 용기를 낼 수 있지. 책 속의 이야기를 자신의 경험과 연결해 보는 것도 아주 좋은 방법이야."

이와 같은 대화를 통해 아이는 책의 내용을 시각화하고, 등장인물의 감정을 깊이 이해하며, 이야기의 결말을 다양하게 상상할 수 있다. 부모와의 대화를 통해 아이는 독서 경험을 더욱 풍부하게 만들고, 상상력을 키울 수 있다.

Apply(적용하기)

적용하기 단계는 읽은 내용을 실생활에 적용하는 것이다. 새로운 지식을 실생활에 적용하면 학습의 효과가 극대화한다. 독서 내용을 더 오래 기억하고, 실제로 활용할 수 있게 만든다.

— 책에서 배운 내용을 일상생활에서 실천해 본다.

— 독서 내용을 친구나 가족과 토론하며, 이를 자신의 경험과 연결해 본다.

— Apply(적용하기) 단계에서 할 수 있는 대화 사례

:: 1. 책의 내용을 실생활에 적용해 보기 위한 대화

부모: "책에서 배운 내용을 우리 생활에 어떻게 적용할 수 있을까 생각해 보자. 찰리와 초콜릿 공장에서 배운 교훈 중 하나가 무엇일까?"

아이: "욕심을 부리면 안 된다는 교훈을 배웠어요."

부모: "맞아. 그럼 우리가 일상에서 욕심을 부리지 않으려면 어떻게 해야 할까?"

아이: "친구들과 놀 때 장난감을 나눠 쓰고, 먹을 것도 서로 나눠 먹으면 좋겠어요."

부모: "좋은 생각이야. 우리도 찰리처럼 친구들과 나누는 습관을 기르면 좋겠지. 오늘부터 그걸 실천해 볼까?"

아이: "네, 오늘 학교에서 친구들과 간식을 나눠 먹어야겠어요."

:: 2. 책의 메시지를 자신의 경험에 연결해 보기 위한 대화

부모: "책을 읽으면서 기억에 남는 장면이 있었니? 그 장면에서 배운 것을 네 경험에 연결해 볼 수 있을까?"

아이: "네, 찰리가 친구들을 도와준 장면이 기억에 남아요. 저도 지난주에 친구가 숙제를 어려워해서 도와준 적이 있어요."

부모: "그랬구나. 친구를 도와줬을 때 어떤 기분이 들었니?"

아이: "기분이 정말 좋았어요. 친구도 고마워했어요."

부모: "찰리가 느꼈던 기분과 비슷했을 것 같네. 앞으로도 친구들이 어려움에 처했을 때 도와줄 수 있는 기회를 찾아보자."

:: 3. 책에서 배운 것을 가족과 함께 실천하기 위한 대화

부모: "책에서 찰리가 가족과 함께 힘을 합쳐 문제를 해결하는 장면이 있었지? 우리 가족도 힘을 합쳐서 할 수 있는 일이 있을까?"

아이: "음, 우리 집을 청소하거나 정리하는 일을 함께 할 수 있을

것 같아요."

부모: "좋은 생각이야. 우리 이번 주말에 가족 모두가 함께 집 청소를 해볼까?"

아이: "네, 그러면 우리 가족도 더 화목해질 것 같아요."

부모: "맞아. 함께 일을 하면 더 친해지고, 협력하는 방법도 배울 수 있어. 주말에 함께 청소하는 걸로 하자."

:: 4. 책에서 배운 교훈을 목표로 설정하기 위한 대화

부모: "찰리와 초콜릿 공장에서 배운 교훈 중에 네가 목표로 삼고 싶은 것이 있을까?"

아이: "네, 찰리처럼 용기를 내는 사람이 되고 싶어요."

부모: "용기를 내는 건 정말 중요한 목표야. 그럼 구체적으로 어떻게 용기를 낼 수 있을지 생각해 볼까?"

아이: "학교에서 발표할 때 더 자신 있게 말해 보려고 해요. 그리고 새로운 친구에게 먼저 다가가서 인사도 해볼게요."

부모: "아주 좋은 계획이야. 작은 일부터 차근차근 용기를 내는 연습을 해보자. 그리고 한 달 후에 얼마나 발전했는지 함께 이야기해 보자."

:: 5. 책에서 얻은 지식을 다른 사람과 공유하기 위한 대화

부모: "책에서 배운 내용을 다른 사람에게도 알려 주면 좋을 것 같지 않아? 친구들이나 가족에게 어떤 내용을 공유하고 싶니?"

아이: "찰리가 초콜릿 공장에서 겪은 모험 이야기를 친구들에게 들려주고 싶어요. 그럼 친구들도 이 책을 읽고 싶어 할 것 같아요."

부모: "좋은 생각이야. 그럼 내일 학교에서 친구들에게 이 책을 소개해 주는 건 어떨까? 그리고 어떤 부분이 가장 재미있었는지 이야기해 보는 거야."

아이: "네, 그렇게 할게요. 친구들이 좋아할 것 같아요."

부모: "그리고 우리 가족 모임에서도 이 책 이야기를 해보면 좋을 것 같아. 책에서 배운 교훈을 나눌 수 있겠지?"

아이: "좋아요. 가족 모임에서 책 이야기를 나눠 볼게요."

이와 같은 대화를 통해 아이는 책에서 배운 내용을 실생활에 적용하고, 배운 교훈을 목표로 설정하며, 다른 사람과 공유하는 과정을 경험할 수 있다. 부모와의 대화를 통해 아이는 독서의 가치를 더 깊이 이해하고, 책에서 얻은 지식을 실제 생활에서 활용할 수 있는 방법을 배우게 된다.

독서 대화 SQRIA는 아이들이 독서를 통해 얻을 수 있는 이해와 흥미를 극대화하는 효과적인 방법이다. 각 단계는 독서의 각기 다른 측면을 강화하며, 종합적으로 아이들의 독서 경험을 풍부하게 만든다. 아이들은 단순한 독서를 넘어서, 깊이 있는 사고와 학습을 경험하게 된다.

독서를 통한 학습이 단순한 암기나 정보의 전달을 넘어서, 비판적 사고, 창의력, 그리고 실제 적용 능력을 포함하는 포괄적인 과정이 되도록 한다. 아이들이 책을 읽는 동안 더 깊이 있는 사고를 하고, 지식을 내면화하며, 새로운 정보를 자신의 경험과 연결 지어 생각할 수 있도록 돕는다. 부모는 SQRIA 방법을 통해 아이가 독서 습관을 긍정적으로 형성하고, 독서를 통해 성장할 수 있도록 도와줄 수 있다.

IV

공부 습관을 만드는
학습 대화 PQ2RWE

1 자기주도학습에 대한 오해

공부는 단순히 지식을 쌓는 것을 넘어, 자아 성장과 미래의 성공을 위한 중요한 과정이다.

이 과정에서 올바른 공부 습관을 형성하는 것은 매우 중요하다. 그러나 많은 아이들이 적절한 공부 방법을 찾지 못해 어려움을 겪고 있다. 이때 학습 대화는 올바른 공부 습관을 기르는 데 큰 도움이 된다. 학습 대화는 부모와 아이가 공부에 대해 소통하고, 서로의 생각과 방법을 나누는 과정을 의미한다. 이는 단순한 지식 전달을 넘어, 아이가 스스로 학습 동기를 찾고, 효율적인 공부 방법을 발견하도록 돕는 중요한 역할을 한다. 부모가 아이와 함께 학습 목표를 설정하고, 그 과정을 지원하며, 피드백을 제공함으로써 자녀는 자신만의 올바른 공부 습관을 형성할 수 있다.

아이들은 서로 다른 학습 스타일을 가지고 있으며, 이는 학습 대화의 출발점이 되어야 한다. 시각적인 학습을 선호하는 아이는 다이어그램이나 마인드맵을 활용하는 것이 효과적일 수 있으며, 청각적인 학습을 선호하는 자녀는 설명을 들으며 학습하는 것이 더 나을 수 있다.

부모와 자녀 간의 열린 소통을 통해 아이는 자신의 학습 스타일과 필요를 이해하고, 효율적인 공부 방법을 발견할 수 있다. 학습 목표를 설정하고, 학습 과정을 지지하며, 성취를 인정하고, 건설적인 피드백을 제공하는 학습 대화는 아이의 공부 자존감을 높이고, 지속적인 학습 동기를 부여한다. 이러한 학습 대화는 아이가 올바른 공부 습관을 형성하고, 성공적인 학업 성취를 이루는 데 큰 도움이 될 것이다.

자기주도학습에 대한 잘못된 생각

자기주도학습self-directed learning, SDL은 학습자가 자신의 학습 과정을 주도적으로 계획하고 관리하는 것을 의미한다. 이 개념은 주로 성인 교육에서 유래되었으며, 성인이 자신의 필요와 목표에 따라 학습할 수 있도록 돕는 데 중점을 둔다. 그러나 최근에는 이 개념을 아이들에게도 적용하려는 시도가 늘고 있다. 하지만 아이들에게 자기주도학습을 적용하는 것은 몇 가지 이유에서 적절하지 않다.

아이들은 성인과는 다른 발달 단계를 거친다. 아동기는 인지적, 정서적, 사회적 발달이 이루어지는 중요한 시기이다. 이 시기의 아이들은 아직 스스로 복잡한 목표를 설정하고, 이를 달성하기 위한 계획을 세우고, 자기 평가를 수행할 능력이 부족하다. 초등학생이 자신의 학습 목표를 설정하고 이를 이루기 위한 구체적인 계획을 세우는 것은 매우 어려운 일이다. 아이들은 아직 기본적인 자기 통제와 계획 능력이 충분히 발달하지 않았기에 자기주도학습을 기대하는 것은 발달 단계에 맞지 않는 요구일 수 있다.

자기주도학습은 학습자가 자신의 경험과 배경지식을 바탕으로 학습을 계획하고 실행하는 것이 중요하다. 성인은 다양한 삶의 경험과 지식을 통해 자신의 학습 필요를 인식하고, 이를 충족시키기 위한 방법을 찾아갈 수 있다. 반면, 아이들은 아직 충분한 경험과 지식을 갖추지 못한 상태이다.

아이가 과학을 학습하는 경우, 성인과 달리 관련 지식과 자료를 찾고 분석하는 능력이 부족하기에 자기주도적으로 학습을 진행하는 데 어려움을 겪을 수밖에 없다. 아이들은 학습 과정에서 성인의 지도와 지원이 필요하다. 성인 학습자는 자율적으로 학습을 조절할 수 있지만, 아이들은 교사와 부모의 지도가 필수적이다. 아이가 새로운 수학 개념을 배우는 경우, 혼자서 이해하기 어려운 부분이 있을 때 교사의 설명과 도움을 통해 학습을 심화시킬 수 있다. 이러한 지원이 없으면 아이들은 학습에 어려움을 겪고, 동기 부여도 떨어질 수 있다.

아이들에게는 자기주도학습보다는 성인의 지속적인 지도가 더 효과적이다.

자기주도학습은 성인 교육을 위해 개발된 개념으로, 아이들에게 적용하기에는 한계가 있다. 아이들은 발달 단계상 아직 자기주도적으로 학습을 계획하고 실행할 능력이 부족하며, 충분한 경험과 지식을 갖추지 못했다. 또한, 학습 과정에서 성인의 지도와 지원이 필수적이다. 따라서 아이들에게는 적절한 지도와 지원을 제공하는 것이 중요하며, 자기주도학습을 강요하기보다는 발달 단계에 맞는 학습 방법을 적용하는 것이 더 바람직하다.

부모가 알고 있는 자기주도학습은 틀렸다

자기주도학습은 학생 스스로 학습 목표를 설정하고, 학습 계획을 세우며, 이를 실행하고 평가하는 과정을 의미한다. 이는 학생들이 독립적으로 학습할 수 있도록 돕는 중요한 접근법이다.

그러나 많은 부모들이 자기주도학습에 대해 오해하고 있거나, 이를 잘못된 방식으로 이해하고 있다. 이런 오해는 종종 학생들의 학습 효율성을 떨어뜨리고, 학습에 대한 동기 부여를 저하시킨다. 자기주도학습을 아이가 모든 것을 혼자서 해결해야 하는 것으로 이해한다. 그러나 자기주도학습은 전적으로 혼자 하는 학습을 의미하지 않는다. 오히려 학생이 스스로 학습 목표를 설정하고, 학습 계획을 세우며, 필요할 때 도움을 요청할 수 있는 능력을 키우는 것이다.

아이가 수학 문제를 풀다가 어려움을 겪는 상황을 생각해 보자. 이 아이가 자기주도학습을 제대로 이해하고 있다면, 스스로 문제를 해결하려 노력한 후에도 해결되지 않으면 교사나 친구에게 도움을 요청할 것이다. 이는 자기주도학습의 중요한 부분이다. 부모는 아이가 필요할 때 적절한 도움을 받을 수 있도록 환경을 조성해 주어야 한다.

자기주도학습이 교재와 인터넷 자료만으로 충분하다고 생각하는 부모들도 있다. 그러나 이는 학생이 학습 자료를 어떻게 활용하느냐에 달려 있다. 단순히 자료를 제공하는 것만으로는 학생이 효과적으로 학습할 수 없다.

아이가 역사 프로젝트를 준비하고 있다고 가정해 보자. 이 학생이 단순히 인터넷에서 자료를 찾는 것에 그친다면, 이는 자기주도학습의 본질을 제대로 이해한 것이 아니다. 학생이 자료를 수집한 후 이를 분석하고, 자신의 프로젝트에 어떻게 적용할지 고민하며, 최종적으로 프로젝트를 완성하는 과정이 자기주도학습의 핵심이다. 부모는 학생이 이러한 과정을 거칠 수 있도록 지도하고 격려해야 한다.

부모들이 자기주도학습을 성적 향상에만 초점을 맞추는 경우가 많다. 자기주도학습의 궁극적인 목표는 아이의 전반적인 학습 능력을 향상시키고, 평생학습자로서의 자질을 기르는 것이다. 아이가 영어 단어를 외우는 데 어려움을 겪고 있다면, 부모는 단순히 외우라고 강요하기보다 아이가 어떤 방식으로 학습할 때 가장 효과적인지 함께 찾아야 한다. 이 과정에서 아이는 자신의 학습 스타일을 이해하게 되고, 이는 장기적으로 학습 효율성을 높이는 데 큰 도움이 된다. 부모는 성적보다는 학생의 학습 과정과 태도에 더 많은 관심을 기울여야 한다.

자기주도학습은 아이가 독립적인 학습 능력을 키우는 중요한 방법이다.

그러나 부모들이 이를 오해하고 잘못된 방식으로 접근하면, 오히려 아이의 학습 동기를 저하시킬 수 있다. 자기주도학습은 아이 스스로 목표를 설정하고, 계획을 세우며, 필요할 때 도움을 요청하는 과정을 포함한다. 부모는 아이가 이러한 과정을 통해 성장할 수 있도록 도와주어야 한다.

2

학원으로 가득 채운
아이의 시간

　현대 사회에서 많은 부모들이 자녀의 성공을 위해 다양한 사교육
으로 아이의 시간을 가득 채우고 있다. 이러한 현상은 학업 성취도
를 높이기 위한 방편으로 이해될 수 있지만, 여러 부작용과 문제점
을 초래하고 있다.

　소현이는 월요일부터 금요일까지 매일 방과 후 두세 개의 학원에
다닌다. 영어, 수학, 과학은 물론 예체능 학원까지 포함되어 있다. 소
현이는 학교 수업이 끝난 후 곧바로 학원으로 이동하고, 저녁 늦게
집에 돌아와 숙제를 하다가 밤늦게 잠자리에 든다. 이러한 일정은
소현이에게 심각한 스트레스를 안겨 주고 있다. 실제로 소현이는 자
주 두통을 호소하고, 학습에 대한 흥미를 잃어 가고 있다. 과도한 학
원 스케줄은 아이의 신체적, 정신적 건강에 부정적인 영향을 미칠

수 있으며, 이는 학습 효율성도 저하시키는 결과를 초래한다.

혜성이는 학원에서 제공하는 정해진 커리큘럼에 따라 공부하고 있다. 학원에서는 시험 대비 문제 풀이와 암기 위주의 학습이 주를 이루며, 창의적 사고나 자율적인 학습 방법에 대한 교육은 부족하다. 혜성이는 학원에서 배운 내용을 그대로 따라하는 데 익숙해져 스스로 문제를 해결하거나 새로운 아이디어를 떠올리는 데 어려움을 겪고 있다. 이는 혜성이가 고등학교나 대학에 진학했을 때, 혹은 성인이 되어 사회에 나갔을 때 자율성과 창의성이 요구되는 상황에서 큰 장애가 될 것이다.

학원으로 가득 찬 시간은 아이들이 또래와 자유롭게 어울리고 놀이를 통해 사회성을 키울 기회를 빼앗는다. 지훈이는 학원 수업 때문에 친구들과 함께 놀 시간이 거의 없다. 주말에도 학원 수업이나 과제로 인해 친구들과의 약속을 자주 취소해야 한다. 이로 인해 지훈은 친구들과의 관계 형성에 어려움을 겪고 있으며, 사회적 기술을 충분히 발달시키지 못하고 있다. 아이들은 놀이와 상호작용을 통해 타인과의 관계를 배우고, 협동과 소통 능력을 키울 수 있다. 그러나 학원으로 가득 찬 일정은 이러한 중요한 발달 기회를 제한한다.

학원으로 가득 채운 아이의 시간은 단기적으로는 학업 성취도를 높이는 데 도움이 될 수 있지만, 장기적으로는 아이의 전인적 발달을 저해할 수 있다. 과도한 학원 스케줄은 아이의 신체적, 정신적 건강에 해로우며, 창의성과 자율성을 부족하게 만들고, 사회성 발달을 저해한다.

부모들은 자녀의 성공을 위해 학원 교육에만 의존하기보다는, 자녀가 균형 잡힌 생활을 할 수 있도록 다양한 경험과 휴식 시간을 제공해야 한다. 이는 아이들이 건강하게 성장하고, 다양한 능력을 발휘할 수 있는 토대를 마련하는 데 중요하다.

아이에게 학원이란? 부모에게 학원이란?

한국 사회에서 사교육은 매우 중요한 위치를 차지한다. 많은 아이들이 학교 수업 외에도 다양한 학원에서 추가 학습을 받으며, 부모들은 아이의 성공을 위해 사교육에 많은 시간과 비용을 투자한다. 그러나 사교육이 아이들과 부모에게 미치는 영향은 매우 복잡하고 다면적이다.

사교육은 공교육 외에 개인이나 사설 기관이 제공하는 모든 교육 활동을 의미한다. 한국에서는 사교육이 학교 교육을 보완하거나 보충하는 역할을 넘어, 사실상 경쟁력을 높이는 필수 요소로 자리 잡았다. 서울 강남구의 학원가는 한국에서 가장 유명한 사교육 밀집 지역으로, 수많은 학원들이 밀집해 있으며, 학생들은 이곳에서 다양한 과목을 배우고 있다. 이러한 사교육의 열풍은 대학 입시 경쟁이 치열해지면서 더욱 강화되고 있다.

아이들에게 학원은 단순히 공부를 배우는 장소를 넘어선다. 학원은 종종 아이들의 일상생활의 큰 부분을 차지하며, 학습환경뿐만 아니라 사회적 환경으로서의 역할도 한다.

지수는 하루에 3~4시간씩 학원에서 공부한다. 지수에게 학원은 학교 수업을 보충하는 곳이자, 친구들과 어울리는 장소이며, 때로는 스트레스를 받는 공간이기도 하다. 학원에서 지수는 문제 해결 능력을 기르고, 시험 준비를 체계적으로 할 수 있지만, 동시에 과도한 학습 부담으로 인한 스트레스와 피로를 호소한다. 지수는 종종 친구들과 놀거나 취미 활동을 할 시간이 부족하다고 느끼며, 이는 전인적 발달에 부정적인 영향을 미친다.

부모들에게 학원은 자녀의 학업 성취와 미래를 위한 투자처이다. 많은 부모들은 아이가 경쟁에서 뒤처지지 않기를 바라며, 사교육에 많은 비용을 지출한다. 서울에 사는 직장인 부모인 정씨 부부는 초등학교 5학년인 딸 민지를 위해 매달 100만 원 이상을 학원비로 지출한다. 정씨 부부는 민지가 좋은 대학에 진학하기 위해서는 학원의 도움이 필수적이라고 믿고 있다. 그러나 이러한 투자에는 불안감과 스트레스도 뒤따른다. 정씨 부부는 학원비를 마련하기 위해 추가

근무를 하거나 생활비를 절약하는 등 경제적 부담을 감수하고 있다. 또한, 자녀가 학원에서 좋은 성과를 내지 못할 경우, 부모는 자신들의 투자와 자녀의 미래에 대한 불안함을 느낀다.

한국에서 사교육은 학생과 부모 모두에게 큰 영향을 미치는 중요한 요소이다.

아이들에게 학원은 학습과 사회적 활동의 중심이 되며, 과도한 학습 부담으로 인한 스트레스와 피로를 초래할 수 있다. 부모들에게 학원은 자녀의 미래를 위한 필수 투자처로, 경제적 부담과 함께 자녀의 학업 성취에 대한 불안을 동반한다.

학원으로 내몰릴 수밖에 없는 한국 교육

한국의 교육 현실은 많은 아이들을 학원으로 내몰고 있다. 이는 공교육의 한계, 치열한 입시 경쟁, 사회적 기대 등 다양한 요인들이 복합적으로 작용한 결과이다.

공교육은 모든 학생들에게 균등한 교육 기회를 제공하는 것을 목표로 하지만, 현실에서는 다양한 한계를 드러내고 있다. 교사 1인당 학생 수가 많아 개별 학생의 필요에 맞춘 맞춤형 교육이 어려운 상황이다. 또한, 교육 과정이 획일적이어서 학생들의 다양한 학습 스타일과 속도를 반영하지 못하는 경우가 많다.

지혜는 학교 수업만으로는 교과수업이 이해가 부족하여 학원을 다니기 시작했다. 학교에서는 많은 학생을 대상으로 진행되기 때문에 민준의 개별적인 학습 어려움을 세세히 다루기 어려웠다. 반면, 학원에서는 소규모 수업과 개인 맞춤형 지도로 민준의 이해도를 높일 수 있었다.

이러한 공교육의 한계는 많은 학생들이 학원을 찾게 만드는 주요 요인 중 하나이다.

한국의 교육 시스템은 대학·입시 경쟁이 매우 치열하다. 좋은 대학에 진학하기 위해 학생들은 높은 성적을 유지해야 하며, 이를 위해 추가적인 학습이 필요하다. 이러한 상황에서 학원은 입시 준비를 위한 필수적인 선택지가 된다.

명진이는 서울대학교 입학을 목표로 하고 있어 학교 수업 외에도 입시 전문 학원을 다니며, 주말에도 모의고사와 문제 풀이 강의를 듣고 있다. 학원에서는 학교에서 다루지 않는 심화 문제와 입시 전략을 집중적으로 가르치기 때문에, 명진이는 학원의 도움 없이는 입시 경쟁에서 뒤처질 것이라는 압박감을 느끼고 있다.

이처럼 치열한 입시 경쟁은 학생들이 학원으로 내몰리는 또 다른 주요 원인이다. 한국 사회에서는 학업 성취가 개인의 성공과 직결된다는 인식이 강하다. 이러한 사회적 기대는 부모들에게 자녀의 교육에 대한 높은 책임감을 느끼게 하며, 이는 학원에 대한 수요를 증가시키는 요인이 된다.

도영이 부모는 도영이의 미래를 위해 다양한 학원을 알아보고 있다. 도영이가 좋은 성적을 받아 명문 고등학교에 진학하고, 나아가 좋은 대학에 입학하길 바라는 마음에서다. 이러한 기대와 압박 속에서 지수는 주말에도 학원을 다니며, 부모의 기대에 부응하려고 노력한다. 부모의 높은 기대와 사회적 압박은 학생들이 학원으로 내몰리는 중요한 요인이다.

한국의 교육 현실은 공교육의 한계, 치열한 입시 경쟁, 사회적 기대와 부모의 역할 등 다양한 요인들로 인해 아이들을 학원으로 내몰고 있다. 공교육은 아이들에게 균등한 교육 기회를 제공하는 데 어려움을 겪고 있으며, 치열한 입시 경쟁은 학원을 필수적인 선택으로 만든다. 또한, 사회적 기대와 부모의 높은 기대는 아이들에게 추가 학습의 압박을 가중시키고 있다.

공교육 그리고 사교육

공교육과 사교육은 한국 교육 시스템에서 중요한 두 축을 담당하고 있다. 공교육은 모든 학생에게 균등한 교육 기회를 제공하는 반면, 사교육은 개별 학생의 필요에 맞춘 맞춤형 교육을 제공한다. 이

두 가지 교육 형태는 상호 보완적일 수 있지만, 각각의 역할과 그에 따른 영향을 명확히 이해하는 것이 중요하다.

공교육은 국가가 주도하는 교육 시스템으로, 모든 학생들에게 균등한 교육 기회를 제공하고 사회적 통합을 촉진하는 역할을 한다. 공교육의 주요 목표는 전인교육, 즉 지식 전달뿐만 아니라 인성 교육, 사회적 기술 함양, 민주 시민으로서의 자질을 기르는 것이다.

한 초등학교에서 시행된 '프로젝트 기반 학습' 프로그램을 살펴보자. 이 프로그램에서 학생들은 환경 보호를 주제로 팀 프로젝트를 진행했다. 학생들은 팀원들과 협력하여 연구를 수행하고, 자료를 분석하며, 최종 발표를 준비했다. 이 과정에서 학생들은 학습 내용을 깊이 있게 이해할 뿐만 아니라, 협동, 소통, 문제 해결 능력을 기를 수 있었다. 이는 공교육이 제공하는 전인교육의 좋은 예다. 공교육은 또한 학생들이 다양한 배경과 가치를 가진 사람들과 어울리며 사회적 통합을 경험하게 한다.

사교육은 공교육을 보완하는 역할을 하며, 개별 학생의 필요와 능력에 맞춘 맞춤형 교육을 제공한다. 사교육의 주요 목적은 학업 성취도를 높이고, 특정 과목에서의 전문성을 강화하는 것이다. 특히 대학 입시와 같은 중요한 시험을 준비하는 데 큰 도움이 된다.

한 수학 전문 학원에서는 학생들을 대상으로 심화된 수학 문제 해결 능력을 키우는 수업을 제공한다. 이 학원에서는 각 학생의 수준에 맞춘 맞춤형 수업을 진행하며, 개별 학생의 약점을 보완하고 강점을 더욱 강화하는 데 중점을 둔다. 이로 인해 학생들은 학교 수업에서 다루지 않는 고난도 문제를 풀 수 있는 능력을 기르게 된다.

사교육은 이러한 맞춤형 교육을 통해 학생들의 학업 성취도를 높이고, 대학 입시에서 경쟁력을 갖추게 한다.

은수는 학교에서는 다양한 과목을 균형 있게 배우며, 토론 수업과 동아리 활동을 통해 사회적 기술과 인성을 함양한다. 그러나 은수는 수학 과목에서 어려움을 겪고 있어, 방과 후 수학 전문 학원에 다닌다. 학원에서는 은수의 수준에 맞춘 심화 학습과 개별 지도를 통해 수학 실력을 크게 향상 시켰다. 이처럼 공교육은 은수가 균형 잡힌 교육을 받을 수 있도록 하고, 사교육은 특정 과목에서의 약점을 보완하는 역할을 한다. 공교육과 사교육이 상호 보완적으로 작용함으로써 은수는 전인적인 성장을 이룰 수 있었다.

공교육과 사교육은 각각 중요한 역할을 하며, 상호 보완적인 관계에 있다.

공교육은 모든 학생에게 균등한 교육 기회를 제공하고, 전인교육을 통해 사회적 통합을 촉진한다. 반면, 사교육은 개별 학생의 필요와 능력에 맞춘 맞춤형 교육을 제공하여 학업 성취도를 높이고, 특정 분야에서의 전문성을 강화한다. 공교육과 사교육이 효과적으로 조화를 이룰 때, 학생들은 전인적인 성장과 학업 성취를 동시에 이룰 수 있다. 이를 위해서는 공교육의 질을 높이고, 사교육의 긍정적인 역할을 인정하면서도 그에 따른 부담을 줄이기 위한 사회적 노력이 필요하다.

부모와 교육자, 정책 입안자 모두가 협력하여 균형 잡힌 교육 환경을 조성해야 할 것이다.

사교육은 마약과 같다: 한번 시작하면 끊을 수 없다

사교육은 많은 부모와 아이들에게 유혹적인 선택지이지만, 한번 시작하면 끊기 어려운 마약과 같은 성격을 지닌다. 사교육에 의존하다 보면 점점 더 많은 시간과 비용을 투자하게 되고, 이는 아이와 부모 모두에게 큰 부담이 된다. 사교육의 늪에 빠지지 않기 위해 가장 중요한 것은 아이의 자기주도학습 능력을 키우는 것이다. 자기주도학습은 아이가 스스로 목표를 설정하고, 계획을 세우며, 학습을 실행하고 평가하는 과정을 포함한다. 아이가 학습에 대한 주도권을 가지게 하여, 사교육에 대한 의존도를 줄이는 데 큰 도움이 된다.

아영이는 매일 저녁 자율 학습 시간을 가지며, 스스로 공부 계획을 세우고 실행한다. 아영이의 부모는 민수가 스스로 학습할 수 있도록 도와주고, 필요할 때만 도움을 제공한다. 이러한 방식은 아영이가 학원에 의존하지 않고도 학습 성취를 이룰 수 있도록 한다. 자기주도학습 능력을 기르는 것은 사교육의 늪에 빠지지 않기 위한 첫 번째 단계이다.

공교육을 최대한 활용하는 것도 중요한 전략이다. 학교에서 제공하는 다양한 프로그램과 자원을 적극적으로 활용하여, 사교육의 필요성을 줄일 수 있다. 학교의 방과 후 프로그램, 동아리 활동, 특별보충 수업 등을 통해 학생들이 추가적인 학습 기회를 얻을 수 있다.

서울의 한 학교에서는 방과 후에 무료로 진행되는 영어 토론 클럽을 운영한다. 이 클럽에 참여하는 아이들은 영어 실력을 향상시키는 동시에, 사교육에 의존하지 않고도 충분한 학습 기회를 얻고 있다. 부모는 자녀가 학교에서 제공하는 다양한 프로그램에 참여하도록 독려하고, 이를 통해 공교육의 혜택을 최대한 누릴 수 있도록 해야 한다.

사교육의 늪에 빠지지 않기 위해서는 자녀의 균형 잡힌 생활과 스트레스 관리를 중요하게 생각해야 한다. 학업뿐만 아니라 여가 시간, 체육 활동, 취미 생활 등 다양한 활동을 통해 자녀의 전인적 성장을 도모해야 한다. 과도한 사교육은 자녀의 정신적, 신체적 건강에 부정적인 영향을 미친다.

재민이는 매주 토요일에는 미술 학원 대신 친구들과 축구를 즐긴다. 재민이의 부모는 재민이가 다양한 활동을 통해 스트레스를 해소하고, 건강하게 성장할 수 있도록 돕는다. 이러한 균형 잡힌 생활은 아이가 사교육에 과도하게 의존하지 않도록 하는 데 중요한 역할을 한다.

부모는 아이와의 지속적인 소통을 통해 자녀의 필요와 어려움을 이해하고, 이를 바탕으로 적절한 학습 지원을 제공해야 한다. 아이가 학업에 대한 부담을 느낄 때, 이를 잘 들어주고 적절한 해결책을 함께 찾아가는 과정이 중요하다. 이는 아이가 사교육의 필요성을 덜 느끼게 하고, 부모와의 신뢰 관계를 강화하는 데 도움이 된다.

지연이는 최근 수학 성적이 떨어져 스트레스를 받고 있었다. 지연이 부모는 대화를 통해 문제의 원인을 파악하고, 과도한 학원 수강 대신 학교 수업 보충과 가정 학습을 병행하는 방법을 선택했다. 이러한 소통과 이해는 지연이 학습에 대한 자신감을 회복하고, 사교육의 늪에 빠지지 않도록 도와주었다.

사교육은 한번 시작하면 끊기 어려운 마약과 같은 성격을 지니고 있다. 그러나 아이의 자기주도학습 능력을 기르고, 공교육을 최대한 활용하며, 균형 잡힌 생활과 스트레스 관리를 중요시하고, 아이와의 소통을 통해 이해하는 등 부모의 노력과 지원을 통해 사교육의 늪에 빠지지 않을 수 있다.

3 처음부터 스스로 잘하는 아이는 없다

    부모들은 자녀가 처음부터 스스로 잘하기를 기대하지만, 실제로 아이들은 처음부터 잘할 수는 없다. 아이들은 성장 과정에서 다양한 경험과 지도를 통해 점차 능력을 키워 나간다.

    처음에는 누구나 새로운 일을 경험하지 않았기 때문에 능숙하지 않다. 아이들도 마찬가지로 다양한 경험을 통해 점차 능력을 키워야 한다. 누구나 처음 자전거를 배울 때 넘어지기 일쑤다. 그러나 주변의 격려와 연습을 통해 점차 균형을 잡고 자전거를 잘 탈 수 있게 된다.

    아이들은 인지 발달 단계에 따라 새로운 개념을 이해하고 적용하는 능력이 다르다. 아이들은 처음에 곱셈을 이해하는 데 어려움을 겪는다. 그러나 교사의 설명과 부모의 도움이 더해지면서 점차 곱셈의 원리를 이해하고 문제를 풀 수 있게 된다.

    아이들이 새로운 도전에 직면할 때, 정서적 지원이 부족하면 자신감을 잃기 쉽다. 처음 발표 수업 때는 누구나 긴장하여 말을 잘 하지 못한다. 그러나 주변의 격려와 연습을 통해 점차 자신감을 가지게 되었고, 나중에는 발표를 잘할 수 있게 된다.

부모는 아이가 새로운 일을 시도할 때 격려와 지원을 아끼지 않아야 한다. 이는 아이가 실패를 두려워하지 않고 도전할 수 있도록 돕는다. 부모는 아이가 자전거를 배우는 과정에서 넘어질 때마다 격려하고 다시 시도할 수 있도록 도와주어야 한다.

부모는 자녀의 학습과 성장 과정에 꾸준히 관심을 기울이고 참여해야 한다. 아이가 자신의 성장을 인식하고 동기부여를 받는 데 중요한 역할을 한다. 부모는 매일 저녁 숙제를 도와주며 곱셈을 이해할 수 있도록 지속적으로 관심을 기울여야 한다.

실패는 배움의 과정에서 중요한 부분이다. 부모는 아이가 실패했을 때 이를 긍정적으로 받아들이고, 실패를 통해 배울 수 있게 도와야 한다. 부모는 아이의 실패를 부정적으로 보지 않고, 이를 극복할 수 있도록 연습 기회를 제공하며 자신감을 키워 주어야 한다.

처음부터 스스로 잘하는 아이는 없다. 아이들은 다양한 경험과 지도를 통해 점차 능력을 키워 나간다. 부모는 적절한 지원과 격려, 꾸준한 관심과 참여, 그리고 실패를 긍정적으로 받아들이는 자세를 통해 아이들이 성장할 수 있도록 도와야 한다. 이러한 노력을 통해 아이들은 점차 스스로 잘하는 능력을 갖추게 될 것이다. 부모의 역할은 아이들의 성장을 돕는 중요한 밑거름이며, 이를 통해 아이들은 더 큰 자신감을 가지고 다양한 도전에 나설 수 있게 된다.

스스로 하는 아이들의 특징

스스로 학습하고 자기주도적으로 행동하는 아이들은 특별한 특징들을 가지고 있다. 이러한 특징들은 부모가 아이들을 독립적으로 성장하도록 돕는 데 중요한 역할을 한다.

:: 스스로 하는 아이들은 자기주도 학습 능력이 뛰어나다.

이들은 자신의 학습 목표를 설정하고, 계획을 세우며, 이를 실행하고 평가하는 능력을 갖추고 있다. 이러한 능력은 아이들이 학습의 주도권을 가지고, 필요한 자원을 스스로 찾아 활용하는 데 도움을 준다.

보영이는 매주 자신의 학습 목표를 설정하고, 이를 달성하기 위한 계획을 작성한다. 필요한 자료를 도서관에서 찾아보거나 인터넷을 활용해 스스로 학습한다. 시험 전에는 자기가 만든 요약 노트를 활용해 복습하며, 부족한 부분을 스스로 보충해 나간다.

이러한 자기주도 학습 능력 덕분에 수민은 높은 학업 성취도를 유지하고 있다.

:: 스스로 하는 아이들은 문제 해결 능력이 뛰어나다.

이들은 문제를 직면했을 때 두려워하지 않고, 스스로 해결책을 찾기 위해 노력한다. 이러한 능력은 아이들이 독립적으로 생각하고 행동할 수 있게 하며, 도전에 대한 긍정적인 태도를 가지게 한다.

건우는 과학 프로젝트를 진행하던 중 실험이 계획대로 되지 않는 문제에 직면했으나 포기하지 않고 여러 가지 방법을 시도해 보며 문제를 해결하려고 노력했다. 결국 건우는 인터넷 검색과 교사와의 상담을 통해 문제의 원인을 파악하고, 성공적으로 실험을 마칠 수 있었다. 이러한 문제 해결 능력은 학습뿐만 아니라 다양한 상황에서 유연하게 대처할 수 있도록 돕는다.

:: 스스로 하는 아이들은 높은 자기 효능감을 가지고 있다.

자기 효능감이란 자신이 특정 과제를 성공적으로 수행할 수 있다는 믿음을 말한다. 자기 효능감이 높은 아이들은 도전에 대한 자신감이 있으며, 실패를 두려워하지 않고 지속적으로 노력한다.

영현이는 영어 스피킹 대회에 참가하기로 결심했다. 처음에는 긴장했지만, 꾸준한 연습과 피드백을 통해 자신의 실력을 향상시켰다. 대회 당일, 자신감을 가지고 무대에 올라 멋지게 발표를 했다. 영현이의 높은 자기 효능감은 그녀가 새로운 도전에 기꺼이 나설 수 있도록 하는 중요한 동력이 되었다.

:: 스스로 하는 아이들은 주도적인 시간 관리 능력을 갖추고 있다.

이들은 하루 일과를 체계적으로 계획하고, 우선순위를 정해 효율적으로 시간을 사용할 줄 안다. 이러한 시간 관리 능력은 아이들이 학업과 여가를 균형 있게 조절할 수 있도록 한다.

정훈이는 하루 일정을 세밀하게 계획한다. 학습 시간, 운동 시간,

휴식 시간을 균형 있게 배분하여 스트레스를 줄이고, 효과적으로 공부할 수 있는 환경을 만든다. 주도적인 시간 관리 덕분에 높은 성적을 유지하면서도 건강한 생활을 하고 있다

스스로 하는 아이들은 자기주도 학습 능력, 문제 해결 능력, 높은 자기 효능감, 주도적인 시간 관리 능력 등 다양한 특징을 가지고 있다. 이러한 특징들은 아이들이 독립적으로 성장하고, 학습과 생활에서 성공을 거두는 데 중요한 역할을 한다. 부모는 이러한 특징을 이해하고, 아이들이 스스로 할 수 있도록 적절한 지원과 격려를 제공해야 한다.

시켜서 하는 공부, 하고 싶어 하는 공부

공부는 시키는 게 아니다.
요즘 아이들은 나름의 논리를 가지고 공부를 거부한다.

"야구선수 될 거예요. 그래서 공부 안 해도 됩니다."
"프로그래머가 되어야 하니 공부할 시간에 게임 더 할래요."
"연예인 될 건데 공부는 해서 뭐해요."
"대학 졸업해도 취직도 잘 안 되는데 공부는 뭐 하러 해요."
"공부 안 해도 대학은 다 갈 수 있대요."

이렇게 말하는 아이들에게 섣부른 공부의 필요성을 이야기해도 아무 소용이 없다. 많은 부모들이 논리적으로 말한다고는 하지만 아이에게는 공부시키는 사람의 자기 화풀이며 부모 자신도 잘 모르면서 어른의 힘을 앞세워 공부를 강요하는 것으로 생각한다.

대화를 시작할 때 절대 공부에서 출발하지 말고 아이에서 출발해야 한다. 지금 아이가 흥미 있어 하는 것, 관심 있어 하는 것을 먼저 존중하고 거기에 공부를 갖다 맞춰야 한다. 공부는 대단한 게 아니고 하나의 도구일 뿐이다.

아이들이 점점 더 공부를 하지 않는 이유는 도대체 무엇일까?

"공부 안 해도 다른 것 잘해서도 얼마든지 성공할 수 있어요."
"좋은 대학 간다고 돈 많이 버는 건 아니잖아요."

이 말은 결국 '공부 말고 다른 능력으로도 충분히 잘 살 수 있다'거나 '공부 잘해서 하는 것 말고 다른 직업으로도 충분히 잘 살 수 있다'라는 논리이다. 실제로 공부 안 하는 아이들 대부분은 이런 생각을 가지고 있기 때문에 공부를 안 한다.

어떤 직업을 갖더라도 그 속에는 공부가 바탕이 되어 있어야 돈도 더 잘 벌고 인정도 받을 수 있다는 공부의 필요성을 느끼게 해주어야 한다. 공부가 아이의 꿈에 지원군이 됨을 아이가 하고자 하는 모든 일에는 공부가 연결되어 있음을 알려 주어야 한다. 운동선수가 노래까지 잘할 필요는 없다. 그렇지만 운동선수가 운동만 잘한다고 뛰어난 운동선수가 되는 건 아니다. 사람의 심리를 알아야 한다. 상대 선수에게 심리전도 걸고 부담이 가는 상황에서의 압박에도 잘 대처할 수 있어야 한다. 메시가 월드컵 결승에서 프리킥을 실패한 게 축구를 못해서 실패한 거였을까?

가수도 마찬가지이다. 노래 연습만 하루 10시간 이상 한다고 뛰어난 뮤지션이 되는 건 아니다. 공부가 지금 당장은 춤과 노래, 운동 등의 연습할 시간을 뺏는다고 여길 수 있으나 전문가란 그 일만 잘한다고 될 수 있는 건 아니다. 인간과 관련된 심리, 신체, 사회, 문화 모든 걸 자기가 하려는 주 분야에 녹여 낼 수 있는 사람이 전문가이다. 그러기에 공부는 모든 일에 꼭 필요한 과정이며 자신을 보다 더 빛나게 만들어 줄 수단임을 상기시켜 주어야 한다.

공부는 아이들에게 필수적인 활동이지만, 공부를 하게 되는 동기와 방식에는 큰 차이가 있다. 시켜서 하는 공부와 스스로 하고 싶어 하는 공부는 그 과정과 결과에서 많은 차이를 보인다. 시켜서 하는 공부는 외부의 압력이나 강요에 의해 이루어지는 공부이다. 이 경우, 아이들은 자신이 왜 공부해야 하는지에 대한 명확한 이유를 가지지 못하며, 그저 부모나 교사의 요구를 충족시키기 위해 공부를 하게 된다.

대현이는 부모의 강요로 학원을 다니며, 방과 후에도 많은 시간을 공부에 할애한다. 부모가 기대하는 성적을 받기 위해 공부하지만, 실제로는 공부에 대한 흥미와 동기 부여가 부족하다. 시험에서 높은 점수를 받더라도, 공부 자체에 대한 만족감이나 성취감은 크지 않다. 이는 장기적으로 대현이의 학습 태도와 성과에 부정적인 영향을 미칠 것이다.

하고 싶어 하는 공부는 아이가 스스로 동기를 가지고 자발적으로 하는 공부이다. 이 경우, 아이들은 자신의 흥미와 관심을 바탕으로 공부를 하게 되며, 이는 학습의 효율성과 만족도를 높인다.

원영이는 과학에 큰 관심을 가지고 있다. 스스로 과학 책을 읽고, 실험을 하며 공부하는 것을 즐긴다. 부모는 원영이의 흥미를 존중하며, 필요한 자료와 도구를 제공해 주었다. 원영이는 과학 수업에서도 높은 성취를 보였고, 학업에 대한 자신감과 흥미를 계속 유지하고 있다. 이러한 자발적인 학습은 원영이의 전반적인 학습 태도와 성과에 긍정적인 영향을 미친다.

시켜서 하는 공부는 외부의 압력에 의해 동기 부여가 되며, 이는 일시적이고 표면적인 동기에 그칠 수 있다. 반면, 하고 싶어 하는 공부는 내적인 동기 부여에 의해 이루어지며, 이는 지속적이고 깊은 학습으로 이어진다.

시켜서 하는 공부는 주로 시험 내비와 같은 단기 목표에 초점이 맞춰져 있다. 이는 주입식 학습으로 이어질 수 있으며, 깊이 있는 이해나 창의적 사고를 방해한다. 반면, 하고 싶어 하는 공부는 아이의 흥미와 호기심을 바탕으로 하여, 깊이 있는 이해와 창의적 사고를 촉진한다. 시켜서 하는 공부는 동기 부여가 사라지면 쉽게 중단될 수 있다. 반면, 하고 싶어 하는 공부는 학생이 스스로 즐기며 하는 활동이기 때문에 지속성이 높다.

그렇다면 부모는 아이가 하고 싶어 하는 공부를 할 수 있도록 환경을 조성하는 것이 중요하다. 아이가 어떤 분야에 흥미를 가지고 있는지 파악하고, 이를 바탕으로 학습 활동을 지원해야 하며 자녀의 관심 분야에 필요한 자료와 도구를 제공해 줄 수 있어야 한다. 아이가 스스로 학습 목표를 설정하고 계획을 세울 수 있도록 도울 때 아이는 자신의 학습에 대한 주도권을 가지게 되며, 공부에 대한 책임감을 느낄 수 있다. 아이가 자발적으로 공부하는 과정에서 긍정적인 피드백과 격려를 제공하여, 학습에 대한 자신감과 성취감을 느낄 수 있도록 한다.

시켜서 하는 공부와 하고 싶어 하는 공부는 동기 부여, 학습의 질, 지속성에서 큰 차이를 보인다. 하고 싶어 하는 공부는 학생의 흥미와 내적 동기를 바탕으로 이루어지기 때문에, 더 깊이 있는 학습과 지속적인 성장을 가능하게 한다.

학년별, 교과별
공부 전략

학년별로 적절한 공부 전략을 세우는 것은 아이가 학습을 효과적으로 이끌어 나가는 데 중요한 요소이다. 초등학교 학년별 공부 전략은 기초 학습과 학습 습관 형성에 중점을 둬야 한다.

이 시기의 아이들은 학습에 대한 기초를 다지고, 긍정적인 학습태도를 형성할 수 있는 기회를 제공해야 한다.

:: 초등 저학년(1~2학년)

초등학교 입학 후 처음 두 학년은 학습의 기초를 다지는 시기이다. 아이들은 기본적인 독해, 쓰기, 수학 등의 기초 개념을 배우며 학습의 기본적인 구조를 익힌다. 읽기와 쓰기를 배우는 과정에서 간단한 단어와 문장을 읽고 쓸 수 있도록 부모와 함께 책을 읽고 이야기를 나누는 시간을 가진다.

:: 초등 중학년(3~4학년)

이 시기에는 아이들의 학습 의지를 증진시키고, 자기주도적 학습 능력을 기르기 위한 기초를 마련해야 한다. 아이들은 조금 더 복잡한 독해와 수학 문제 해결 능력을 키우며, 스스로 문제를 발견하고 해결하는 데에도 익숙해져야 한다. 교과서를 통해 다양한 문제를 발견하고 해결하는 방법을 배우며, 학습 도전에 적극적으로 참여한다.

:: 초등 고학년(5~6학년)

심화 학습과 자기주도학습 능력을 키우는 중요한 시기이다. 아이들은 깊이 있는 학습을 통해 중학교 준비를 시작하고, 자신의 학습 방법을 찾아가야 한다. 부모는 아이가 스스로 학습 계획을 세우고, 주도적으로 공부할 수 있도록 도와주어야 한다. 또한, 다양한 프로젝트와 토론 활동을 통해 비판적 사고와 문제 해결 능력을 기르는 것이 중요하다.

중학교 공부 전략은 학문적 도전과 함께 자기 관리 능력을 강화하는 데 집중해야 한다. 이 시기의 아이들은 다양한 학습 영역에서 깊이 있는 이해를 통해 학문적 자아를 발전시키는 데 중점을 둬야 한다.

:: 중등 1~2학년

중학교 초입에는 학생들이 고등학교 진학을 준비하는 데 필요한 기초를 다지는 것이 중요하다. 아이들은 과목별 기초 개념을 굳건히 세우고, 학습 방법을 탐구하며 자신만의 학습 방식을 찾아가야 한다. 1학년 학생은 수학 문제를 해결할 때 다양한 접근 방식을 시도하고, 그 과정에서 자신의 강점과 약점을 파악하며 학습 스타일을 개발하는 데 관심을 가져야 한다.

:: 중등 3학년

중학교 3학년은 고등학교 진학을 준비하는 결정적 시기이다. 이때 아이들은 학습 목표를 설정하고, 계획을 세우며 그에 따라 행동할 수 있는 자기주도적 학습 능력을 기르는 것이 중요하다. 진학을 위해 필요한 학업 목표를 설정하고, 학습 일정을 계획하여 시험과 과제를 준비하는 데 집중한다. 스스로 학습을 관리하고, 부모와 교사에게 필요한 지원을 요청하는 데에도 적극적이어야 한다.

고등학교 공부 전략은 깊이 있는 학문적 탐구와 더불어 진로 결정을 지원하는 데 중점을 둬야 한다. 이 시기의 아이들은 자신의 강점과 관심을 바탕으로 진로를 탐색하고, 이에 필요한 학습 전략을 개발하는 데 매진해야 한다.

:: 고등 1학년

고등학교 1학년은 새로운 환경에 적응하고, 다양한 과목에서의 학습 방식을 탐색하는 시기이다. 자신의 학습 스타일을 파악하고, 다양한 과목에서의 학습 요구를 이해하는 데에 집중해야 한다.

:: 고등 2~3학년

고등학교 중반에서 후반으로 갈수록 학생들은 자신의 관심 분야를 깊이 탐구하고, 진로 결정을 준비하는 데 집중한다. 아이들은 전문 지식과 문제 해결 능력을 발전시키며, 대학 입시 준비를 위한 전략을 세워야 한다.

각 학년별로 적절한 공부 전략을 세우는 것은 아이들이 학습의 주체가 되어 스스로 성장할 수 있도록 돕는 중요한 역할을 한다. 초등학교에서는 기초 학습과 학습 습관 형성을 중시하며, 중학교에서는 자기주도적 학습 능력을 배양하고 고등학교에서는 깊이 있는 학문적 탐구와 진로 결정을 지원하는 전략을 마련해야 한다. 이를 통해 학생들은 각자의 잠재력을 최대한 발휘하며, 미래에 대한 준비를 강화할 수 있을 것이다.

학년별 공부할 때 대화

:: 초등 저학년(1~2학년)

아이: "아빠, 이 책 읽기 숙제가 너무 길어서 끝낼 수 없을 것 같아요."

부모: "책 읽는 게 힘들구나. 우리 조금씩 나눠서 읽어 볼까? 내가 한 페이지를 읽으면 네가 다음 페이지를 읽는 거야. 그리고 우리 같이 이야기해 보자, 이 책에서 가장 재미있었던 부분은 뭐였어?"

:: **초등 중학년(3~4학년)**

아이: "엄마, 이 수학 문제 너무 어려워요. 어떻게 풀어야 할지 모르겠어요."

부모: "수학 문제 푸는 게 어렵구나. 먼저 문제를 천천히 읽어 보자. 문제에서 무엇을 물어보는지 이해하는 게 중요해. 그런 다음 우리 함께 단계를 나눠서 풀어 볼까?"

:: **초등 고학년(5~6학년)**

아이: "아빠, 과학 프로젝트 어떻게 시작해야 할지 모르겠어요."

부모: "과학 프로젝트가 처음이라 막막할 수 있지. 먼저 프로젝트 주제를 정하고, 그 주제에 대해 조사해 보자. 그리고 계획을 세워서 차근차근 진행해 보자. 우리 같이 첫 단계를 시작해 볼까?"

:: **중학교**

아이: "엄마, 이번 역사 과제 정말 어려워요. 어디서부터 시작해야 할지 모르겠어요."

부모: "역사 과제가 어렵게 느껴질 수 있지. 먼저 과제 요구사항을 다시 한 번 읽어 보고, 어떤 자료가 필요한지 정리해 보자. 자료를 찾는 방법도 알려 줄게. 그다음에 중요한 내용을 요약해서 정리해 보자."

:: **고등학교**

아이: "아빠, 이번 기말고사 준비 때문에 스트레스를 너무 많이 받

아요. 어떻게 해야 할지 모르겠어요."

부모: "시험 준비가 많은 스트레스를 주는구나. 우선 공부 계획을 세워서 하루에 할 분량을 나누어 보자. 그리고 중요한 부분부터 공부하고, 모르는 부분은 나중에 다시 복습하는 게 좋겠어. 필요한 부분은 내가 도와줄게. 휴식 시간도 꼭 챙기고."

부모와 자녀 간의 대화는 아이의 학습 동기를 높이고, 학습 과정을 지지하며, 필요한 도움을 제공한다. 부모는 아이가 스스로 문제를 해결할 수 있도록 안내하는 역할을 하며 학년별로 적절한 대화를 통해 아이들이 공부에 흥미를 느끼고 스스로 학습할 수 있는 능력을 키우도록 도와야 한다. 부모의 꾸준한 관심과 대화가 아이의 학습 성장을 촉진한다.

교과별 공부 전략

교과별로 효과적으로 공부하려면 각 교과의 특성에 맞춘 공부 전략이 필요합니다. 다음은 주요 교과목별로 초등학생들이 실천할 수 있는 공부 전략이다.

:: 1. 국어
다양한 책을 읽고 독서 일기를 쓰는 습관을 기른다.

자신의 생각을 정리하여 일기나 짧은 글을 자주 써보며 새로운 단어를 배우고 이를 문장에서 사용하는 연습을 한다. 매일 자기 전에 20분씩 책을 읽고, 읽은 내용을 간단히 요약하는 독서 일기를 쓴다. '해리포터' 시리즈 중 한 권을 읽고 주요 내용을 정리한다. 주말마다 자신이 경험한 일을 주제로 일기를 쓴다. 가족과 함께한 놀이동산 방문을 주제로 일기를 써보면 표현력과 글쓰기 능력이 향상된다. 일주일에 한 번씩 새로운 단어를 5개씩 외우고, 이를 문장으로 만들어 보며 어휘력을 늘린다. '탐험', '모험', '발견' 같은 단어를 배운 후 "나는 모험을 떠나 탐험을 통해 많은 것을 발견했다"라는 문장을 만들어 본다.

:: 2. 수학

기본적인 수학 개념과 공식을 확실히 이해하고 다양한 유형의 문제를 풀어 본다. 수학적 사고력을 키우기 위해 놀이와 접목하여 학습한다. 매일 수학 문제집을 한 장씩 풀며 기본 개념을 복습하고 문제를 반복해서 풀어 개념을 확실히 한다. 가족과 함께 수학 게임을 하며 즐겁게 수학을 학습한다. 주사위를 이용한 숫자 놀이를 통해 덧셈과 곱셈을 연습한다. 일주일에 한 번씩 실생활과 관련된 수학 문제를 풀어 본다. 가족과 장을 보면서 가격을 더하고 거스름돈을 계산하는 활동을 통해 수학적 사고력을 기른다.

:: 3. 영어

간단한 영어 책을 읽고, 영어 노래나 동요를 듣는다. 쉬운 영어 문장을 직접 말해 보고, 짧은 영어 글을 써보며 영어 단어와 문법을 학습한다. 매일 10분씩 영어 그림책을 읽고, 주요 문장을 따라 읽는다. 영어 동요를 듣고 따라 부르며 영어 발음을 익힌다. 하루에 한 단어씩 새로운 영어 단어를 배우고, 이를 문장으로 만들어 본다. 'apple'이라는 단어를 배우고 "I like to eat an apple"이라는 문장을 만들어 본다.

:: 4. 과학

간단한 실험을 통해 과학적 원리를 직접 경험한다. 기본 과학 개념을 쉽게 이해할 수 있는 자료를 활용하고 자연을 직접 관찰하고 탐구하는 활동을 통해 과학적 호기심을 기른다.

집에서 간단한 과학 실험을 해보고, 그 결과를 기록한다. 식초와 베이킹소다를 이용한 화산 폭발 실험을 통해 화학 반응을 이해한다. 과학 관련 만화책이나 동영상을 통해 기본 과학 개념을 쉽고 재미있게 학습한다. 가족과 함께 자연 탐사를 나가고, 관찰한 식물이나 동물을 기록한다. 공원에서 다양한 나무와 꽃을 관찰하고, 이를 그림으로 그려 보며 학습한다.

초등학생들이 각 교과의 특성에 맞춘 공부 전략을 실천하면 학습 효율을 높이고, 학습에 대한 흥미를 지속적으로 유지할 수 있다. 꾸준한 노력과 다양한 방법을 통한 학습이 성공적인 학습의 열쇠이다.

특정 과목은 포기

아이가 특정 과목을 싫어하면 자연히 성적이 떨어지고 장기간 그런 상태가 계속되면 사실상 그 과목을 포기하게 된다. 어떤 과목이라도 포기해서는 안 되며 만약 포기과목이 국어, 수학, 영어와 같은 주요 과목이라면 문제는 심각하다. 주요 과목은 내신은 물론 입시에서 차지하는 비중이 높기 때문에 이 중 어느 한 과목이라도 포기하면 내신과 입시 결과가 좋지 않으면 진로 선택의 폭도 좁아지게 된다. 포기에는 노골적으로 포기선언을 하고 그 과목 공부에서 아예 손을 떼는 극단적인 단계에서부터 명시적으로 포기한 것은 아니나 사실상 마음속으로는 포기하고 그 과목 공부를 소홀히 하는 단계까지 있다. 전자 단계라면 매우 심각하나 후자 단계라면 빨리 조치를 취할 수 있다.

이럴 때 부모는 아이 옆에서 포기하고 싶은 마음이 들더라도 '기본은 한다', '최소한 중간은 하도록 만들겠다'라는 마음을 가지고 아이가 부담감을 느끼지 않고 충분히 해낼 수 있는 선에서 독려하여 기본, 중간 수준만이라도 유지하여 나중에 그 과목을 포기 않고 공부하게 되는 토대와 계기를 마련해 주어야 한다.

포기과목 되살리는 말
〰〰〰〰〰

포기한 과목을 포기한 기간이 얼마나 되느냐에 따라 회생 가능성
에 차이가 있다. 포기과목을 되살리기 위해 다음과 같이 말해 보자.

:: 첫째, 왜 이 과목이 싫으니?

특정 과목을 왜 포기하게 되었는지, 포기하게 된 결정적 계기는
무엇인지. 그것이 정말 타당한 것인지를 확인하는 게 우선 되어야
한다. 아이 스스로 자신이 그 과목을 싫어하는 이유를 곰곰이 생각
해 보는 시간을 갖는 것이 좋다. 아이는 이런 시간을 통해 일종의 자
기 점검을 거치고 반성과 감정 조절을 하게 된다.

과목이 싫어지는 이유 중 주된 원인은 선생님인 경우가 많은데 이
럴 경우 인터넷 강의나 학원 강의를 통해 다른 선생님을 접하게 하
는 방법도 좋다.

:: 둘째, 기본만 하자

특정 과목을 포기하는 이유 중 또 다른 하나는 성적에 대한 과도
한 부담감이 작용했기 때문이다. 그런 아이에게 그 과목을 더 열심
히 해야 한다고 강요하기보다는 성적을 끌어올리겠다는 마음을 버
리고 '기본'만 하겠다는 마음을 아이가 품도록 돕는 것이 좋다. 특정
과목에 대한 거부감, 기피증을 다소나마 완화시킬 수 있다. 그리고
가장 기본적인 교재를 선택하여 공부하거나 이전 학년 교과서를 다

시 살펴보게 하면서 기피 과목에 대한 자신감을 갖게 하는 것도 좋은 방법이다.

:: 셋째, 너무 부담 갖지 마

포기하려는 과목 부족한 과목을 더 공부하게 하려면 아이가 잘하는 다른 과목에 대한 인정을 해준다. 특히 이때 다른 친구와 비교하면서 아이 마음을 자극해서는 절대 안 된다. 아이가 특정 과목을 못한다라는 인식을 갖게 하면 과목에 대한 거부감은 더 커진다.

"성적이 아직 잘 안 나오는 건 그 과목에 요령이 부족해서야. 다른 과목들을 잘하니까 그 과목에 대한 부담은 갖지 말고 기본만 하면서 서서히 따라가 보자"라고 말하면서 싫은 과목에 대한 접근도를 높이는 게 좋다.

:: 넷째, 목차만이라도 보자

아이가 거부감을 갖는 과목의 책은 아예 펴지도 않고 교과서는 새책처럼 깨끗하고 자습서나 문제집은 없을 수도 있다. 기본적인 교재가 없다면 아이와 함께 서점에 가서 아이가 선택하는 교재를 준비한다. 교과서와 교재가 준비되었다면 아이와 책상에 앉아 함께 목차만이라도 살펴본다. 공부는 흐름을 잡는 것이 중요하고 무엇을 배우는지 훑어보는 단계가 꼭 있어야 한다.

그런 다음 조금이라도 관심이 가는 부분을 찾아 관련 부분의 문제를 풀어 보면서 조금씩 흥미를 갖게 도와주어야 한다.

5

학습 대화
PQ2RWE

학습 대화는 학습 과정에서 학습자가 질문, 의문, 궁금증을 탐구하고, 학습한 내용을 정리하며, 다른 사람에게 설명하는 과정을 말한다. 이는 학습을 더욱 효과적으로 이해하고 내면화하는 데 도움이 된다.

P Preview(예습하기)

예습Preview은 학습 자료의 개요를 파악하고 학습에 대한 기대감을 형성하는 과정이다. 이는 학습의 효율성을 높이고, 학습 내용을 더 잘 이해할 수 있도록 도와준다. 예습을 통해 아이들은 학습의 방향을 잡고, 기본 개념을 미리 이해하며, 학습 동기를 높일 수 있다.

예습은 아이들이 어떤 내용을 배울지 미리 파악하게 하여 학습의 방향을 제시하기에 학습 중에 중요한 부분에 집중할 수 있게 도와준다. 예습을 통해 아이들은 기본 개념을 미리 이해할 수 있어, 본격적인 학습 중에 더 깊이 있는 이해가 가능하다. 예습은 아이들이 학습 내용에 대한 흥미와 기대감을 형성하게 하여 학습 동기를 부여한다. 미리 학습 자료를 훑어보는 것은 학습 중에 발생할 수 있는 혼란과 어려움을 줄여 준다.

:: **예습하기 대화**

부모: "내일 과학 수업에서 어떤 내용을 배울지 한번 미리 살펴볼까? 예습을 하면 수업을 더 잘 이해할 수 있을 거야."

아이: "좋아요, 엄마. 내일은 '태양계'에 대해 배운다고 했어요."

부모: "그래, 교과서를 한번 펼쳐보자. 태양계에 대한 내용이 어디에 있는지 찾아보자."

아이: (교과서를 펼치며) "여기 있어요. 태양계에는 태양, 행성, 소행성, 혜성 등이 있다고 해요."

부모: "좋아, 그러면 그림을 보면서 어떤 행성들이 있는지 알아볼까? 여기 나오는 행성들 이름을 읽어 볼래?"

아이: "수성, 금성, 지구, 화성, 목성, 토성, 천왕성, 해왕성요."

부모: "아주 잘했어! 그럼 이 행성들 중에 세일 궁금한 행성은 뭐야?"

아이: "저는 목성이 궁금해요. 목성은 왜 그렇게 큰지 알고 싶어요."

부모: "좋은 질문이야! 그럼 우리 목성에 대해 좀 더 알아볼까? 여기 교과서에 뭐라고 나와 있는지 읽어 보자."

아이: (교과서를 읽으며) "목성은 태양계에서 가장 큰 행성이에요. 대부분이 가스로 이루어져 있고, 엄청난 크기의 폭풍이 있다고 해요."

부모: "그렇구나. 목성의 폭풍은 '대적반'이라고 부르는데, 지구보다도 크다고 해. 정말 놀랍지?"

아이: "네, 정말 신기해요! 내일 수업 시간에 선생님께 더 물어봐야겠어요."

부모: "좋아, 오늘 예습을 해서 내일 수업이 더 재미있을 거야. 예습한 내용을 다시 한 번 정리해 볼까? 어떤 내용을 배웠는지 이야기해 줄래?"

아이: "태양계에는 여러 행성이 있고, 목성은 가장 큰 행성이라는 걸 배웠어요. 그리고 목성에는 대적반이라는 큰 폭풍이 있어요."

부모: "아주 잘했어! 내일 수업도 기대되겠네. 항상 이렇게 예습하면 수업을 더 잘 이해할 수 있을 거야. 그럼, 오늘 예습한 내용에 대해서 나중에 아빠한테도 설명해 줄래?"

아이: "네, 엄마! 그렇게 할게요!"

예습은 아이들이 학습 자료의 개요를 파악하고 학습에 대한 기대감을 형성하는 중요한 과정이다. 부모와 아이가 함께 예습을 하며 대화를 나누는 것은 아이들이 학습 내용을 미리 이해하고, 학습 동기를 높이는 데 큰 도움이 된다. 이러한 예습 활동을 통해 아이들은 학습 중에 발생할 수 있는 혼란을 줄이고, 학습 내용을 더 깊이 있게 이해할 수 있다. 부모는 아이가 예습을 습관화할 수 있도록 도와주고, 예습 과정에서의 질문과 호기심을 격려해 줌으로써 우리 아이는 더 나은 학습 성취를 이루고, 즐거운 학습 경험을 쌓을 수 있을 것이다.

Q Question (질문하기)

질문하기Question는 학습 과정에서 매우 중요한 단계로, 아이들이 학습에 대한 호기심을 가지고 질문을 통해 더 깊이 탐구하도록 도와준다. 질문하기는 아이들이 주도적으로 학습에 참여하게 하고, 비판적 사고를 기르며, 이해도를 높이는 데 큰 역할을 한다.

질문을 통해 아이들은 표면적인 이해를 넘어 더 깊이 있는 이해를 할 수 있다. 질문은 아이들이 다양한 관점에서 문제를 바라보고 해결책을 찾는 능력을 기르게 하며 수동적으로 정보를 받는 것에서 벗어나 능동적으로 학습에 참여하게 한다. 아이들이 질문을 통해 자신의 생각을 표현하고 답을 찾는 과정에서 자신감을 키울 수 있다.

:: 질문하기 대화

부모: "내일 사회 시간에 '세계 여러 나라의 문화'에 대해 배운다고 했지? 우리가 어떤 내용이 나올지 미리 생각해 보면 좋을 것 같아."

아이: "네, 엄마. 세계 여러 나라의 문화라… 어떤 나라들이 나올까요?"

부모: "우선 교과서를 한번 볼까? 여기 보니까 일본, 프랑스, 이집트에 대한 내용이 나와 있네. 이 나라들 중에서 가장 궁금한 나라는 어디야?"

아이: "저는 이집트가 궁금해요. 피라미드가 어떻게 만들어졌는지 알고 싶어요."

부모: "좋은 질문이야, 피라미드는 정말 신비롭지. 교과서에서 이집트 부분을 한번 읽어 볼까? 그리고 어떤 질문이 더 생기는지 이야기해 보자."

아이: (교과서를 읽으며) "여기 보면 피라미드는 고대 이집트 사람들이 만든 무덤이라고 해요. 그런데 어떻게 그렇게 큰 돌을 쌓았는지 이해가 안 돼요."

부모: "정말 흥미로운 질문이네. 고대 이집트 사람들은 굉장히 많은 인력과 도구를 사용해서 피라미드를 지었을 거야. 하지만 아직도 정확한 방법은 비밀에 싸여 있어. 이외에 또 다른 궁금한 점이 있어?"

아이: "네, 엄마. 이집트 사람들은 왜 피라미드를 무덤으로 사용했을까요?"

부모: "좋은 질문이야. 고대 이집트 사람들은 죽은 후에도 삶이 계속된다고 믿었기 때문에 왕과 귀족들을 위한 큰 무덤을 만든 거야. 피라미드는 그런 믿음을 보여 주는 상징적인 건축물이야. 이 점에

대해 더 알아보고 싶지 않니?"

아이: "네, 엄마. 내일 수업 시간에 선생님께 이 질문을 꼭 해야겠
어요."

부모: "그래, 질문을 통해 더 많이 배울 수 있단다. 항상 궁금한 점
을 가지고 질문하는 습관을 가지면 학습에 큰 도움이 될 거야."

질문하기는 아이들이 학습에 대한 호기심을 가지고 더 깊이 탐구
할 수 있도록 도와주는 중요한 과정이다. 부모와 아이가 함께 예습
을 하면서 질문을 통해 학습 내용을 더 깊이 이해하고, 비판적 사고
를 기를 수 있다. 이러한 대화는 아이들이 능동적으로 학습에 참여
하고 자신감을 키우는 데 큰 도움이 된다. 부모는 아이들이 질문을
많이 하고, 궁금한 점을 스스로 찾아볼 수 있도록 격려해 주면 좋다.

R Reflect(숙고하기)

숙고Reflect는 학습한 내용에 대해 깊이 생각하고 내면화하는 과정
이다. 이 단계는 아이들이 배운 내용을 자신의 경험과 연결하고, 이
를 통해 더 깊이 이해하는 데 중요한 역할을 한다. 숙고하기는 단순
한 암기를 넘어 이해와 응용을 가능하게 하며, 아이들의 시고력을
키우는 데 큰 도움이 된다. 학습한 내용을 숙고함으로써 아이들은
이를 다양한 상황에 적용하는 방법을 배우게 된다. 숙고는 아이들이

자신의 학습 과정을 돌아보고, 무엇을 잘했는지, 무엇을 개선할 수 있는지 생각하게 한다.

:: **숙고하기 대화**

부모: "오늘 태양계에 대해 배운 내용을 한번 생각해 볼까? 우리가 배운 내용을 다시 떠올려 보자."

아이: "네, 엄마. 태양계에는 여러 행성이 있고, 태양을 중심으로 돌고 있어요."

부모: "맞아. 그중에서 특히 흥미로웠던 부분은 뭐였어?"

아이: "저는 목성에 있는 대적반이 정말 신기했어요. 그 폭풍이 지구보다 크다고 했잖아요."

부모: "그래, 정말 놀라운 사실이지. 그럼 왜 목성의 대적반이 그렇게 큰 폭풍이 되었을까 생각해 본 적 있니?"

아이: "음… 목성이 아주 크기 때문일까요? 아니면 목성의 기후가 우리 지구랑 달라서 그런 걸까요?"

부모: "좋은 생각이야. 목성의 대적반이 큰 이유 중 하나는 목성의 대기가 매우 두껍고, 기후가 지구와 많이 다르기 때문이야. 또 다른 이유가 있을까?"

아이: "아, 목성의 자전 속도가 빠르다고 배웠어요. 그래서 폭풍이 더 강해질 수 있겠네요."

부모: "맞아, 목성의 빠른 자전도 큰 폭풍을 만드는 데 중요한 역할을 하지. 이제 우리 배운 내용을 다른 행성과 비교해 볼까? 지구와

목성의 기후나 대기 상태가 어떻게 다를까?"

아이: "지구는 우리가 숨 쉴 수 있는 공기가 있지만, 목성은 대부분 가스로 이루어져 있어요. 그리고 지구에는 사계절이 있지만 목성에는 그런 게 없겠죠?"

부모: "정확해, 그런 차이들이 행성마다 다양한 기후와 환경을 만드는 거야. 이제 이런 내용을 떠올리면서, 태양계의 다른 행성들도 비슷하게 생각해 볼 수 있을 것 같아?"

아이: "네, 엄마. 이제 다른 행성들도 더 잘 이해할 수 있을 것 같아요. 그리고 다음 시간에는 더 깊이 생각해 볼게요."

부모: "아주 잘했어, 이렇게 학습한 내용을 깊이 생각하면 더 잘 이해할 수 있고, 다른 주제에도 쉽게 적용할 수 있을 거야. 앞으로도 계속해서 숙고하는 습관을 가지도록 하자."

부모와 아이가 함께 숙고하는 대화를 나누는 것은 아이들이 배운 내용을 더 깊이 이해하고, 비판적 사고를 기르며, 다양한 상황에 적용하는 능력을 키우는 데 큰 도움이 된다. 부모는 아이가 학습 내용을 숙고하고, 자신의 생각을 자유롭게 표현할 수 있도록 격려해 주면 좋다.

R Review(복습하기)
~

복습Review은 학습 내용을 기억하고 반복하여 확립하는 과정이다.

반복적인 복습은 학습 내용을 단기 기억에서 장기 기억으로 전환하며 복습을 통해 학습 내용을 더 깊이 이해할 수 있다. 처음에는 놓쳤던 세부 사항이나 중요한 개념을 다시 확인할 수 있다. 복습은 아이들이 학습 내용을 확실히 이해하고 있다는 자신감을 주며 학습에 대한 긍정적인 태도를 형성하는 데 기여한다. 꾸준한 복습은 학업 성취도를 높이고, 시험 준비에도 큰 도움이 된다.

∷ 복습하기 대화

부모: "오늘 수업에서 배운 태양계에 대해 복습해 볼까? 우리가 배운 내용을 다시 한 번 확인해 보는 거야."

아이: "좋아요, 엄마. 태양계에는 태양을 중심으로 여러 행성이 돌고 있어요."

부모: "맞아. 그럼 우리가 배운 행성들 이름을 기억하고 있니? 한번 말해 볼래?"

아이: "네, 수성, 금성, 지구, 화성, 목성, 토성, 천왕성, 해왕성이에요."

부모: "아주 잘했어! 그럼 각 행성의 특징도 기억하고 있니? 예를 들어, 목성은 어떤 특징이 있었지?"

아이: "목성은 태양계에서 가장 큰 행성이에요. 그리고 대적반이라는 큰 폭풍이 있어요."

부모: "맞아. 목성에 대한 기억이 확실히 잘 되어 있구나. 다른 행성들도 한번 복습해 볼까? 화성은 어떤 특징이 있었니?"

아이: "화성은 붉은색 행성이에요. 그리고 물이 있었던 흔적이 있다고 배웠어요."

부모: "그래, 화성은 붉은색 때문에 '붉은 행성'이라고 불리지. 또 다른 행성들은 어떤 특징이 있었는지 떠올려 볼 수 있겠니?"

아이: "토성은 고리가 있고, 천왕성과 해왕성은 아주 멀리 있어서 엄청 추워요."

부모: "정확해, 이렇게 복습을 하면 배운 내용을 더 잘 기억할 수 있어. 그럼 우리가 배운 내용을 조금 더 정리해 볼까? 각 행성의 이름과 특징을 종이에 써보는 건 어때?"

민수: "좋아요, 엄마. 이렇게 하면 더 잘 기억할 수 있을 것 같아요."

부모: "맞아. 복습은 기억을 강화하는 데 큰 도움이 된단다. 그리고 이렇게 정리하는 것도 좋은 방법이야. 내일 또 다른 내용도 복습하면서, 오늘 배운 내용을 잘 기억하고 있는지 확인해 보자."

아이: "네, 엄마. 오늘 배운 내용을 잘 기억해서 내일도 복습할게요."

부모와 아이가 함께 복습하는 대화를 나누는 것은 아이들이 학습 내용을 장기 기억으로 전환하고, 학습에 대한 자신감을 높이는 데 큰 도움이 된다. 부모는 아이가 꾸준히 복습할 수 있도록 도와주고, 학습 내용을 확인하고 정리하는 습관을 길러 주면 좋다.

W Write (쓰기)

쓰기Write는 학습한 내용을 정리하고 자신의 말로 표현하는 과정이다. 쓰기는 아이들이 학습 내용을 더 깊이 이해하고, 기억을 강화하며, 표현력을 향상시키는 데 매우 중요하다.

쓰기를 통해 아이들은 자신의 생각을 논리적으로 구성하고 표현하는 능력을 기를 수 있다.

꾸준한 쓰기 연습은 아이들의 문장 구성 능력과 어휘력을 향상 시키며 자신의 학습 과정을 되돌아보고 성찰하는 기회를 제공한다.

:: 과학 수업 후 쓰기

오늘 나는 태양계에 대해 배웠다. 태양계는 태양을 중심으로 여러 행성이 돌고 있다. 수성은 태양에서 가장 가까운 행성이고, 금성은 지구와 비슷한 크기지만 매우 뜨겁다. 지구는 우리가 살고 있는 행성으로, 물과 생명체가 있다. 화성은 붉은색을 띠며, 물이 있었던 흔적이 발견되었다. 목성은 가장 큰 행성으로, 대적반이라는 큰 폭풍이 있다. 토성은 아름다운 고리로 유명하고, 천왕성과 해왕성은 매우 차갑다. 나는 특히 목성의 대적반이 정말 신기했다. 다음 수업에서는 각 행성의 특징을 더 자세히 알아보고 싶다.

:: 사회 수업 후 쓰기

오늘 나는 여러 나라의 문화에 대해 배웠다. 일본은 전통적으로 다도와 가부키가 유명하고, 스시와 같은 음식이 인기가 많다. 프랑스는 예술과 패션의 나라로, 에펠탑과 루브르 박물관이 유명하다. 이집트는 피라미드와 스핑크스가 있는 고대 문명의 나라로, 나일강이 중요한 역할을 한다. 나는 특히 이집트의 피라미드가 어떻게 지어졌는지 궁금했다. 다음 시간에는 더 많은 나라의 문화를 배우고 싶다.

:: 영어 수업 후 쓰기

Once upon a time, there was a little girl named Emily. She loved to explore the forest near her house. One day, she found a mysterious cave. Inside the cave, she discovered a treasure chest filled with gold and jewels. Emily was excited and decided to share the treasure with her family and friends. They all lived happily ever after.

쓰기를 통해 아이들은 학습 내용을 더 깊이 이해하고 기억하며, 논리적 사고력과 표현력을 향상시킬 수 있다. 부모는 아이들이 배운 내용을 글로 정리하는 습관을 기를 수 있도록 격려해 준다.

E Explain(설명하기)
~

설명하기Explain는 학습한 내용을 다른 사람에게 가르치듯이 설명하는 과정이다. 이 단계는 학습자의 이해도를 확인하고, 개념을 더욱 명확하게 정리하는 데 중요한 역할을 한다. 다른 사람에게 설명하는 과정에서 아이는 자신이 얼마나 잘 이해하고 있는지 확인할 수 있다. 설명이 어려운 부분은 추가 학습이 필요하다는 신호이다. 설명을 통해 학습자는 학습 내용을 반복하고 정리함으로써 기억을 강화할 수 있다. 설명 과정에서 질문을 받고 답변하는 것은 아이의 비판적 사고와 문제 해결 능력을 키워주고 의사소통 능력을 향상시키는 데 도움이 된다.

:: **과학 수업 후 설명하기**

형: "동생아, 오늘 내가 학교에서 태양계에 대해 배웠어. 태양계를 알고 있니?"

동생: "아니, 그게 뭐야?"

형: "태양계는 태양을 중심으로 여러 행성이 도는 시스템이야. 우리 지구도 태양계에 속해 있지."

동생: "그럼 어떤 행성들이 있어?"

형: "수성, 금성, 지구, 화성, 목성, 토성, 천왕성, 해왕성이 있어. 예를 들어, 목성은 태양계에서 가장 큰 행성이야. 그리고 목성에는 대적반이라는 큰 폭풍이 있지."

동생: "정말 신기하다! 목성에는 왜 그런 큰 폭풍이 있어?"

형: "그건 목성의 대기가 매우 두껍고, 기후가 지구랑 많이 다르기 때문이야. 그리고 목성은 자전 속도가 빨라서 폭풍이 더 강해질 수

있어."

:: 사회 수업 후 설명하기

아이: "오늘 학교에서 여러 나라의 문화를 배웠어요. 예를 들어, 일본은 다도와 스시가 유명해요."

엄마: "다도는 어떤 거니?"

아이: "다도는 차를 마시는 전통 의식이에요. 아주 정교하게 차를 준비하고 마시는 법을 배워요. 그리고 스시는 생선을 밥 위에 얹어서 먹는 일본의 대표 음식이에요."

아빠: "다른 나라의 문화도 배웠니?"

아이: "네, 프랑스는 예술과 패션의 나라에요. 에펠탑과 루브르 박물관이 유명해요. 그리고 이집트는 피라미드와 나일강이 유명해요."

동생: "피라미드는 어떻게 생겼어?"

아이: "피라미드는 거대한 삼각형 모양의 무덤이에요. 고대 이집트 사람들이 왕을 위해 만든 무덤이에요."

:: 영어 수업 후 설명하기

아이: "할머니, 오늘 영어 수업에서 새로운 단어를 배웠어요. 'explore'라는 단어는 '탐험하다'라는 뜻이에요."

할머니: "그럼 문장을 만들어 볼 수 있겠니?"

아이: "네, 'I want to explore the forest.'라는 문장이에요. 이 뜻은 '나는 그 숲을 탐험하고 싶어요.'라는 뜻이에요."

할머니: "아주 잘했구나! 또 다른 단어도 배웠니?"

아이: "네, 'mysterious'라는 단어도 배웠어요. 이 단어는 '신비로운'이라는 뜻이에요. 'The cave is mysterious.'라는 문장은 '그 동굴은 신비로워요.'라는 뜻이에요."

설명하기Explain는 아이들은 학습 내용을 깊이 이해하고 기억하며, 비판적 사고와 의사소통 능력을 향상시킬 수 있다. 부모는 아이가 학습 내용을 설명할 기회를 자주 제공하고, 질문과 피드백을 통해 학습을 지원해 주면 좋다. 이를 통해 우리 아이는 더 나은 학습 성취를 이루고, 평생 동안 유용한 설명 능력을 갖출 수 있을 것이다.

학습대화 PQ2RWE를 통해 올바른 공부 습관을 기르는 것은 아이의 학습 효율성을 높이고, 더 깊이 있는 이해를 도모하는 데 큰 도움이 된다. 부모와 아이가 함께 이 방법을 적용하면서 대화를 나누면, 아이는 학습 과정에서 흥미를 느끼고, 자신감을 얻을 수 있다. 이 방법을 지속적으로 실천하면, 아이는 스스로 공부하는 습관을 기르고, 학업 성취를 높일 수 있을 것이다.

6   최고의
학습 도구

마라톤은 단거리 경주가 아니다. 42.195km를 달리기 위해서는 꾸준한 훈련과 인내가 필요하듯이 공부도 단기간의 성과를 기대하기보다는 장기적인 노력을 요구한다.

아이들이 하루아침에 높은 성적을 얻기는 어렵다. 대신, 매일 조금씩 꾸준히 공부하는 습관을 길러 주는 것이 무엇보다 중요하다. 이 과정을 통해 아이들은 점진적으로 성장하고, 장기적인 학업 성취를 이룰 수 있다.

성재는 매일 방과 후 30분씩 꾸준히 책을 읽는 습관을 들였다. 처음에는 힘들어했지만, 점차 독서의 즐거움을 느끼게 되었고, 독해력과 어휘력이 크게 향상되었다. 성재의 꾸준한 노력은 결국 학업 성취로 이어졌다.

마라톤에서 성공하려면 단순히 달리기만 해서는 안 된다. 초반에 너무 빠르게 달리면 중간에 지쳐 버리고, 너무 천천히 달리면 목표 시간을 달성하기 어렵다. 따라서 일정한 페이스를 유지하고 에너지를 효율적으로 분배하는 것이 중요하다. 공부도 마찬가지로 체계적인 계획과 전략이 필요하다. 아이가 스스로 학습 계획을 세우고 목표를 설정할 수 있도록 도와주어야 한다.

수아는 학기 초에 부모님과 함께 학습 계획을 세웠다. 매일 정해진 시간에 숙제를 하고, 주말에는 복습 시간을 가졌다. 체계적인 계획 덕분에 수아는 시험 기간에도 스트레스를 받지 않고, 차분하게 공부할 수 있었다.

마라톤은 신체적인 힘뿐만 아니라 정신적인 힘도 요구한다. 중간에 포기하지 않고 끝까지 완주하려면 강한 멘탈과 동기부여가 필수적이다. 공부도 마찬가지다. 아이들이 학업에 대한 스트레스를 느끼지 않도록 정신적인 지지와 격려가 필요하다. 부모는 아이들이 학습 과정에서 작은 성취를 이루었을 때 칭찬하고 격려해 주어야 한다.

시연이는 수학을 어려워했다. 부모님은 시연이가 작은 문제를 풀때마다 칭찬하고, 수학에 흥미를 가질 수 있도록 재미있는 수학 놀이를 제공했다. 이러한 격려와 지원 덕분에 시연이는 점차 자신감을 얻었고, 수학 성적도 향상되었다.

공부는 단거리 경주가 아닌 마라톤이다. 꾸준한 노력과 인내, 체계적인 계획과 전략, 그리고 정신적인 지지와 동기부여가 필수적이다.

균형 잡힌 식사는 필수

공부를 잘하기 위해서는 신체적 건강 관리가 필수적이다. 균형 잡힌 식사, 규칙적인 운동, 충분한 수면을 통해 아이들은 신체적, 정신적 건강을 유지하며 학업 성취를 높일 수 있다

공부를 잘하기 위해서는 단순히 책상 앞에 오래 앉아 있는 것만으로는 충분하지 않다. 아이들이 학습에 집중하고, 기억력을 향상시키며, 전반적인 정신적 건강을 유지하기 위해서는 균형 잡힌 식사가 필수적이다. 학원 일정에 치여 편의점 음식으로 식사를 대충 해결하는 아이들을 보면 마음이 좋지 않다. 균형 잡힌 식사는 아이들이 하루 종일 필요한 에너지를 제공하고, 건강한 신체와 뇌 기능을 유지하는 데 큰 역할을 한다.

탄수화물, 단백질, 지방, 비타민, 미네랄 등 다양한 영양소가 포함된 식단은 아이들이 활기차고 적극적으로 학습할 수 있게 도와준다. 특히, 오메가-3 지방산, 비타민 B, 철분, 아연 등은 뇌 건강과 신경 전달에 중요한 역할을 한다. 이러한 영양소가 풍부한 식단은 집중력과 기억력을 향상시키는 데 큰 도움이 된다. 오메가-3 지방산은 신경 세포의 기능을 개선하고, 비타민 B는 에너지 생산과 뇌 기능을 지원하며, 철분과 아연은 신경 전달 물질의 합성을 돕는다.

적절한 영양 섭취는 스트레스를 줄이고, 불안감을 완화하며, 전반적인 정서적 안정을 유지하는 데도 도움이 된다. 충분한 영양소를 섭취한 아이들은 그렇지 않은 아이들보다 스트레스 반응이 낮고, 감

정 조절이 더 잘 되는 것으로 나타났다. 이는 학습 효율성에도 긍정적인 영향을 미친다.

용진이는 아침을 거르는 습관이 있다. 그래서인지 학교에서 자주 피곤해하고, 수업 중에 집중하기 어려워했다. 아침 식사를 챙기기 시작한 후, 용진이는 에너지가 넘치고 수업에 더 잘 집중하게 되었다. 유미는 방과 후 공부할 때 자주 과자를 먹곤 했다. 이는 단기적으로는 에너지를 제공할 수 있지만, 곧 피로감과 무기력함을 초래했다. 유미는 과자 대신 과일과 견과류 같은 건강한 간식으로 바꾸면서 공부 효율이 크게 향상되었다. 재형이는 저녁 식사를 거르거나 패스트푸드로 때우는 일이 많았다. 이는 재형이의 학습 능력에 부정적인 영향을 미쳤다. 재형이는 저녁 식사를 영양소가 풍부한 식단으로 바꾸면서, 밤늦게까지도 집중력을 유지할 수 있게 되었다.

공부를 잘함에 있어 균형 잡힌 식사는 필수적이다. 다양한 영양소가 포함된 식단은 아이들이 에너지를 충전하고, 뇌 기능을 향상시키며, 정신적 안정을 유지하는 데 도움을 준다.

아침 식사, 건강한 간식, 영양소가 풍부한 저녁 식사 등을 통해 우리 아이들이 더 나은 학습 성취를 이룰 수 있도록 도와주어야 한다.

규칙적인 운동으로 체력 기르기

공부를 잘하기 위해 단순히 책상 앞에 오래 앉아 있는 것만으로는 충분하지 않다. 학습 능력을 극대화하고, 집중력을 유지하며, 전반적인 학업 성취도를 높이기 위해서는 규칙적인 운동을 통해 체력을 기르는 것이 필수이다. 운동은 신체 건강뿐만 아니라 정신적 건강에도 큰 영향을 미치기 때문에, 균형 잡힌 학습 생활을 위해서 운동은 반드시 필요하다.

운동은 뇌의 혈류를 증가시켜 집중력과 주의력을 향상시킨다. 규칙적인 운동을 통해 아이들은 더 오랜 시간 동안 집중해서 공부할 수 있기에 학습 효율성을 높이는 데 중요한 역할을 한다.

운동은 신경세포의 성장을 촉진하고 신경 연결을 강화하여 기억력을 증진시켜 학습한 내용을 더 잘 기억하고, 시험에서 더 좋은 성적을 받게 된다. 연구에 따르면, 규칙적인 운동을 하는 아이들은 그렇지 않은 아이들에 비해 기억력이 뛰어나다.

운동은 엔도르핀과 같은 긍정적인 화학 물질을 분비시켜 스트레스를 줄이고 기분을 좋게 한다. 이는 학습 과정에서 느끼는 불안감과 스트레스를 효과적으로 관리할 수 있도록 돕는다. 규칙적인 운동을 통해 스트레스를 해소하면, 학습 동기와 자기 효능감도 함께 높아진다.

운동은 정신적 안정과 정서적 균형을 유지시켜 주며, 불안과 우울

증을 감소시키고 긍정적인 마음가짐을 가지게 하여 학습 동기를 높이고, 학습에 대한 자신감을 키워 준다.

운동은 신체의 대사 과정을 활성화시켜 에너지를 공급한다. 규칙적인 운동을 통해 아이들은 하루 종일 필요한 에너지를 유지할 수 있으며, 이는 학습 효율성과 직결된다.

용진이는 체력이 약해 자주 피로를 느끼고, 학습에 집중하기 어려워했다. 부모님은 매일 저녁 가족과 함께 30분씩 산책을 하기로 했고 처음에는 힘들어했지만, 점차 체력이 향상되었고, 학교에서도 더 활기차게 생활할 수 있었다. 체력이 좋아지면서 지민의 학업 성취도도 눈에 띄게 향상되었다.

유미는 공부할 때 자주 집중력을 잃곤 했다. 부모님은 매일 아침 유미와 함께 20분씩 조깅을 하기로 했다. 규칙적인 조깅 덕분에 유미의 뇌 혈류가 증가하고, 집중력과 기억력이 향상되었다. 유미는 이제 더 오랜 시간 동안 집중해서 공부할 수 있게 되었고, 시험에서도 더 좋은 성적을 받았다.

재형이는 학교생활과 시험 준비로 인한 스트레스 때문에 자주 불안해했다. 부모님은 주말마다 민수를 데리고 공원에서 축구를 하기로 했다. 규칙적인 운동을 통해 민수는 스트레스를 해소하고, 기분이 좋아졌다. 축구를 하는 동안 재형이는 엔도르핀 분비로 인해 더 긍정적이고 행복한 마음가짐을 가질 수 있었다.

충분한 수면

잠을 줄여 가며 공부하는 것은 마치 모래 위에 성을 쌓는 것과 같다. 겉보기에는 열심히 공부하는 것처럼 보이지만, 그 기초가 튼튼하지 않으면 쉽게 무너져 내릴 수 있다. 수면은 학습과 기억력, 집중력, 정서적 안정에 필수적이다. 따라서 공부를 잘하기 위해서는 충분한 수면을 확보하는 것이 무엇보다 중요하다.

수면은 기억을 정리하고 강화하는 과정에서 중요한 역할을 한다. 연구에 따르면, 수면 중에는 뇌가 정보를 처리하고, 새로운 지식을 기존의 지식과 연결하여 기억을 강화한다. 충분한 수면을 취하지 않으면 학습한 내용을 제대로 기억할 수 없고, 시험에서도 좋은 성적을 기대하기 어렵다. 특히, 렘REM 수면 단계에서는 시냅스 가소성 synaptic plasticity이 활발하게 이루어지며, 이는 새로운 정보를 장기 기억으로 전환하는 데 중요한 역할을 한다.

아이들의 뇌는 수면 중에 활발하게 발달한다. 깊은 수면 단계(비렘 수면 단계)에서는 성장 호르몬이 많이 분비되어 신체와 뇌의 성장을 촉진한다. 성장 호르몬은 신체 조직의 회복과 재생, 그리고 뇌 발달에 중요한 역할을 한다. 수면이 부족하면 아이들은 쉽게 짜증을 내거나, 불안감을 느낄 수 있다. 수면 중 뇌는 감정을 조절하는 역할을 하며, 이는 하루 동안의 스트레스를 해소하고, 긍정적인 기분을 유지하는 데 도움이 된다. 수면 부족은 전두엽 기능을 저하시키며, 이는 계획, 판단, 문제 해결 능력에 부정적인 영향을 미친다.

충분한 수면을 통해 뇌는 최적의 기능을 발휘할 수 있다. 아이들에게 충분한 수면은 뇌과학적으로 매우 중요하다. 수면은 기억과 학습의 강화, 뇌 발달과 성장 호르몬 분비, 정서적 안정과 집중력과 주의력 향상에 필수적인 역할을 한다.

충분한 수면이야말로 성공적인 학습의 기본이다. 부모는 아이가 규칙적인 수면 습관을 가질 수 있도록 환경을 조성해 주어야 한다.

집중력을 높이는 학습 공간

공부를 잘하기 위한 물리적 환경을 조성하는 것은 학습 성과를 높이는 데 필수적이다. 조용하고 정돈된 공간, 적절한 조명, 편안한 의자와 책상, 적절한 온도와 환기, 최소한의 디지털 방해 등은 학습 효율성을 극대화하는 데 중요한 요소들이다.

조용하고 정돈된 환경은 집중력을 높이는 데 큰 도움이 된다. 잡동사니나 소음이 없는 공간은 주의를 분산시키지 않아 학습에 집중하게 한다. 정리된 책상에서 공부하는 아이들이 더 높은 집중력과 생산성을 보인다. 이는 학습 환경의 정돈 상태가 학습 효율성에 직접적인 영향을 미친다는 것을 보여 준다.

충분한 조명은 눈의 피로를 줄이고, 장시간 공부를 가능하게 한다. 자연광이 가장 좋지만, 자연광이 부족할 경우 적절한 인공조명을 사용하는 것이 필요하다. 특히, 자연광은 기분을 개선하고, 학습 동기를 높인다.

인체공학적으로 설계된 의자와 적절한 높이의 책상은 올바른 자세를 유지하게 도와준다. 이는 장시간 학습 시 발생할 수 있는 피로와 불편을 줄여 주며 더 오랫동안 집중할 수 있었다.

너무 덥거나 추운 환경은 집중력을 떨어뜨리고, 피로감을 증가시킨다. 최적의 학습 온도는 20-22도 사이이며 이 온도 범위 내에서 아이들은 가장 높은 집중력과 학습 성과를 보였다.

스마트폰, 컴퓨터 등 디지털 기기는 집중력과 학습 성과에 큰 방해 요소가 된다. 학습 중에는 이러한 디지털 방해를 최소화하는 것이 중요하다. 기본 학습 도구, 디지털 도구, 참고 도서 및 자료, 시간 관리 도구 등은 학습의 질을 높이고, 시간 관리와 집중력을 향상시키는 데 큰 도움이 된다.

7

습관, 루틴의 힘은
강력하다

　습관은 인간의 행동과 삶의 질을 크게 좌우한다. 우리가 일상 속에서 무의식적으로 반복하는 행동들이 바로 습관이며, 이러한 습관들은 우리의 건강, 생산성, 인간관계 등에 깊은 영향을 미친다. 습관은 의식적인 노력 없이도 반복적인 행동을 가능하게 한다. 이는 두뇌가 에너지를 절약하고 효율성을 극대화하려는 생리적 메커니즘 때문이다. 일상에서 습관의 힘을 잘 보여 주는 예로, 아침에 이를 닦는 습관을 들 수 있다. 처음에는 이를 닦는 것이 귀찮고 어려울 수 있지만, 반복적인 행동을 통해 습관이 되면 별다른 생각 없이도 자연스럽게 이를 닦게 된다. 이는 두뇌가 습관화된 행동을 자동화하여 에너지를 절약하는 방식이다.

습관의 원리

습관 형성의 기본 원리는 '신호, 반복 행동, 보상'의 3단계로 이루어져 있다. 이 원리는 찰스 두히그Charles Duhigg의 책 『습관의 힘The Power of Habit』에 잘 설명되어 있다.

신호Cue: 습관이 시작되는 신호로 이는 시간, 장소, 감정 상태, 다른 사람의 행동 등 다양한 요인이 될 수 있다. 예를 들어 오전 7시가 되면 아침 운동을 시작하는 것이 신호가 될 수 있다.

반복 행동Routine: 신호가 주어졌을 때 반복적으로 수행하는 행동이다. 습관의 핵심 부분으로, 아침 7시에 일어나서 조깅을 하는 것이 반복 행동이 될 수 있다.

보상Reward: 반복 행동 후 얻는 긍정적인 결과이다. 습관을 강화하고 지속하게 만드는 요소이다. 아침 운동 후 상쾌함을 느끼거나 건강해진 자신을 보며 만족감을 느끼는 것이 보상이 될 수 있다.

'책 읽기' 습관을 들이는 과정을 살펴보면 다음과 같다.

신호 설정: 매일 밤 9시가 되면 책을 읽기로 결정한다. 이 시간은 특정한 신호가 된다.

반복 행동: 밤 9시가 되면 30분 동안 책을 읽는다. 처음에는 힘들수 있지만 매일 반복적으로 수행한다.

보상 제공: 책을 다 읽은 후에는 맛있는 차를 한 잔 마시거나, 자신에게 작은 선물을 준다.

이 보상은 책 읽기라는 행동을 긍정적으로 강화한다.

아이들에게 올바른 습관이 중요한 이유

아이들은 성장과 발달의 중요한 시기에 있으며, 이 시기에 형성된 습관은 평생 동안 지속될 수 있다. 어릴 때 형성된 건강한 생활 습관은 성인이 되어서도 지속될 가능성이 높다. 예를 들어, 정기적인 운동 습관을 들인 아이는 성인이 되어서도 신체적으로 활발하고 건강한 생활을 유지할 확률이 높다. 반면, 어린 시절에 운동을 게을리하면 성인이 되어서도 비만, 당뇨병 등의 만성 질환에 걸릴 위험이 높아진다.

부모가 아이와 함께 매일 저녁 산책이나 자전거 타기 등의 활동을 함으로써 운동을 자연스럽게 생활의 일부로 만듦으로써 아이에게 신체 활동의 중요성을 인식시키고, 평생 건강한 습관을 유지하게 한다. 아이가 어린 시절부터 균형 잡힌 식사를 하고 가공식품과 설탕 섭취를 줄이는 습관을 가지면, 성인이 되어서도 건강한 식습관을 유지할 가능성이 크다.

어릴 때부터 규칙적인 생활과 자기 관리 습관을 들이는 것은 아이들의 학업 성취와 밀접하게 관련이 있다. 시간 관리, 목표 설정, 집중력 유지 등의 습관은 학업뿐만 아니라 인생 전반에서 중요한 역할을 한다.

매일 정해진 시간에 숙제를 하고, 학습 시간을 가지는 습관을 들이면 아이는 시간 관리의 중요성을 배우게 되므로 고등학교와 대학, 나아가 직장 생활에서도 중요한 기술로 작용한다.

어릴 때부터 정기적으로 독서를 하는 습관을 들인 아이는 독해력과 사고력이 향상되며, 이는 학업 성취로 이어진다. 부모가 아이에게 매일 잠자기 전에 책을 읽어 주는 것은 좋은 독서 습관을 형성하는 좋은 방법이다.

올바른 습관은 아이의 사회적 관계와 도덕적 발달에도 중요하다. 예의 바른 행동, 타인에 대한 존중, 책임감 등의 사회적 습관은 건강한 대인 관계를 유지하고 사회적 기술을 발전시키는 데 필수적이다. 부모가 아이에게 감사 인사를 하거나 다른 사람을 존중하는 법을 가르치는 것은 중요한 사회적 습관이다. 이는 아이가 성장하면서 친구, 선생님, 나아가 직장 동료와의 관계에서도 긍정적인 영향을 미친다. 작은 가사 일을 돕는 것과 같은 책임감 있는 행동을 습관화하면, 아이는 자신의 역할과 책임을 이해하게 된다. 이는 성인이 되어서도 자신이 맡은 바를 성실히 수행하는 태도로 이어진다.

사춘기 전에 만들어야 하는 습관

사춘기는 아이들의 신체적, 정신적 변화가 크게 일어나는 시기이다. 이 시기에 접어들기 전에 올바른 습관을 형성하는 것은 매우 중요하다. 사춘기 동안의 혼란스러운 변화를 더 잘 이겨 내고, 평생 지속될 수 있는 긍정적인 습관을 형성하는 데 큰 도움이 된다.

규현이는 매일 저녁 잠자기 전에 30분 동안 부모와 함께 책을 읽는 습관을 가지고 있다. 부모는 다양한 주제의 책을 선택하여 A의 흥미를 유지시키고, 독서 후에는 책에 대한 대화를 나눈다. 이러한 습관 덕분에 규현이는 독서에 대한 긍정적인 태도를 가지게 되었고, 어휘력과 독해력이 크게 향상되었다. 이 습관은 중학교에 입학한 후에도 계속 이어져 학업 성취도에 큰 도움을 주고 있습니다.

은재는 매일 방과 후 4시부터 6시까지 숙제를 하고, 교과서 복습과 추가 학습 자료를 공부하는 습관을 가지고 있다. 부모는 은재가 공부할 때 방해받지 않도록 조용한 학습환경을 제공하고, 필요할 때 도움을 준다. 이 습관 덕분에 은재는 자기주도학습 능력을 키웠고, 시험 준비에 대한 스트레스도 줄일 수 있었다. 중학교에 진학한 후에도 은재는 꾸준히 공부하는 습관을 유지하며, 학업 성취도가 높아졌다.

사춘기는 혼란스러운 시기이기에 사춘기에 접어들기 전에 올바른 습관을 형성하면, 변화에 더 잘 적응할 수 있다. 사춘기 때 자기 관리가 중요한데, 이미 형성된 습관은 아이들이 스스로를 더 잘 관리할 수 있도록 도와준다. 사춘기 동안 학업 부담이 늘어나는데, 안정적인 공부 습관은 학업 성취를 유지하는 데 큰 도움이 된다.

습관과 루틴: 루틴의 강력한 힘

습관은 반복적으로 수행되어 무의식적으로 이루어지는 행동이라면 루틴은 의도적으로 계획하고 반복하는 행동의 집합으로, 특정 목표를 이루기 위해 설정된 일련의 활동이다. 예를 들어, 아침에 일어나서 운동을 하고, 샤워를 한 후 아침 식사를 준비하는 일련의 과정이 루틴이다.

루틴은 삶의 질을 높이고 목표 달성을 돕는 강력한 도구이다.

루틴을 통해 우리는 반복적인 일상을 계획하고 효율적으로 관리할 수 있다. 이는 시간과 에너지를 절약하게 해주며, 불필요한 결정을 줄여 준다.

루틴은 장기 목표를 이루기 위한 작은 단계들을 지속적으로 수행하게 도와주며, 예측 가능한 일상에서는 스트레스를 줄여 준다. 루틴을 통해 우리는 무엇을 해야 할지 알고, 불확실성을 줄일 수 있다. 루틴이 자기 관리를 강화하게 해주기에 우리는 스스로를 더 잘 통제하고 관리할 수 있게 된다.

아이들에게 필요한 공부 루틴

아이들에게 필요한 공부 루틴은 학습 효과를 극대화하고, 자기주도학습 능력을 향상시키며, 건강한 생활 습관을 형성하게 한다. 체계적인 공부 루틴은 아이들의 학업 성취도뿐만 아니라 전반적인 성장과 발달에도 긍정적인 영향을 미친다.

:: 공부 루틴의 중요성

일정한 시간에 공부하는 루틴은 아이들에게 규칙적인 생활패턴을 형성하게 도와준다. 이는 학습의 연속성을 유지하고, 학업 성취도를 높이게 한다. 공부 루틴은 아이들이 시간을 효율적으로 관리하는 법을 배우게 한다. 이는 나중에 성인이 되어서도 중요한 기술로 작용한다. 규칙적인 공부 루틴은 학습에 대한 불안감을 줄이고, 스트레스를 완화시킨다. 예측 가능한 일상은 안정감을 준다. 루틴을 통해 아이들은 스스로 학습을 계획하고 실행하는 자기주도학습 능력을 키울 수 있다.

:: 효과적인 공부 루틴

일정한 시간에 같은 장소에서 공부하는 것이 중요하다. 이는 집중력을 높이고, 공부에 대한 준비 태세를 갖추게 한다. 하루 또는 주간 목표를 설정하여 학습 동기를 부여하고, 목표 달성을 통해 성취감을 느끼게 한다. 공부 중간중간 짧은 휴식을 통해 피로를 줄이고, 학습 효율을 높인다. 50분 공부 후 10분 휴식을 취하는 방식이 효과적이다.

단순히 교과서 공부만이 아니라 독서, 토론, 프로젝트 등 다양한 학습 활동을 포함시키면 아이들의 흥미를 유지할 수 있다. 부모는 아이들의 공부 루틴을 지지하고, 격려하며, 필요할 때 도움을 주어야 한다. 이는 아이들에게 큰 동기 부여가 된다.

습관과 루틴은 우리의 일상생활에서 중요한 역할을 하며, 특히 루틴은 일관성과 효율성을 높여 주어 목표 달성에 큰 도움이 된다. 학업, 건강, 생산성 등 다양한 분야에서 루틴의 강력한 힘을 확인할 수 있다. 올바른 루틴을 설정하고 지속적으로 실행하면 우리는 더 나은 삶을 살 수 있다.

8

공부 의욕
높이기

아이의 공부 의욕을 높이는 데 중요한 것은 부모의 신뢰와 집중력을 높일 수 있는 학습 환경이다. 공부하기로 마음먹고 공부하려는 아이에게 잔소리를 하거나, 거실에는 TV가 틀어져 있고 공부방은 잡다한 물건이 늘어져 있다면 아이의 집중력은 흩어져 공부를 하지 않게 될 것이다. 공부의 시작이 조금 늦더라도 생각보다 공부 습관이 천천히 붙더라도 관심과 애정을 갖고 지켜보면서 쾌적한 공부 환경을 만들어 준다.

우등생으로 만드는 말

:: 첫째, "몇 시에 공부할 거니?"

어떤 행동을 강요하기 전에 아이의 마음과 의견을 물어보는 질문을 하면 아이는 스스로 공부하는 사람이라는 자기 인식을 하게 된다.

:: 둘째, "엄마에게 설명해 줄래?"

아이가 학교에서 돌아오면 무엇을 배웠고 기억하는지를 질문하는 것보다 아이에게 엄마를 가르치는 역할을 하게 한다. 아이는 엄마에게 설명하는 기회를 통해 스스로 배운 내용을 정리하는데 이는 공부 내용을 다시 한 번 머릿속에 각인하는 효과가 있다.

:: 셋째, "선생님께 질문했니?"

우리 부모들은 아이가 학교에서 오면 "선생님 말씀 잘 들었니?"라고 말을 한다. 이는 수동적인 학습자의 태도이다. 무조건 선생님의 설명을 잘 들으려고 강요하기보다는 모르는 게 있을 때 스스럼없이 '질문'할 수 있도록 독려해야 한다. 학습 과정 중 가장 나쁜 것은 잘 모르는 것이 있는데도 모르는 채 그냥 지나가 버리는 것이다. 아이 스스로 질문이 좋은 것임을 깨닫고 몸에 밸 수 있도록 격려하고 지지해 주어야 한다.

:: 넷째, "오늘 새로 배운 게 뭐야?"

답이 정해서 있는 구체적인 것을 묻는 닫힌 질문보다는 아이가 경중을 따져서 논리적으로 설명할 힘을 길러 주는 열린 질문이 좋다. 열린 질문은 아이의 입을 통해 많은 이야기가 나오게 하고 이는 부모와의 소통을 원활하게 한다.

:: 다섯째, "힘들었구나, 고마워"

아이가 어려움과 힘겨움을 느낄 때 부모가 지시하고 훈계한다면 아이는 더 이상 부모를 의논 상대로 느끼지 못한다. 몇 번 이런 일이 반복되면 공부하면서 힘든 순간뿐만 아니라 인생의 다른 힘겨운 순간에도 엄마는 자신에게 도움이 되는 존재가 아니라고 여기게 된다.

"그동안 왜 말을 안 한 거니?"가 아닌 "그게 힘들었구나, 의논해 줘서 고마워"이다.

:: 여섯째, "괜찮아, 그럴 수도 있어"

아이에게 말을 하다 보면 자신도 모르게 과거의 일을 끄집어내어 잔소리를 하거나 책망하는 경우가 있다. 이럴 때 아이는 좌절감과 함께 짜증을 느낀다. "엄마는 늘 이런 식이야. 이제 엄마한테 말 안 해" 하고 등을 돌린다. 과거의 실패한 일에 대해서는 긍정적인 질문을 통해 학습 동기를 자극한다. "이번 일에서 무엇을 배우고 느낀 게 뭔지 말해 줄래?"

:: 일곱째, "고생한다. 애썼어"

학교와 학원을 오가는 바쁜 생활로 지친 아이에게 가장 필요한 말은 아이의 마음을 다독이는 말입니다. 아이의 힘든 마음을 공감해 주면 아이 마음이 진정될 뿐 아니라 부모의 마음에도 여유가 생기게 된다.

:: **여덟째, "다음에는 더 잘할 수 있을 거야"**

실패나 실수에 대해 긍정적인 기대를 표현하면, 아이는 자신감을 잃지 않고 계속해서 도전할 수 있는 용기를 얻는다.

:: **아홉째, "네가 자랑스러워"**

아이의 작은 성취나 노력을 인정하고 칭찬하면, 아이의 자존감이 높아지고 학습 동기가 강화된다.

:: **열째, "함께 해결해 보자"**

아이가 어려움을 겪을 때 함께 문제를 해결하려는 태도를 보이면, 아이는 부모와 협력하면서 문제 해결 능력을 키울 수 있다.

이러한 긍정적인 말들은 아이의 학습 태도와 자존감에 큰 영향을 준다. 부모가 자녀에게 격려와 지지를 아끼지 않을 때, 아이는 스스로 학습의 즐거움을 느끼고 우등생으로 성장할 수 있다.

열등생으로 만드는 말

:: **첫째, "왜 공부 안 해?"**

아이가 숙제를 하지 않고 TV를 보고 있을 때 부모가 "왜 공부 안 해?"라고 강하게 묻는다면, 아이는 압박감을 느끼고 반발심을 가지게 된다. 이는 아이가 공부에 대한 의욕을 잃게 만들고, 부모의 지시를 따르는 것을 꺼리게 만든다.

:: 둘째, "너는 왜 이렇게 못하니?"

시험 결과가 나왔을 때 부모가 "너는 왜 이렇게 못하니?"라고 꾸짖는다면, 아이는 자신이 무능하다고 느끼게 된다. 이러한 비난은 아이의 자존감을 낮추고, 학습에 대한 동기를 잃게 만든다.

:: 셋째, "너는 항상 그래"

아이가 실수를 했을 때 부모가 "너는 항상 그래. 왜 매번 이런 실수를 하는 거야?"라고 말한다면, 아이는 자신이 개선할 수 없는 존재라고 느낀다. 부정적인 일반화는 아이의 자신감을 떨어뜨리고, 변화하려는 노력을 저해한다.

:: 넷째, "왜 이걸 몰라?"

수학 문제를 풀다가 어려움을 겪고 있는 아이에게 부모가 "왜 이걸 몰라? 이 정도는 당연히 알아야지!"라고 말하면, 아이는 질문을 두려워하게 되고, 학습에 대한 흥미를 잃는다. 이는 아이가 학습 과정에서 도움을 청하는 것을 꺼리게 만든다.

:: 다섯째, "네 친구는 이렇게 잘하는데"

부모가 "네 친구 지민이는 항상 1등 하잖아. 너는 왜 그렇게 못하니?"라고 비교한다면, 아이는 열등감을 느끼고 자존감이 낮아진다. 이러한 비교는 아이에게 스트레스를 주고, 학습에 대한 부정적인 감정을 가지게 만든다.

:: 여섯째, "네가 뭘 할 수 있겠어?"

아이가 새로운 도전을 하고자 할 때 부모가 "네가 뭘 할 수 있겠어? 그냥 포기해"라고 말하면, 아이는 자신감이 떨어지고 도전 의욕을 잃는다. 이러한 비하하는 말은 아이의 성장 가능성을 제한하고, 학습에 대한 동기를 저하시킨다.

:: 일곱째, "공부 안 하면 너는 실패할 거야"

부모가 "공부 안 하면 너는 나중에 아무것도 할 수 없고, 실패할 거야"라고 위협적으로 말하면, 아이는 학습에 대한 두려움을 가지게 된다. 이는 학습을 부정적인 경험으로 만들어, 아이가 공부에 대한 흥미를 잃게 한다.

:: 여덟째, "너 때문에 내가 힘들어"

아이가 기대에 못 미치는 성적을 받을 때 부모가 "너 때문에 내가 얼마나 힘든지 아니?"라고 말하면, 아이는 죄책감을 느끼고 자존감이 낮아진다. 이러한 말은 아이에게 정서적 부담을 주고, 학습 동기를 떨어뜨린다.

:: 아홉째, "넌 왜 형(누나)처럼 못하니?"

부모가 "너는 왜 형(누나)처럼 공부를 잘 못하니?"라고 말하면, 아이는 비교당하는 느낌을 받고 자존심이 상한다. 이는 형제자매 간의 경쟁을 유발하고, 가정 내에서의 갈등을 심화시킬 수 있다.

:: 열째, "한심하다"

아이가 과제를 제대로 해내지 못했을 때 부모가 "정말 한심하다"라고 말하면, 아이는 자신이 무가치하다고 느낀다. 이러한 말은 아이의 자신감을 크게 손상시키고, 학습에 대한 흥미를 잃게 만든다.

부모의 부정적이고 비난적인 말은 아이의 마음을 닫게 하고, 학습에 대한 의욕을 저하시킨다. 따라서 부모는 긍정적이고 지지적인 언어를 사용하여 아이가 스스로 학습의 즐거움을 느끼고, 자신감을 가질 수 있도록 도와야 한다.

비교는 절대 금물

부모들은 다른 아이와 비교하는 말로 아이를 자극해서 자신의 가치를 귀하게 여기지 못하도록 압박하는 경우가 많다.

아이를 다른 아이들과 비교하는 것은 아이의 자존감을 크게 해치고, 부모와 자녀 사이의 신뢰 관계를 손상시킨다. "왜 너는 친구처럼 공부를 잘 못하니?" 또는 "누구는 이렇게 하는데, 너는 왜 못해?"와 같은 말은 아이에게 심리적 부담을 주고, 좌절감을 느끼게 한다. 이는 아이가 자신의 능력을 부정적으로 평가하게 만들며, 오히려 공부에 대한 동기를 잃게 할 수 있다.

긍정적인 언어는 긍정적인 사고를 불러일으킨다.

아이는 부모의 역할에 따라서 '나는 할 수 있어', '내가 이만큼 해냈어'라는 자신감을 갖게 된다. 이때 부모의 남과 비교하는 말이나 과잉보호는 아이의 자존감을 무너뜨리는 치명적인 독이 된다. 아이 스스로 자신의 가치를 높일 수 있게 하려면 스스로 성공할 수 있는 기회를 많이 주는 부모가 되어야 한다. 결국 아이가 자존감을 키울 수 있도록 긍정적인 말을 지속적으로 해주는 부모여야 한다.

아이에게 필요한 것은 긍정적인 지지와 격려이다. 부모는 자녀의 노력을 인정하고, 그들의 개별적인 성장을 존중해 줘야 한다. 비교 대신, 자녀의 작은 성취에도 칭찬을 아끼지 않고, 꾸준히 응원해 주는 것이 올바른 공부 습관을 형성하는 데 더 큰 도움이 된다.

공부 동기에 도움 안 되는 말

"공부를 왜 해야 해요? 공부를 꼭 잘해야 하나요?"
이런 질문에 부모는 이렇게 답한다.

"좋은 대학 가는 게 나중에 먹고사는 데 유리해."

"공부는 네 꿈을 이루게 해준다."

"하기 싫은 일도 참고해야 해, 하고 싶은 일만 하고 살 수는 없어."

"무슨 일이든지 최선을 다해야 훌륭한 사람이 될 수 있어."

"공부를 해야 사람들이 무시하지 않아."

과연 이런 말들로 아이들이 공부를 왜 해야 하는지 납득할 수 있을까? 이런 말들은 동기부여 차원에서 효과가 전혀 없는 말들이다. 아이의 공부 의욕을 끌어내는 말은 동기부여 효과가 있어야 하지 지겹고 짜증스러운 역효과를 이끌어 내서는 안 된다. 아이들의 지적 수준은 그리 낮지 않다. 열정이니 꿈이니 취업이 어쩌니 성공이 어쩌니 하는 상투적인 말로 아이를 움직이려는 부모는 아이의 지적 수준을 그리 높게 생각하지 않기에 이런 말들로 아이를 설득하려 한다.

"공부하면 성공한다."

"공부하면 꿈을 이룬다."

"공부하면 돈 벌고 취업도 잘된다."

이런 말들은 아이의 입장에서는 전혀 와닿지 않는 그렇고 그런 이야기일 뿐이다. 이런 말에 아이의 반응은 냉소와 짜증밖에 없고 그렇게 아이는 점차 공부에 거부감을 느끼고 공부를 멀리하게 된다.

"너는 머리가 좋아서 공부하기만 하면 잘할 수 있어" 같은 뜬구름 잡는 식의 말보다는 "너는 공부 안 하면 안 된다"라고 정확히 말해 주는 것이 낫다. 세상에는 열심히 해도 실패하는 사람들이 많은 반면 노력도 전혀 안 하고 잘되는 사람의 수는 적다.

"너는 똑똑하니 잘할 거야", "너는 머리가 좋아"와 같은 근거 없는 가정에 기반한 말은 멈춰야 한다. 사람의 두뇌와 재능은 개발도 되고 퇴화도 된다.

어설픈 가정에 의한 '막연한 희망'과 '방심'보다는 "너는 하지 않으면 절대 안 되는 아이야"라고 수시로 말해 주는 게 낫다. 조금만 해도 성적이 오를 것 같고 요행이 따라 무리 없이 합격할 수 있을 거란 기대를 걸고 절대적인 행동양의 중요성을 간과한다.

모든 성공의 왕도는 절대적인 행동량이 있으며 매일 꾸준히 반복해서 실행하는 습관이 있어야 한다. 좋은 공부 습관은 얼마나 어려운 내용을 얼마나 많이 하느냐에 달려 있는 게 아니라 같은 행동을 지속적으로 반복할 수 있는지에 달려 있다. 매일 반복하다 보면 '왜 공부해야 하지? 놀고 싶다'라는 갈등이 줄어들고 자기도 모르는 사이에 공부를 하는 자신을 발견하게 될 것이다.

누가 시키지 않아도 공부하는 행동은 이런 반복과 훈련 끝에 만들어지게 되며 습관이 된 행동은 의도에 더 이상 영향받지 않는다. 아이가 자기 역할을 제대로 하고 탁월한 사람이 되기를 바란다면 반복해서 잔소리를 할 게 아니라 목표에 도달하게 해주는 좋은 행동을 습관화하도록 도와주어야 한다. 아이가 놀고 싶은 마음을 절제하고

시간을 아끼며 조금이라도 더 공부하려 할 때 성적은 상승하고 목표
달성은 가까워진다.

올바른 공부 습관

매일 일정한 시간에 일정한 장소에서 일정한 학습량을 꾸준히 실
천하는 것이 공부 습관이다.

학교에서 배운 내용을 매일 복습하는 습관만 들여도 확실히 성적
은 오른다.

"공부를 해야 돈을 번다", "공부를 해야 성공한다"라는 식의 막연
한 가정법으로는 아이를 움직일 수 없다. 꿈을 이루기 위해 열심히
공부하라는 건 부모 관점의 생각일 뿐이다. 아이에게는 아직 멀고
얼른 와닿지 않는 장래 희망보다는 아이가 당장 진학을 원하는 고교
나 대학에 같이 찾아가 보는 게 훨씬 효과적이다. 이는 손에 접히는
목표를 세워야 동기부여가 훨씬 잘 되기 때문이다.

자사고, 과학고, 영재고 진학을 목표로 삼고 공부하다가 설령 입
시에 떨어졌다 해도 공부한 것은 어디 가는 게 아니기에 이렇게 공
부한 내용은 대부분 고교 과정 공부를 수월하게 하고 적어도 뚜렷한
공부 목표를 세우면 절대 시간 낭비 없이 알차게 공부하는 법을 익
히게 된다.

언제 공부 실력이 확실히 오르게 될까? 게임도 너무 어려우면 아

무리 재미있는 게임이라도 빠져들지 못한다. 공부도 마찬가지이다. 아이의 실력을 올리겠다고 어려운 최상위 문제집을 준비해 주고 영문잡지를 구독시키는 등 아이 수준에 맞지 않는 고급교재와 학습 자료를 준비해 주는 부모들이 있는데 이렇게 한다고 아이 실력이 오를까? 절대 아니다. 지나치게 난이도가 높으면 아이는 오히려 공부에 흥미를 잃거나 아예 자신감을 상실할 수 있다. 반대로 난이도가 너무 낮으면 성취욕이 떨어질 수 있다. 가장 좋은 최선은 아이 수준보다 약간 높은 난이도가 가장 이상적이다. 적절한 난이도를 설정하여 아이가 집중해서 공부하도록 돕는 것이 중요하다.

공부 습관 만드는 부모의 말

부모는 아이에게 가장 가까운 모델이 된다. 부모가 긍정적이고 성실한 태도로 공부에 임하는 모습을 보이면, 아이도 이를 자연스럽게 모방한다. 부모가 독서나 학습에 열중하는 모습을 자주 보여 준다면, 아이도 이에 영향을 받아 공부를 더 열심히 한다.

부모의 말은 자녀에게 강력한 동기부여의 원천이 된다. "너는 할 수 있어", "잘하고 있어"와 같은 긍정적인 격려의 말은 자녀의 자기효능감을 높이고, 학습에 대한 자신감을 심어 준다. 이는 아이가 어려운 과제나 문제를 만났을 때도 포기하지 않고 도전하도록 도와준다.

부모의 지지는 아이에게 정서적 안정감을 준다. 부모가 아이의 노력을 인정하고 격려하는 말을 하면, 아이는 심리적으로 안정감을 느끼고, 스트레스 없이 공부에 집중할 수 있다.

부모가 명확한 규칙과 일관된 태도로 학습 습관을 지도하면, 아이는 공부하는 시간이 중요하다는 인식을 갖게 된다. 이는 아이가 시간 관리를 잘하고, 꾸준히 공부하는 습관을 형성할 수 있게 한다.

이렇듯 부모의 말은 아이의 공부 습관 형성에 매우 중요한 역할을 하며, 아이가 긍정적이고 지속적인 학습 태도를 가지도록 돕는 핵심 요소이다.

:: 1. 일관된 일정과 규칙을 지키자

아이들은 일관성과 규칙을 통해 안정감을 느끼고 자기 관리 능력을 기를 수 있다.

부모: "매일 같은 시간에 공부하는 게 중요해. 오늘부터 저녁 6시부터 7시까지는 공부 시간으로 정해 볼까?"

아이: "네, 좋아요."

부모: "그래, 그러면 오늘부터 시작해 보자. 같이 책상도 정리하고, 필요한 준비물도 챙기자."

:: 2. 작은 성공을 칭찬하자

칭찬은 아이의 자기 효능감을 높이고, 동기부여를 증가시킨다.

부모: "오늘 영어 단어 10개 다 외웠구나! 정말 잘했어."

아이: "고마워요. 생각보다 어렵지 않았어요."

부모: "그렇지? 조금씩 하면 점점 더 쉬워질 거야. 앞으로도 이렇게 계속해 보자."

:: 3. 목표 설정과 계획을 함께 세우자

목표 설정은 아이가 구체적으로 무엇을 해야 할지 이해하게 도와주며, 계획을 세우는 과정은 시간 관리 능력을 향상시킨다.

부모: "이번 주에는 어떤 목표를 세워 볼까?"

아이: "수학 문제집 한 장 다 풀고 싶어요."

부모: "좋아, 그러면 매일 몇 문제씩 풀면 좋을지 계획을 세워 볼까?"

아이: "매일 5문제씩 풀면 좋을 것 같아요."

부모: "아주 좋다. 그렇게 하자. 매일 계획대로 풀었는지 체크하면서 해보자."

:: 4. 휴식과 놀이의 중요성을 강조하자

적절한 휴식과 놀이는 아이의 집중력을 유지하고, 스트레스를 해소하는 데 도움이 된다.

부모: "공부도 중요하지만 쉬는 시간도 필요해. 30분 공부하고 10분 쉬는 게 어때?"

아이: "좋아요. 그러면 쉬는 시간에는 뭐 할 수 있어요?"

부모: "네가 좋아하는 놀이를 해도 좋고, 가볍게 스트레칭을 해도 좋아. 네가 좋아하는 걸로 하자."

:: 5. 환경을 정돈하자

정돈된 환경은 집중력을 높이고, 공부에 방해되는 요소를 최소화한다.

부모: "책상 위가 조금 어지럽네. 공부하기 전에 정리해 볼까?"

아이: "네, 알겠어요."

부모: "필요한 것만 책상 위에 두고 나머지는 정리하자. 그럼 공부하기 훨씬 편할 거야."

:: 6. 문제를 스스로 해결하도록 격려하자

스스로 문제를 해결하는 경험은 아이의 문제 해결 능력과 자신감을 키운다.

부모: "이 문제를 한번 스스로 풀어 볼래? 어려울 수 있지만 도전해 보면 좋은 경험이 될 거야."

아이: "해볼게요. 그래도 잘 모르겠으면 도와주세요."

부모: "물론이지. 네가 먼저 시도해 보고, 어려우면 언제든지 물어봐."

:: 7. 긍정적인 태도를 보여 주자

논리적 근거: 부모의 긍정적인 태도는 아이에게 긍정적인 영향을

미치며, 어려운 상황에서도 포기하지 않도록 격려한다.

부모: "오늘 공부하는 걸 보니 정말 열심히 했구나. 조금씩 더 잘해질 거야. 힘내자!"

아이: "고마워요. 더 열심히 할게요."

부모: "네가 이렇게 노력하는 모습이 정말 멋져. 항상 응원할게."

:: 8. 학습 활동을 다양하게 제공하자

다양한 학습 활동은 아이의 흥미를 유지시키고, 다양한 측면에서 학습 능력을 발전시킨다.

부모: "오늘은 책 읽기 대신 과학 실험을 해볼까? 다양한 방법으로 배우는 게 더 재미있고 유익할 거야."

아이: "정말요? 과학 실험 재미있을 것 같아요."

부모: "그래, 준비물을 같이 준비하고 실험을 시작해 보자. 배우는 데는 여러 가지 방법이 있어."

이와 같은 말들을 통해 부모는 아이에게 긍정적인 학습 환경을 제공하고, 올바른 공부 습관을 형성하도록 도울 수 있다.

부모의 언어습관은 아이의 자아 개발에 큰 영향을 미치므로, 부모는 자신의 말과 태도를 신중하게 선택해야 한다. 아이에게 긍정적이고 지지하는 말을 건네며, 자신의 언어습관을 점검해 보는 것이 좋다. 아이의 공부 습관을 위해 이런 말들을 평소에 자주 해보자.

"그날 숙제는 그날 다하자."

"의자에 딱 30분만 앉아서 공부해 볼까?"

"문제 풀 게 너무 많니? 그럼 다섯 문제라도 풀어 보자."

"매일 공부량을 정해 놓고 하자."

"학습플래너를 활용하는 건 어떨까?"

"공부에 불필요한 물건들은 박스에 넣어서 따로 보관해 두자."

"공부할 때 뭐가 문제니? 제일 힘든 게 뭐야?"

"오늘 배운 내용은 오늘 정리해 볼까?"

"하루 중 노는 시간과 공부 시간을 구분해 보자."

"네 생각은 어때? 너의 생각을 듣고 싶어!"

"너는 잘할 수 있어!"

부모의 말이 만든 기적

이 책의 첫 장을 넘길 때, 어떤 마음으로 읽기 시작했을까? 아마도 아이가 좀 더 잘 되기를 바라는 간절한 마음, 어떻게 하면 아이와의 관계를 개선할 수 있을지에 대한 고민, 그리고 아이의 무한한 잠재력을 어떻게 끌어낼 수 있을지에 대한 기대감이었을 것이다. 이제, 이 책의 마지막 페이지를 넘기려는 지금, 우리는 무엇을 얻었을까?

책을 통해 배운 다양한 대화법과 학습 전략들은 단순히 성적 향상을 위한 도구가 아니다.

그것들은 아이가 스스로를 존중하고, 자신의 가능성을 믿으며, 미래를 향해 힘차게 나아갈 수 있도록 돕는 중요한 자산이다. 아이와의 대화에서 우리가 사용하는 말들은 단순한 단어들이 아니다. 그것들은 아이들의 마음에 심어지는 씨앗이며, 그 씨앗은 결국 자라나 커다란 나무가 되어 그들의 삶을 지탱하게 한다.

부모의 말은 아이에게 날개를 달아 줄 수도 있고, 반대로 무거운 짐을 얹을 수도 있다. 우리는 이 책을 통해 아이에게 날개를 달아 줄 수 있는 방법을 배웠다. 이제 중요한 것은 이 지식을 실천하는 것이다. 매일의 작은 대화 속에서도 아이에게 긍정적인 영향을 미칠 수 있는 기회를 놓치지 말자. 아이의 감정을 존중하고, 그들의 이야기를 경청하며, 지혜로운 질문을 던져 보자. 그 과정에서 아이는 자신을 더 깊이 이해하고, 자신의 잠재력을 발견하게 될 것이다.

공부는 마라톤이다. 단기적인 성과에 집착하기보다는 긴 호흡으로 아이의 성장을 지켜보아야 한다. 이 마라톤에서 부모는 아이와 함께 달리는 동반자가 되어 주는 것이다. 때로는 격려하고, 때로는 지지하며, 때로는 함께 쉬어 가는 여유를 가져 보자. 그 속에서 아이는 비로소 자신의 속도에 맞춰 성장해 나갈 것이다.

아이들의 공부 여정은 결코 혼자서 이루어지는 것이 아니다. 부모님들의 따뜻한 말과 지지, 이해와 공감이 그 여정을 함께 한다. 아이들에게 있어 부모님의 말 한마디는 그 어떤 것보다 큰 힘을 가진다. 때로는 "할 수 있어"라는 한마디가, 때로는 "괜찮아, 잘했어"라는 위로가, 아이들에게 커다란 날개를 달아 준다.

정서 대화 SLSLEQ는 아이들의 감정을 이해하고, 그들의 자존감을 키워 주는 중요한 도구이다. '성적보다 태도가 우선'이라는 원칙을 기억하자. 아이가 시험에서 좋은 성적을 받지 못했을 때도, "네가 최선을 다했으니 엄마는 그것으로 충분해"라는 말 한마디가 아이에게 큰 위로가 될 것이다. 감정을 읽어 주고, 경청하며, 공감하는 부모의 말은 아이에게 정서적인 안정감을 주고, 스스로를 사랑할 수 있는 힘을 키워 준다.

독서 대화 SQRIA는 아이들이 책을 통해 세상을 넓히고, 상상력을 키우는 데 큰 도움을 준다. 아이와 함께 책을 읽고, 그 내용을 상상해 보며, 실제 생활에 적용해 보는 과정을 통해 아이들은 독서의 즐거움을 배운다. "오늘 읽은 책에서 가장 인상 깊었던 부분이 뭐였니?"라는 질문 하나가 아이의 상상력을 자극하고, 창의적인 사고를 키우는 계기가 될 수 있다.

학습 대화 PQ2RWE는 아이들이 체계적으로 공부하고, 학습의 효율성을 높이는 데 필수적이다. 예습하기, 질문하기, 숙고하기, 복습하기, 쓰기, 설명하기의 과정을 통해 아이들은 학습 내용을 깊이 이해하고, 자신만의 학습 방식을 찾을 수 있다. "배운 내용을 엄마에게 설명해 줄래?"라는 부모의 말이 아이에게 공부의 중요성을 일깨우고, 공부에 대한 자신감을 심어 준다.

기억해 보자. 어느 날 밤, 책상에 앉아 힘들어하는 아이에게 다가 가 건넨 그 한마디가 아이의 얼굴에 환한 미소를 피어나게 했던 순간을. 혹은, 시험 성적이 만족스럽지 않다고 속상해하는 아이를 따뜻하게 안아 주며 "네가 최선을 다했으니 엄마는 그것으로 충분해"라고 말해 줬던 그 순간을. 바로 그때, 아이들은 부모님의 말 속에서 사랑과 지지를 느꼈고, 다시 일어설 용기를 얻었다는 것을.

우리의 아이들은 앞으로도 많은 도전과 시련을 겪게 될 것이다. 하지만 부모의 따뜻한 말과 긍정적인 대화에서 아이들은 그 모든 것을 이겨 낼 수 있는 힘을 받게 된다. 아이들은 부모의 말 한마디에 자신감을 얻고, 새로운 도전에 대한 용기를 가지게 될 것이다.

이 책을 통해 배운 모든 것을 실천해 보자.

아이들의 눈을 바라보고, 그들의 감정을 이해하며, 진심으로 공감하는 대화를 나누어 보자.

때로는 어색하고 힘들고 어려울 수도 있지만, 그 순간들이 모여 아이들의 삶을 변화시키는 기적을 만들어 낸다.

마지막으로, 이 여정에 함께 해주신 여러분께 깊은 감사의 말씀을 전하며 우리의 아이들이 밝고 희망찬 미래를 향해 나아갈 수 있도록, 부모의 말이 만들어 낼 또 다른 기적을 기대하며, 여기서 이 여정을 마친다.

공부 대화법

부모의 말 덕분에 우등생, 부모의 말 때문에 열등생

글 이수경
발행일 2024년 9월 30일 초판 1쇄

발행처 다반
발행인 노승현
출판등록 제2011-08호(2011년 1월 20일)
주소 서울특별시 마포구 양화로81 H스퀘어 320호
전화 02-868-4979 **팩스** 02-868-4978

이메일 davanbook@naver.com
홈페이지 davanbook.modoo.at

ISBN 979-11-94267-00-3 03810